흔해빠진 직업으로

ARIFURETA SHOKUGYOU DE SEKAISAIKYOU

세계최강

#12

시라코메 료 지음
타카야Ki 일러스트
김장준 옮김

CONTENTS

세계는 검붉게 물들고 깨진 하늘에는 독기를 뿜는 나락이 떠 있었다.

범람한 강물처럼 쏟아지는 마물과 별빛처럼 하늘을 뒤덮은 『신의 사도』 대군.

실로 세상의 종말이 시작된 듯한 광경이었다.

하지만 지금 그 최전선에 선 인류는…….

─우오오오오오오오오!

─와아아아아아아아아!

사기충천, 파죽지세, 용맹무쌍을 행동으로 보여주는 양 함성을 지르고 있었다.

그곳에 절망은 없고, 체념도 비탄도 없었다.

끝까지 싸우고 끝까지 저항한다. 내일의 해가 뜨리라 믿고.

하늘을 찌르는 불길과 같이 그들의 마음은 하나로 뭉쳐 있었다.

"그런 광경을 보여주면 들고 일어날 만해."

공중에서 혼잣말을 중얼거린 사람은 카오리였다.

『신의 사도』의 육체를 쓰면서 변성 마법으로 굳이 검은 머리, 검은 옷, 검은빛의 마력과 날개를 얻은 그녀는 『마왕의 사도』에 어울리는 모습으로 전장을 내려다봤다.

개전 직후 운석 난사─ 미티어 임팩트로 『신산 파괴』.

일곱 기의 『태양광 집속 레이저』와 『태양광 폭탄』을 사용한 초대규모 파괴로 선수를 치고 마물과 사도 대군을 쓸어버린 하지메의 부조리한 수법과 힘을 떠올렸다.

　피식 웃던 카오리는 표정을 고치고 하늘을 올려다봤다.

　천공의 나락―【신문(神門)】을 쏘아보며 육체를 빼앗긴 유에를 되찾기 위해 나아간 하지메와 일행을 생각했다.

　시아와 티오도 함께 갔다. 반드시 성공하리라 믿었다.

　"유에. 하고 싶은 말이 많아. 빨리 돌아오지 않으면 가만히 안 둬."

　아직 싸움으로는 지고만 있으니까 이기고 도망가는 건 용서할 수 없다.

　그렇게 장난처럼 생각하면서도 이 질타가 연적에게 닿기를 바랐다.

　"시즈쿠, 류타로, 스즈……."

　이상과 다른 현실에서 눈을 돌리고 스스로 세뇌를 받아들인 친구― 아마노가와 코우키. 인류를 배신한 용사.

　자기 욕망을 위해서 모든 이를 배신하고 버린, 스즈의 옛 친구― 나카무라 에리.

　가족이나 다름없는 친구를, 둘도 없는 친구를 버릴 수 없었다. 버리고 싶지 않았다.

　적어도 한 번이라도 더 이야기를 나누고 싶다.

　설령 이미 늦었다고 해도, 바라는 결과를 얻을 수 없더라도, 하다못해 자신의 손으로 끝내고 싶다.

그런 결의와 각오를 품은 이들의 마음은 절실하게 전해졌다.

"너희가 돌아올 곳은, 내가 지킬게."

신의 의도는 철저하게 뿌리 뽑는다. 마지막에 웃지 못하게 지상도 수호한다.

하지만 그 이상으로 중요한 목적은 그들이 돌아올 곳을 지키는 것.

그것이 지상에 남은 카오리에게 주어진 역할이었다.

『신의 사도』가 지상을 내려다봤다. 그리고 은색 유성우가 되어 쏟아졌다.

그 무시무시한 광경을 앞에 두고 카오리는 새로운 쌍대검을 힘껏 휘두르고…….

"인류 섬멸? 흥, 할 수 있으면 해 봐!"

사랑하는 사람을 꼭 빼닮은, 자신만만하고 사나운 웃음을 지어 보였다.

만약 나카무라 에리에게 인생에서 가장 강렬하고 잊고 싶은 기억이 무엇이냐고 묻는다면 이렇게 답할 것이다.

―아버지가 죽는 광경, 이라고.

에리가 여섯 살 때 일이었다. 찻길에 뛰어든 에리가 자동차에 치일 뻔하여 아버지가 딸을 감싸서 죽은, 흔한 교통사고 일화였다.

하지만 결말을 살펴보면 흔하지 않은 점이 하나 있었다.

그건 사건 후 어머니의 태도였다.

에리의 어머니는 조금 좋은 집안에서 태어났으나, 집안의 반대를 뿌리치고 결혼한 사람이었다. 남이 보기에는 의존증이라고 지적해도 이상하지 않을 만큼 남편에게 붙어 있었다.

그래서 사랑하는 정신적 지주인 남편의 죽음에 견디지 못했다.

견디지 못했기에 그 원인에게 울분을 토해냈다.

바로 자신의 어린 딸― 에리에게.

날이면 날마다 그 비관과 증오를 폭력과 욕설로 바꾸어 무자비하게 딸에게 쏟아냈다.

에리는 그 고통을 하염없이 참았다. 어머니의 「너 때문」이라는 말에, 여섯 살치고는 총명하다는 말을 듣던 에리는 수긍했기 때문이었다.

부주의로 아버지를 잃게 한 자신에게 어머니가 화를 내는 것은 당연하다고. 고통을 줘도 당연한 벌이라고.

동시에 믿었다. 이 벌이 끝나면 악마 같은 어머니도 옛날처럼 다정하게 미소 짓는 평온한 어머니로 돌아온다고.

어머니의 학대는 교묘했고, 에리도 절대로 발설하지 않았기 때문에 그 비뚤어진 모녀 관계는 누구에게도 들키지 않은 채 수년이나 이어졌다.

에리에게서 웃음이 사라지는 것은 필연이었다.

어둡고 음침하고 웃지 않는, 마치 태풍이 지나갈 때까지 몸을 웅크리고 버티는 아이.

기분 나빴을 것이다. 또래 아이들에게는……

당연히 친구는 생기지 않았고 고독, 자책, 심신의 고통, 그리고 어머니를 생각하는 마음과 외로움이 가차 없이 어린 에리의 마음을 괴롭혔다.

우울한 나날에 에리의 마음은 이미 한계에 달했고……

거기에 쐐기를 박는 사건이 벌어졌다.

열한 살— 초등학교 5학년 때 일이었다.

어머니가 집에 모르는 남자를 데리고 왔다. 어머니는 그 불량하고 난폭한 남자에게 애교 부리는 고양이처럼 간드러진 목소리를 내며 찰싹 붙어 있었다.

믿을 수 없었다. 아버지를 진심으로 사랑했기 때문에 자신에게 그토록 분노와 증오를 드러내지 않았던가.

그 생각은 틀리지 않았다. 다만, 에리 어머니의 마음은 에리가 생각하는 것보다 훨씬 약했다. 누군가 지탱해주지 않으면 제대로 살아갈 수 없을 정도로.

그날부터 에리의 집에는 그 남자가 눌러앉게 됐다.

남자가 집에서 보이는 태도는 전형적인 인간쓰레기였다. 에리마저 욕정 어린 눈으로 바라본 것을 생각하면 최악의 부류였다.

에리는 더욱 숨을 죽이고 살아야 했다. 서서히 수위가 높아지는 남자의 언동에 위기감을 느껴, 어머니처럼 되려고 기르던 긴 머리도 짧게 잘라 버리고 자신을 보쿠#1라고 부르며 사내아이를 흉내 내서 최대한 자기 몸을 지키려고 했지만……

그것이 또 악순환을 불러왔다. 또래 아이들이 에리의 변화를 받아들이지 못한 것이었다.

친구는 아니어도 같은 반에서 일상 대화 정도는 나누던 아이들까지 기어코 떨어져 나가고 말았다. 남자에 대한 공포와 견딜 수 없는 고독에 에리의 마음은 이미 깨지기 직전이었다. 언제 부서져도 이상하지 않았지만, 단 하나, 언젠가 반드시 다정하던 어머니로 돌아온다는 희망만이 에리의 마음을 받쳐주고 있었다. 이미 현실 도피에 불과했고, 에리 본인도 마음 한편으로 알고 있었지만, 절망에서 허우적대는 에리는 그 지푸라기 같은 희망밖에 잡을 수 없었다.

그래도 결국 지푸라기는 지푸라기. 그녀의 희망은 허무하게 가라앉아 사라졌다.

#1 보쿠(僕/ぼく) 주로 남성이 사용하는 일인칭 표현.

약 세 달이 지난 후, 어머니가 일 때문에 집에 없던 밤. 결국 남자가 자신의 욕망을 드러냈다.

충격은 없었다. 오히려 기회라고도 생각했다.

언젠가 이런 날이 오리라고 확신했었기에 일부러 이웃에 들릴 만큼 비명을 질러 구조를 요청했고 남자도 들이닥친 경찰에게 체포됐다. 이로써 악몽 같은 생활이 막을 내렸다.

그렇다면 어머니도 정신을 차릴 것이다. 또 아버지를 떠올릴 것이다.

그렇게 생각했고, 믿었는데…….

경찰에게 조사를 받고 돌아온 어머니에게서 가장 먼저 날아든 것은 딸을 걱정하는 말도, 쓰레기 같은 남자를 집에 들인 사과도 아니라 더욱 강한 증오가 담긴 따귀였다.

그리고 어머니는 에리에게 이렇게 말했다. 네가 그 사람을 홀렸다고.

어머니에게 이 사건은 남자의 본성을 알 수 있는 계기가 아니라 자기 남자를 또 빼앗은 딸의 용납할 수 없는 악행이었다.

아버지를 배신한 어머니.

자신에게 고통을 주는 어머니.

딸이 겁탈당한 것보다 남자와 함께 있을 수 없다고 슬퍼하는 어머니.

이때 에리는 겨우 이해했다. 아니, 사실은 알면서 외면하던 현실을 마침내 직시했다고 봐야 할까.

그건 바로 어머니는 자신을 사랑하지 않는다는 것. 옛날의 어머니로 돌아올 일 따위는 없다. 예전의 온화한 모습이 아니라 눈앞의 추악한 모습이야말로 **이 여자**의 본성이라고.

믿었던 것은 전부 환상이었다.

인내에는 아무 의미도 없었다.

그리고 미래에도 희망은 없었다.

마음이 망가지기에는 충분하고도 남았다. 그 때문일까, 어느샌가 정신을 잃었던 에리는 다음 날 아침 일찍 눈을 떴고 몰래 집을 나왔다.

이 삶에 끝을 내기 위해서. 그래도 어머니 곁은 싫었으니까.

정처 없이 헤매다가 무의식중에 도착한 곳은 근처 강에 있는 다리였다.

난간에서 우두커니 아래로 흐르는 강을 내려다보다가 마음을 굳혔다.

이곳에서 죽으면 아무도 없는 곳까지 데려가 주지 않을까, 라는 막연한 생각이 들어서였다.

그렇게 난간에서 몸을 내밀어 저 아래 흐르는 맑은 물살로 빨려 들어가⋯⋯려던 그 순간, 갑자기 누가 말을 걸었다.

—너, 뭐 해?

멍하게 돌아본 에리의 눈에 들어온 것은 나이가 비슷해 보이는 소년이었다. 러닝 중이었는지 운동복을 입은 그는 에리도 잘 아는, 같은 학교에서 인기를 한 몸에 받는 눈부신 남자애— 아마노가와 코우키였다.

감정이라고는 느껴지지 않는 얼굴, 검은 진흙처럼 탁한 눈동자를 보고 사태가 심상치 않다고 눈치챈 코우키는 에리를 억지로 난간에서 떨어뜨려 놓고 끈기 있게 몇 번이고 사정을 물었다.

처음에는 무시하던 에리도 떠나려고 하지 않는 코우키에게 결국 항복했다. 꽤 생략하여 설명하자 그것을 들은 코우키는 이렇게 이해했다.

아버지에게 엄하게 혼이 난 에리는 어머니에게 도움을 요청했지만, 어머니도 자신을 혼냈다. 상담할 친구도 없고 아무도 도와주지 않아서 비관한 에리는 자살하려고 했다.

단편적인 내용만 놓고 보면 틀리지 않았다. 아직 어리고 성선설을 믿어 의심치 않으며 착각에 빠지기 쉬운 코우키에게 에리의 어머니와 남자의 사고방식은 상상의 범주를 넘어선 것이었다. 그래서 열심히 생각한 끝에 이렇게 결론을 내리고 말았다.

그렇다면 당연히 코우키는 정의감을 발휘한다. 당시부터 여자아이들의 마음을 부여잡던 웃음과 함께.

—이제 에리는 혼자가 아니야. 내가 너를 지켜줄게.

망가졌던 소녀의 마음에, 자신은 누구에게도 가치가 없다고 생각한 직후에, 『너와 함께 있겠다』, 『지켜주겠다』라고 **평소처럼** 말한 것이었다.

마음속으로는 쭉 애정을 갈구하던 소녀에게 그 말은 너무나도 강하게 파고들었다. 상대가 왕자님 같은 남자애고 자살 직전에 나타난 상황도 지나치게 극적이었다.

심지어 그날 자살을 단념하고 어머니에게 쫓겨나다시피 등교한 에리는 반 여자아이들이 밝게 말을 걸어주는 상황에 놀라움을 감추지 못했다. 게다가 그것이 코우키의 말 한마디 덕분임을 알고…… 속되게 말해 홀딱 반해 버렸다.

안 좋은 일은 한꺼번에 오듯 인생의 전기도 한 번에 찾아오는지도 모른다.

그 후, 아동 상담소 직원이 몇 차례 조사하러 집을 방문했다.

그 사건으로 아동 학대가 의심된 탓이었다.

그때마다 에리는 토하고 싶은 기분을 억누르며 최선을 다해 『어머니를 사랑하는 아이』를 연기했다. 어머니와 떨어지면 자신도 다른 곳으로 끌려가고, 같은 학교에 다닐 수 없다고 판단한 까닭이었다.

이때 어머니의 표정을 에리는 아직도 기억한다. 경악에서 당혹감, 그리고 명확한 공포로 또렷하게 변하던 표정.

그런 어머니를 보고 에리는 「에이, 뭐야」라고 생각했다.

조금만 방식을 바꾸면 입장과 감정이 이렇게 쉽게 역전되는구나.

지금까지 어두웠던 표정을 지우고 빙그레 웃기만 해도 어머니는 곧장 눈을 돌리고 입을 꾹 다물었다. 농담 삼아 「다음엔 뭘 빼앗으면 좋겠어?」라고 속삭였을 때는 핏기가 싹 가셔서는 비명을 지르며 집에서 뛰쳐나갔을 정도였다.

에리는 이것도 전부 코우키— 갑자기 나타나서 자신을 지키겠다고 맹세해준 왕자님 덕분이라고 확신했다. 그날, 왕자님이 자신을 구하고 모든 것을 바꿔줬다고. 자신은 왕자님에게 선택받은 『특별한 존재』며, 그러니까 앞으로 인생은 찬란한 빛과 같은 그와 함께 똑같이 빛 속에서 살아가리라고.

앞으로는 어머니를 은근슬쩍 위협해서 집에 생활비만 보내게 조종하고, 코우키 곁에 있을 수 있는 환경을 갖춰서……

하지만 에리는 착각하고 있었다. 코우키라는 소년을 이해하지 못하고 있었다.

코우키에게 에리는 정의의 사도가 구해야 할 한 사람에 지나지 않았다.

반 아이들에게 불쌍한 친구를 도와주라고 말하고 고립된 에리가 아이들과 친해지면 그걸로 코우키의 구제는 끝이었다.

이야기에 등장하는 영웅에게 도움을 받은 사람들이 다음부터 그다지 등장하지 않는 것처럼 코우키에게 에리의 고민은 『이미 끝난 이야기』였다.

그래서 에리는 자신을 수많은 인간 중 하나로 대하는 코우키를 이상하게 여겼고, 왠지 코우키의 『특별한 사람』으로 보이는 여자애들을 이해할 수 없었다.

―거기는 내 자리잖아?

코우키라는 테이프로 억지로 이어 붙여 겉모습만 정돈했을 뿐 이미 망가진 마음이었다. 너무나도 연약한 그것은 쉽게 무너지고, 빠지고, 뒤틀리고, 돌이킬 수 없을 만큼 조용하고 격렬하게 미쳐 있었다.

―이제 혼자가 아니라고 말했지? 지켜준다고 말했지?

—그런데 왜 같은 말을 다른 사람한테도 하는 거야?

—코우키, 왜 나만 봐주지 않는 거야?

—코우키, 왜 지금 이렇게 괴로운데 구해주지 않는 거야?

—코우키, 왜 다른 여자한테 그런 표정을 짓는 거야?

—코우키, 왜 나를 보는 눈이 다른 수많은 인간이랑 똑같은 거야?

—코우키, 왜, 왜……

아아, 진창 속에 묻힌 기분이다.

끝없는 늪에 떨어진 것처럼 계속 가라앉고 가라앉고, 빠지고 빠지고, 그리고—.

"……에……리…… 에리…… 에리!"

불현듯 오감이 현실적인 자극을 전달했다. 마치 전신을 감싸던 두꺼운 천을 벗긴 것처럼 고통스러운 소리가, 희미한 땀 냄새가, 피 맛이, 현실의 광경이, 그리고 손바닥에 느껴지는 구체적인 감촉이 의식을 깨웠다.

"아차차."

그렇게 가벼운 소리를 내며 에리는 몸에 들어갔던 힘을 뺐다.

자기 아래에서 쿨럭거리는 사랑하는 사람을 멍하게 바라봤다.

코우키가 괴로움에 신음하고 있었다.

아마 무의식중에 목을 졸랐나 보다.

'보기 싫은 꿈. 오랜만에 꿨네. 기분 더러워.'

왜 이 타이밍에? 세상의 종말이 다가와서 나도 감상에 젖었나? 라고 속으로 자문자답했다.

그동안에도 에리는 필사적으로 호흡을 가다듬는 코우키 위에 올라타서 내려다봤다.

사랑하는 사람을 보는 것치고는 너무나 감정이 결여된 눈동자였다.

뭐랄까, 마치 육체뿐 아니라 마음마저 사도가 되어 버린 것처럼—.

"에, 에리? 괜찮아?"

평범한 사람이라면 틀림없이 목이 졸려 죽었을 폭행을 당하고도 코우키의 입에서 흘러나온 말은 에리에 대한 걱정이었다. 공포도 분노도 불만조차 없었다.

코우키 본인의 타고난 다정함 때문인가, 아니면 에리의 『박혼』— 혼을 묶어 무의식마저 장악하는 마법이 유도한 결과인가.

뭐가 됐건 에리에게는 만점짜리 답변이었다.

소름 끼칠 만큼 선명하게, 그 허무밖에 없던 얼굴 위로 웃음이 떠올랐다.

활짝 웃는 얼굴인데도 어딘가 비뚤어진, 세상을 비웃는 광대 같은 웃음.

"괜찮아, 코우키. 미안, 아팠지?"

"나는 괜찮아. 나쁜 꿈을 꿨지? 끙끙 앓고 있었어."

"응, 맞아. 그것들이 나를 죽이고 코우키를 빼앗아 가지 뭐야."

에리는 물 흐르는 것보다 자연스럽게 거짓말을 하고 코우키에게 기댔다.

폐허에 방치된 닳아빠진 침대 위에서 실오라기 하나 걸치지 않은 두 사람의 몸이 포개졌다.

주변도 난장판이었다. 창은 하나도 남김없이 깨졌고 천장도 한쪽이 무너져 내렸으며 바닥에도 온통 금이 갔다. 면적만은 고급 호텔의 스위트룸에 버금가지만, 그렇다고 사람이 머물기에는 절대 적합하지 않은 곳이었다.

그런 곳에서 먼지를 뒤집어쓴 듯한 회색 머리를 산발한 여자와 그녀에게 다정하지만 탁한 눈길을 보내는 청년이 살을 맞댄 광경은 퇴폐적이고 음란하고 비정상적이라서 이루 말할 수 없는 적막과 형용하기 어려운 으스스함이 있었다.

"걱정할 필요 없어, 에리."

코우키는 상반신을 일으켜 주먹을 쥐었다.

"더는 나구모가 마음대로 하게 두진 않겠어. 시즈쿠나 카오리의 세뇌를 풀고 반 아이들도 구할 거야. 마음을 독하게 먹어서 오명을 쓰더라도 나구모를 해치우겠어. 그 녀석은…… 악행을 너무 저질렀어."

마음 깊은 곳에서 질척질척한 고름을 짜내는 듯한 말소리였다.

자신은 옳다. 나구모 하지메가 만악의 근원. 그놈만 죽이면 전부 원래대로 돌아온다.

모두 자신을 기대하고 신뢰하며, 친구들도 모두 곁에 있어 주던 그 시절로 돌아간다. 모든 일이 잘 풀리고 아마노가와 코우키가 영웅으로 지낼 수 있던 빛 속으로 돌아간다. 그런 근거 없는 미래에 대한 맹신이 묻어나오고 있었다.

"그럼그럼. 나도 알아. 용서할 수 없지."

에리도 몸을 일으켜 굳게 움켜쥔 코우키의 주먹을 두 손으로 감쌌다.

하지만 그 부드러운 손길에 반해 코앞에서 들여다보는 눈은…… 몹시도 싸늘했다. 회색 눈동자가 희미한 빛을 띠었다.

"만약 그 악마가 나타나면 나를 지켜줘. 약속, 했지?"

"그래, 물론이야."

"어릴 때부터 함께 지낸 친구보다, 다른 반 아이들보다, 코우키 네 마음보다, 나를 우선해 줄 거지?"

"그건……"

"쭉 함께 있겠다고 말해줬지?"

"그, 그래……"

"괜찮아. 나는, 나만은 코우키 편이야. 코우키 마음을 배신한 녀석들과는 달라. 언제나 곁에 있을게. 언제라도 도와줄게."

귓가에 속삭이는 기이하리만큼 달콤한 목소리. 만질 수 있을 것만 같이 형형한 눈 안쪽의 야릇한 빛. 팔을 끌어안는 부드러운 팔다리.

성난 바다처럼 요동치던 코우키의 마음은 차츰 잔잔해지고 오감 전체가 에리에게 얽매였다.

친구들을 비열한 남자의 손에서 구하고 싶다.

비열한 남자에게 조종당해 자신을 버린 배신자를, 벌하고 싶다.

모순된 마음이 뒤섞여 『올바름』이 무엇인지도 모호해졌다.

하지만 코우키 본인의 아전인수식 해석이 에리의 『박혼』으로 유도되고 증폭되어 그 모호함은 아무 의문 없이 『코우키의 올바름』으로 변해 갔다.

이미 정신 깊은 곳까지 뿌리를 내린 『박혼』은 자신이 보고 싶은 현실 외에 인정하지 않는 코우키의 나약한 마음에 치명적이었다.

흡사 거미 요괴에게 홀려 스스로 거미줄로 몸을 던지는 자처럼.

"……에리. 고마워. 에리는 나의……."

"나의? 뭐야~?"

뻔한 대답, 바라던 대로 유도한 대답을 재촉했다.

코우키는 그런 줄도 모르고 어떻게 보면 순수하기도 한 말을 들려줬다.

"나의…… **특별한 사람**이야. 앞으로 무슨 일이 있어도 **혼자 두지 않을게. 내가 에리를 지킬 거야.**"

"훗, 후후, 크흐, 후후훗……."

"에리? —우읍."

참지 못하고 웃음을 흘리는 에리에게 코우키가 걱정스러운 눈길을 보냈다.

황홀한 표정을 지으며 에리는 코우키의 입술에 자기 입술을 포갰다.

잡아먹는 듯한 입맞춤. 정말로 거미 요괴의 포식 같았다.

이윽고 은색 실을 늘어뜨리며 입술을 떼자 코우키는 살포시 미소 짓고 정신을 잃은 것처럼 다시 잠들었다.

반사도화를 통한 능력 강화.

용사의 육체는 변이를 쉽게 받아주지 않았다. 완전 사도화는 어렵지만, 기존과는 비교도 되지 않게 강화됐으리라. 그 반동으로 아직은 수면이 필요했다.

에리는 이불을 몸에 감고 침대에서 내려갔다.

맨발에 이불로 바닥을 끌면서 창가로 걷는다. 흩어진 유리 조각을 잘그락잘그락 밟으면서도 에리는 개의치 않았다. 완전 사도화가 이루어진 육체가 이 정도로 다칠 리 없으니까.

그리고 반쯤 부서진 창가에 서서 차갑게 식은 눈으로 밖을 내다봤다.

황폐한 도시, 붉게 녹슨 듯한 하늘, 메마른 바람.

장난감이 되어 멸망한 문명 중 하나. 【신역】에 보관된 신의 수집품.

종말의 시작을 알리는 카운트다운도 이제 곧 끝난다.

그러면 토터스도, 그리고 언젠가 지구도 이렇게 될 것이다.

"이번에야말로 꼭 죽어~. 내가 안 보는 곳에서."

코우키는 아직 하지메 타도와 친구들에 대한 미련을 버리지 못했다. 『박혼』의 영향을 받으면서도 말이다.

하지만 에리는 하지메 일행을 상대할 생각은 눈곱만큼도 없었다.

마왕성에서 마지막으로 본 광경. 배에 구멍이 나고 신의 막강한 공격을 몇 차례나 받아 만신창이라는 말로도 부족한 모습으로 쓰러진 나락의 괴물.

그런데도 사도의 보고에 따르면 그 후 죽기 직전인 상태로도 신의 수하를 처치했다고 한다.

믿을 수 없었다. 상식적으로 말이 안 됐다.

에리에게 나구모 하지메는 이미 이해의 범주를 넘어선 존재였다.

계산이 되지 않고 상식이 통하지 않는다. 그것과 싸운다는 발상 자체가 어불성설. 역귀나 다름없다.

방치해도 된다. 그게 최선이다.

【신문】은 돌파하지 못할 테니까 굳이 상대하지 않아도 지상의 인류 소탕전이 시작되면 같이 죽는다. 알아서 죽어준다.

에히트에게도 이야기는 해 뒀다.

지구 침공 후, 현지인으로서 고향 세계를 팔아넘기고 신의 첨병이 되어 일하는 대신 이번 일이 끝날 때까지는 이 폐허에 숨어서 하지메 일행과는 만나지 않겠다고. 당연히 지상의 인류 소탕전에도 참가하지 않는다.

만약, 만에 하나 하지메 일행이 【신역】에 침입해도 만날 일은 없을 것이다.

이 공간은 【신문】에서 가장 멀리 위치해 우연히 만날 가능성은 천문학적 확률이다.

더구나 굳이 찾아서 쫓아오지도 않을 것이다. 나구모 하지메에게 자신들은 그럴 가치가 없다. 화가 날 만큼 합리적인 그 남자가 흡혈 공주 탈환을 미루고 이쪽에 시간을 낭비할 하등의 이유가 없다.

그리고 신과 싸우게 되면 결과는 불 보듯 뻔한 것.

제아무리 상상을 초월하는 괴물이라고 할지라도 에히트에게는 이기지 못한다.

거의 모든 요소가 에리가 바라는 방향으로 나아가고 있다. 이미 미래는 확정됐다고 말해도 과언이 아니다.

그럴 텐데…….

"……반경 1킬로미터 내에 산개. 숨어서 주위를 경계해."

어느샌가 창밖 조금 아래쪽에 회색 날개를 펼친 남자가 공중에 떠 있었다.

생기가 거의 느껴지지 않는 분위기에 누더기처럼 이어 붙인 몸. 기괴한 풍채의 사내는 말없이 명령을 받고 몸을 돌려 도시의 하늘을 날아갔다.

그 뒤를 따라서 초고층 빌딩의 창에서 회색 날개를 단 인물들이 날아가 사방으로 퍼졌다.

에리는 경계를 늦추지 않았다. 어떻게 늦출 수 있으랴.

불필요한 자는 죽이고 필요한 자는 잡아서 속박하고 모든 것을 빼앗아 거스를 의지조차 뿌리 뽑는다. 그래야만 간신히, 조금이지만 마음이 놓인다.

믿는 마음 따위 잃은 지 옛날이니까.

"믿고 있을게, 신."

신은커녕 아무것도 믿지 않는 소녀가 『신의 사도』의 모습으로 뻔뻔하게, 비아냥거리며 웃었다.

에리는 발길을 돌려 침대로 돌아와서 잠든 코우키를 물끄러미 바라봤다.

그리고 몸을 덮듯 코우키를 끌어안고…….

"쭉, 쭈욱 같이 있자."

사지로 붙잡아 매달려…….

"아~무도 없는 우리 둘만의 세계에서."

황홀하게 웃었다.

그 모습은 에리가 누구보다 기피한 어머니와 똑 닮았다.

그렇기에 나카무라 에리는 알아차리지 못했다.

바로 곁에 있었던 믿을 수 있는 것, 믿어야 했던 확실한 것, 가짜라고 단정 지은 친구가 자신에게 보낸 마음을. 스스로 버리고 짓밟아 버린 것의 강인함을.

지금 이 순간에도 필사적으로 자신에게 도달하려고, 그 마음에 손을 내밀려는 자가 있다고는 생각도 하지 못했다.

극채색으로 물든 공간.

그것이 【신역】에 발을 들인 하지메 일행이 본 광경이었다.

비눗방울 안으로 들어온 느낌……이라고 표현해야 할까? 온갖 색이 뒤섞여 어지럽게 움직이는 공간은 형태도, 그 끝이

어딘지도 인식할 수 없었다.

"윽, 멀미 나⋯⋯."

"오래 쳐다보지 말아야겠어⋯⋯."

"야, 나구모. 이런 곳이 정말로 신역이야?"

돌입 시의 격전으로 이미 반쯤 망가진 스카이 보드 위에서 스즈가 토할 것처럼 한 손으로 입을 막았다. 시즈쿠도 시각에 이상이 생길 법한 색채에서 눈을 아래로 돌리고, 류타로는 인상을 쓰며 하지메를 봤다.

저급 『크리스털 키』와 밀레디 라이센에게 받은 저급 『계월의 화살』을 사용한 【신역】 돌입은 【신문】을 말 그대로 우격다짐으로 비틀어 여는 방법이었다.

어쩌면 그때 엉뚱한 장소로 강제 전이했을 가능성도 없지는 않았다.

그렇게 생각해서 하지메는 류타로의 질문을 무시하지 않고 손에 든 『도월의 나침반』을 꺼내서 확인했다.

"틀림없어. 여기가 신역이야."

하지메의 말을 듣고 주위를 돌아보던 티오가 의아하게 말했다.

"신문에서 그토록 사도가 쏟아져 나오기에 돌입하면 바로 사도 무리와 격전이 펼쳐지리라고 각오했는데⋯⋯."

【신역】이기는 하지만, 사도와 마물이 대기하던 곳과는 다른 곳으로 들어온 것일까?

요행이라고 볼 수도 있겠지만, 아무래도 기분이 꺼림칙했다.

"조용하네요. 사도 한 마리 없어요. 눈에 들어오는 건⋯⋯."

시아의 시선이 아래쪽에서 안쪽으로 쭉 한 줄기 선을 그었다.

"저거뿐이네요."

"일단 발 디딜 곳은 있군."

극채색의 기기괴괴한 공간에는 단 하나, 구조물이라고 할 만한 것이 존재했다.

유백색의 거대한 벽이었다.

위쪽은 평평하고 폭이 넓어서 열 명이 나란히 서도 여유가 있을 듯했다. 성벽 같은 그것은 일직선으로 끝없이, 정말로 끝이 안 보이게 안쪽으로 뻗어 있었다.

하지메가 눈짓하여 다들 벽 위로 내려왔다.

사전에 지급한 『보물고』에 각자 자신의 스카이 보드를 넣고, 대신 회복약을 꺼내서 복용했다.

주위를 경계하며 돌입 시 입은 상처가 치료되기를 잠시 기다리는데, 시아가 문득 생각난 것처럼 쇠공을 꺼내더니 벽 아래로 떨어뜨렸다.

"와아, 거리감을 파악할 수 없어서 해 봤는데……."

"어땠어?"

"안 되겠어요, 하지메 씨. 아마도 먹힌 거 같아요."

"먹혀?"

"그렇게밖에 표현을 못 하겠어요."

실제로 공은 어느 정도 떨어지는가 싶더니 늪에 빠지기라도 한 것처럼 느리게 가라앉듯 사라졌다. 시아 근처에 있던 시즈쿠와 스즈도 그 광경을 봤는지, 시아의 비유에 토를 달지 않고 표정이 굳어 버렸다.

"떨어지면 좋은 꼴은 못 보겠군."

"나구모, 빨리 지나가자. 왠지 느낌이 안 좋아."

자연스럽게 통로 중앙으로 모이며 류타로가 길을 재촉했다.

"그래, 가자. 방심하지 마라?"

일행의 부상이 모두 회복되고 티오가 후미를 맡는 것을 확인한 뒤, 하지메가 선두를 달렸다. 일행도 사주를 경계하면서 뒤를 따랐다.

일행은 얼마간 말없이 달렸다.

아무리 가도 똑같아 보이는 경치, 발소리 말고는 잡음 하나 들리지 않는 정적.

흰 통로에도 변화가 없고 장식은커녕 이음새도 없어서 원근감을 알기 어려웠다.

나아가고 있을 것이다. 다리는 멈추지 않고 앞으로 나가고 있으니까.

그래도 변화가 느껴지지 않는 풍경이 자꾸만 의심이 고개를 쳐들었다.

"그, 근데 우리, 앞으로 가고 있긴 한 거지?"

가장 신체 능력과 체력이 떨어지는 스즈가 참지 못하고 조금 숨을 헐떡이며 확인했다.

"그래, 가고 있어. 조금씩이지만 유에게 가까워지는 게 느껴지니까."

"아, 그러세요……."

이럴 때까지 염장질이냐는 눈빛으로 스즈와 류타로가 흘겨
봤다.

"……나침반으로 확인했다는 뜻이다?"

"하지메 씨라면 유에 씨와의 거리나 위치도 직감적으로 알
것 같은데요?"

"전에 유에가 말했었지. 『하지메가 어디서 뭘 하는지 왠지 모
르게 알 수 있다』라고. 나라도 그건 제정신인지 의심했구먼."

"여기서 제일 제정신이 아닌 건 너야. 어쨌든 유에가 이정표
가 되어 주고 있어. 역시 유에야. 이런 상황에서도 나를 이끌
어줘."

""염장질 맞네.""

스즈와 류타로가 혀를 찼다.

감각이 이상해질 것 같은 공간에서 정적을 견디지 못하겠는
지, 경계는 하면서도 실없는 소리를 주고받았다.

제대로 가고 있다는 확신을 얻어 적당히 긴장이 풀리고 약
10분 후.

"보인다! 통로 끝이야!"

통로 앞쪽에 마침내 끝이…… 정확히는 인식할 수 있을 수
준의 변화가 보였다.

극채색 벽이 물결치고 있었다.

거리감을 확실하게 전해졌다. 분명히 그곳이 끝이다.

막혔던 숨이 트인 것처럼 무의식중에 안도감이 밀려왔다.

그 타이밍을, 아마도 노렸으리라.

시아의 토끼 귀가 곤두섰다.

"와요! 포격, 전방위!"

한순간 이완된 분위기를 날려 버리고 팽팽하게 공기가 떨리는 경고가 울려 퍼졌다.

눈이 빛으로 뒤덮였다. 아무것도 없는 허공에서 은색 섬광들이 반구형 벽이 되어 닥쳐들었다.

인식하기 힘든 공간과 골 직전의 방심까지 이용한 완벽한 기습이었다.

시아의 『미래시』 덕분에 공격 직전에 깨달았지만, 반대로 말하면 의도치 않게 발동한 시점에서 『죽음의 예언』이라는 점에는 변함이 없었다.

"모여!"

허를 찔려 굳을 뻔한 스즈와 류타로가 따귀를 얻어맞은 것처럼 반응했다.

거의 조건반사처럼, 경험과 본능이 아는 안전지대로 몸을 날렸다.

티오, 시즈쿠, 시아는 말할 필요도 없었다. 한걸음에 하지메 곁으로 붙었다.

거의 동시에 하지메의 『보물고』가 순간 빛나며 허공으로 거대한 관 모양 방패를 소환했다.

그것을 하지메가 공중에서 움켜쥔 순간, 대형 방패도 진홍색 빛을 두르고 철컹철컹 소리를 내며 안쪽부터 금속판이 밀려 은빛 포격이 명중하기 직전에 완전히 펼쳐졌다.

"이건⋯⋯."

진홍색 빛을 받으며 시즈쿠가 중얼거렸다. 전방위를 덮는 반구체 방패 내부에서.

─가변식 대형 방패 『아이디온』.

내장된 다수의 방벽을 펼쳐서 전방위 방어도 가능한 신형 방패였다.

반구형으로 둘러싼 방벽 안쪽은 하지메가 아이디온에 불어 넣은 진홍색 마력광 때문에 의외로 밝았다. 시즈쿠뿐 아니라 다른 이들도 놀라서 눈을 동그랗게 뜬 모습이 보였다.

"놀랍구먼. 사도의 분해 포격을 물리적으로 막아내다니⋯⋯."

은빛 섬광─ 그것은 틀림없이 『신의 사도』가 사용하는 최악, 최강의 공격.

만물을 붕괴시키는 그 빛을 맞으면 지금 당장 쥐가 파먹은 치즈처럼 되어도 이상할 게 없었다. 하지만⋯⋯.

"하, 깰 수 있다면 깨 보시지."

코웃음 치는 하지메에게서는 무조건 막을 수 있다는 절대적인 자신감이 엿보였다.

실제로 아이디온은 분해 포격의 집중포화를 완벽하게 막아내고 있었다.

반구체 방패 외부는 지금 온통 은빛으로 물들었다. 조용히, 충격도 없이, 그저 표면이 풍화되듯 깎일 뿐 돌파당하지 않았다.

그 원인은 세 가지.

"아하, 방패 소재에 재생 마법을 부여했군요!"

시아가 간파한 대로 신소재『복원석』이 분해되는 족족 방패를 재생하고 있었다.

덧붙이면 마력을 튕겨 내는 성질을 가진 봉인석과 세계 최고 강도를 자랑하는 아잔티움 광석을 섞은 신소재 합금, 『불마석(祓魔石)』을 쓴 복층 구조였다.

견고한 데다가 마력을 튕겨 내는 두 번째 층은 설령 첫 번째 층이 깨져도 재생할 시간을 벌었다.

그것이 3중으로 겹쳐 총 6층. 보험으로 마력 방어 기능『금강』도 부여해 뒀다.

마왕성에서 펼친 사투로 각성한『한계 돌파』의 특수 파생—『진장』으로 봉인석마저 손쉽게 연성하는 지금의 하지메이기에 창조 가능한 걸작이었다.

"포격이 안 통한다면…… 접근전을 펼칠 거야."

기습을 버텨 한시름 놓으면서도 시즈쿠가 바로 표정을 굳히며 흑도를 쥐었다.

"순간적이라서 정확성은 떨어지지만…… 섬광의 수로 보아 스무 명 전후인가?"

티오가 피부 표면을 쩍쩍 흘린 장갑으로 덮으며 말했다.

그 급박한 상황에서 적의 수를 확인한 순발력과 냉정함은 놀라운 수준이었다. 그러나 그 내용을 들으면 저절로 얼굴에 힘이 들어갔다.

특히 스즈와 류타로는 무기를 부술 기세로 강하게 쥐었다.

마왕성에서는 상대가 되지 않았고, 【신역】 돌입 시에도 지상의 맹렬한 엄호를 뚫고 나온 일부 사도의 공격을 막아 접근을 저지했을 뿐.

어디까지 가능할까. 아니. 해야 한다. 이런 곳에서 머뭇거릴 틈은 없다고 자신을 격려했다.

"후훗, 스무 명 정도라면 적수가 못 되죠!"

시아만은 토끼 귀를 파닥대며 의욕에 차 있지만…….

"아니, 여기선 내가 하지."

하지메가 동료의 긴장과 기세를 단칼에 잘라 버렸다.

"돌입할 때는 보호받았으니까. 이번에는 내 차례야. 너희는 힘을 온존해."

"하, 하지메? 딱히 혼자서 할 필요 없잖아? 협력하면—."

"가는 곳마다 찔끔찔끔 공격해 와도 귀찮을 뿐이야. 소용없다고 알려줘야지."

시즈쿠의 걱정도, 스즈와 류타로의 염려도 더는 입 밖으로 꺼낼 수 없었다.

진홍색 스파크가 튀는 하지메의 옆얼굴이 사냥감을 앞에 둔 굶주린 짐승과 같았으니까.

아군인데도 오싹하게 몸이 떨렸다.

"걱정하지 마. 금방 처리하지."

"처, 처리……."

목소리만은 냉정한 것이 괜히 더 무서웠다.

시아와 티오조차 말문이 막힌 가운데, 드디어 아이디온에 가해지던 압력이 사라졌다. 집중포화를 아무리 쏟아 부어도 소용없다고 마침내 인정한 모양이었다.

주인에게 받은 최강의 공격이 통하지 않는 사실을 인정할 수밖에 없는 『신의 사도』는 어떤 심정일까.

그 답은 과연…….

아이디온이 찰나의 순간에 『보물고』로 사라졌다.

보인 것은 사도 스무 명이 돔 형태로 포위한 광경. 그리고 여전히 무표정이면서 처음 보는 은색 빛의 폭풍.

그것은 사도가 『한계 돌파』를 한 증거였다. 조용히 빛나야 할 그것이 스파크를 일으키는 것은 분노의 발로인가, 아니면 굴욕 때문인가.

"이레귤러!"

"이제야 왔냐?"

은색으로 빛나는 쌍대검을 휘두르고 은색 날개를 한 차례 퍼덕인 후, 이제 막 앞으로 나가기 직전.

하지메의 두 팔이 흐려졌다.

채찍처럼 좌우로 휘두른 두 팔. 한순간 늦게 울리는 긴 작렬음.

그것이 돈나&슈라크가 동시에 6연발 속사를 쏜 동작임을 인식했을 때는…….

"아."

열두 명의 사도가 진홍색 섬광에 흉부의 핵을 뚫린 뒤였다.

사도들은 일순 믿을 수 없다는 듯 눈을 크게 뜨고는, 극채색 땅으로 추락했다.

다른 여덟 명의 사도도 같은 표정이었다.

"너희, 잠깐 숙이고 있어."

그 틈에 하지메는 일행에게 지시를 내리고 감탄이 절로 나올 만큼 매끄럽게 공중 건 스핀 리로드를 마쳤다.

"뭘 한 건가요, 이레귤러!"

전자 가속 탄환은 확실히 강력했다.

마왕성으로 초대받기 전, 설원 경계선에서 상대했을 때조차 단 한 방으로 대검에 바람구멍을 냈으니까 그 위력은 잘 알고 있었다. 아무리 강철 같다고 해도 육체가 견뎌낼 재간은 없었다.

그러나 힘의 원천인 『핵』 주위는 달랐다. 그곳만은 특별히 견고하게 보호되고 있었다. 적어도 파일 벙커 같은 중병기라도 사용하지 않는 한 일격에 파괴하기는 불가능했다.

"철갑탄이란 물건이다. 대 사도용으로 준비했지."

철갑탄. 탄자에 단단한 철심을 넣어 관통력을 높인 탄두. 하지메의 철갑탄은 철심 대신 압축 아잔티움 광석을 사용하고, 아울러 피갑에 원추형 공간 차단 결계가 발생하는 특제품이었다.

다른 생물에게 쓰면 관통력이 너무 높아서 오히려 피해가 적다. 그래서 대 사도용. 오로지 그들의 『핵』을 뚫기 위한 총알이었다.

"하지만 피하지 못할 이유는……."

반응 정도라면 할 수 있었다. 실제로 방금 열두 사도가 설령 육체가 뚫려도 핵에 맞지 않게 반사적으로 몸을 틀었을 것이다.

영문을 모르겠다. 왜……라는 의문이 떠올랐다.

"그거까지 알려줄 이유는 없지."

당연한 지적을 받고 사도의 눈 밑이 움찔 떨렸다. 들을 필요는 없다고 주장하듯 해석 능력을 최대로 발휘하며 은색 빛을 내뿜었다.

그것을 신호로 극채색 공간에 여러 파문이 생겼다. 그리고 허공을 스르륵 빠져나오듯 더 많은 사도가 출현했다.

"아니, 백 명은 있는데?! 나구모, 괜찮아?!"

"도, 도울까?!"

한쪽 무릎을 꿇고 앉은 스즈와 류타로가 초조한 낯빛으로 말하나…….

"당황하지 마. 30초 안에 끝나."

당혹감과 놀라움에 반문하는 소리가 이어지는 총성에 지워졌다.

그 직후에 시작된 것은 말 그대로— 유린.

방금 열두 명이 우연이 아니었음을 증명하는 것처럼 조금 늘어지는 총성이 울림과 동시에 또 열두 명이 나가떨어졌다.

"—?!"

『신의 사도』에게 있을 수 없는 일방적 패배. 하지만 이를 갈 시간도 주어지지 않았다.

건 스핀, 발포, 건 스핀, 발포.

불과 1초 사이에 벌어진 절기(絶技)는 단 한 발도 빗나가지 않고 목표에 명중했다. 총 스물네 줄기의 진홍색 섬광이 마치 고슴도치처럼 뻗어나가 한 치 오차도 없이 사도의 핵을 파괴했다.

사고 공유 능력으로 즉시 전술을 공유했다.

결론, 수로 압도한다. 분해 마법을 두르고 벽이 되어 돌진, 압살.

말이 아니라 마치 새 떼가 군집 행동을 하듯이 사도들은 흐트러짐 없이 대열을 맞춰 쇄도했다.

제아무리 하지메의 재장전이 신속의 영역에 달했다고 하나, 결국 총은 두 자루. 한 번에 공격할 수 있는 수는 열두 발이 한계였다. 찰나의 공백은 생긴다. 머릿수로 밀어붙이면 늦을 가능성은 충분히 있었다.

그러나 이 괴물 총잡이가 총의 약점을 고려하지 않았을 리 없다.

—지각 확대 스킬 『순광』 발동.

사고가 가속하고 세계가 색 바랬다. 밀려오는 사도의 표정, 은색 깃털 하나하나까지 또렷하게 보였다.

모든 것이 느리고 선명해진 세계에서 하지메의 두 팔이 춤췄다.

전후좌우, 머리 위까지 돈나&슈라크의 사선이 겹치지 않도록 조정해 0.1초의 차이도 없이 두 자루를 동시에 발사했다.

밀려드는 사도들의 눈앞에서 접촉한 두 발의 탄환은……

"크윽?! 이건, 공간 마법!"

그 말대로 어마어마한 공간 진동 충격파를 방출했다.

—특수탄 『공간 작렬탄』. <small>에어리어 버스트 불릿</small>

이 상황을 예상하고 장전해 둔 특수탄은 계획대로 충격파 벽을 생성했다.

아무리 사도라도 공간의 격진을 함부로 돌파할 수는 없었다.

당연히 일부는 튕겨 나갔고, 그러지 않더라도 발이 묶였다. 멈추고 말았다.

그렇다면 결과는 필연.

치명적인 허점에는 치명상을. 또 열두 명의 사도가 떨어졌다.

대열을 재정비했을 때는 이미 건 스핀이 끝나 있었다.

사도의 눈이 파르르 떨렸다.

즉시 자비 없이, 지체 없이 날아드는 진홍 섬광.

왜 피할 수 없지? 『예측』 기능으로 움직임을 파악하나? 그렇더라도 어떻게 작은 핵을 정확하게 노릴 수 있지? 명중하기 직전까지 회피하고 있는데.

'피할 수 없다면 베어 버리면 그만!'

첫 번째 대검을 수직으로 내리쳤다. 완벽한 타이밍, 이상적인 궤도로.

분해 마법까지 두른 날카로운 칼날이라면 어떤 견고하고 강력한 탄환이라도 절단할 수 있다.

하지만 그 의도는 빗나갔다.

'……?! 통과했—'

드디어, 핵이 꿰뚫려 기능이 정지하기 직전에, 드디어 회피할 수 없던 이유를 알았다.

탄환이 대검을 통과했다. 그렇게 착각할 만큼 미묘한 궤도 변화였다. 수 밀리미터 빗겨나간 탄환이 칼날의 옆면을 스치듯 통과해 원래 궤도로 돌아왔다.

—특수탄 『생체탄』.

변성 마법과 생성 마법을 쓴 복합 연성의 산물. 이름 그대로 『살아 있는 탄환』.

원리만 보면 뮤에게 준 생체 골렘과 같았다. 명확한 의지는 없지만, 쏘기 전에 명령한 장애물을 스스로 인식해 피하고 목표를 친다.

그것이 바로 사도조차 피하거나 받아칠 수 없는 공격의 정체였다.

유턴까지 해서 추적하는 능력은 없지만, 찰나의 순간에 표적까지 도달하는 탄환이 명중 직전에 궤도까지 바꾼다.

아무리 초월적인 인지 능력과 반응 속도를 갖춘 사도라도 대응할 수 있을 리 없었다.

철갑탄과 합쳐 『생체 철갑탄』을 만들면 방어도 불가능하다. 이것이 진정한 『대 사도용 총알』.

거기에 하지메의 악마 같은 기량이 더해지면 필중필살의 마탄이 완성된다.

"크, 멈추지 마라! 거리를 두고 은빛 깃털을 난사해!"

사도 하나가 사고 공유 능력으로 말이 필요 없을 텐데도 소리쳤다. 막 판명된 사실에 정체 모를 감각이 밀려와서 그것을 무의식적으로 떨쳐내려고 한 것이다.

자신도 잔상을 만들며 초고속 비행에 들어가지만…….

'떨어지지 않아!'

눈이 맞았다. 보통 사람은 눈으로 인식하기도 어려운 속도 건만, 눈이, 괴물의 눈이 자신을 좇았다. 완전히 똑같은 개체가 잔상을 뿌리며 어지러이 날아다니는 전장에서 정확하게 자신을— 여섯 번째만을 보고 있다!

—네가 지휘관이냐.

그때, 젝스트는 분명히 봤다. 괴물의 입꼬리가 씨익 찢어지는 것을.

"아……."

왜, 그런 목소리가 새어 나왔을까. 젝스트 본인도 알지 못했다.

진홍 섬광이 뻗어왔다. 무수한 사도를, 은빛 깃털의 틈을 누비고 바늘구멍을 통과하듯 정확하게 자기 가슴으로.

시간이 이상하리만큼 느리게 흘렀다. 사도의 지각 능력에 의한 세계는 아니었다.

이것은, 이것은 틀림없이…….

'사람이, 죽을 때 본다는…….'

주마등. 오랜 역사 속에서 행했던 암약들. 불필요한 말이라고 쳐내고 처분한 수많은 인간들.

말도 안 되지만, 문득 그들이 승리했다는 양, 원한을 풀었다는 양 통쾌하게 웃는 얼굴이 보인 것만 같았다.

'인정할 수 없어요. 절대로! 우리야말로 최고의—'

사도답지 않게 속으로 격분을 터뜨리고…… 젝스트는 핵을 관통당했다.

"집중 포격! 나머지는 따라오세요!"

여섯 번째를 대신해 열한 번째가 즉시 지휘관이 됐다.

사도에게 지휘관이란 어디까지나 군체의 대표에 지나지 않았다. 사고는 공유되어 개인의 의지가 없기 때문에 젝스트 격파는 지휘 체계에 아무런 영향을 미치지 못했다.

신속하고 과감하게 다음 전술이 선택되어 실행에 옮겨졌다.

3인 1조로 다섯 조. 흩어져서 거리를 두고 대검을 치켜들어 칼끝을 모았다.

세 사도에게서 분출된 은색 빛이 대검 끝에 모이고 태양처럼 빛을 발했다.

그 충전 시간에 남은 사도가 은빛 날개의 고치, 은빛 깃털로 만든 마법진으로 발동한 다중 장벽, 자신에게 두른 분해 마법과 교차한 대검을 방패 삼아 방어했다.

의심의 여지없이 사도가 할 수 있는 최선의 방어였다.

하지만 그만큼 방어를 둘러쳐도…….

"그게 비장의 무기냐? 좋아, 쏴 봐."

그렇게 말하면서도 가차 없이 날아든 진홍 섬광이 차례차례 사도를 꿰뚫었다.

—총기(銃技)『다단 사격』.

동일한 위치를 초고속 연사로 거의 동시에 맞춰 관통력을 높이는 기술이었다.

한 명당 세 발. 총 네 명이 격추되었다.

세상에 비견할 것 없던 방어력이 고위력 병기조차 쓰지 않은 단순한 기술에 뚫렸다. 틀림없이 사도에게는 악몽 같은 현실이었다.

그렇지만 시간은 벌었다.

"너무 오만했군요, 이레귤러. 그 방패로 막을 수 있다고 생각하지 마세요."

엘프트의 뼛속까지 서늘해지는 목소리가 사형 선고처럼 울린 직후, 세 사도가 일제히 대검을 내리쳤다.

임계 상태까지 에너지를 응축한 은색 태양은 프로미넌스를 분출하는 것처럼, 그 멸망의 빛을 쏟아냈다. 지름 10미터는 될 거대한 레이저가 모든 것을 먼지로 바꿔 버리고자 육박했다.

뒤쪽에서 아이들의 표정이 굳는 것이 느껴졌다. 시아와 티오가 하지메를 보며 어깨를 으쓱이는 것도.

"그럴 생각 없어."

『보물고』가 빛을 발하고 퐁, 하며 열 개의 원반이 날아갔다.

중앙에 구멍이 난 그것들 중 다섯 개가 집속 분해 포격의 진로에 끼어들어 평면 부분을 방패처럼 내세웠다.

그 직후, 원반이 3등분으로 나뉘어 단숨에 구멍을 확대했다.

분할된 원반은 가느다란 와이어로 이어져 순식간에 거대한 원반을 공중에 만들어 냈고, 집속 분해 포격이 직격하기 직전에 빛을 띠었다.

그러자—.

"그 기술은!"

공간 마법 결계마저 깨는 최강의 공격이 뻥 뚫린 구멍으로 사라져 어느샌가 흩어졌던 다섯 개의 분할 확대한 원반으로 방출됐다.

—가변식 원월륜『오레스테스』.

원래 가운데 구멍에 발동하는 『게이트』를 써서 공간 도약탄으로 이용하던 원월륜을 적의 공격을 전이하도록 개량한 것이었다.

그야말로 『안 맞으면 그만』이라는 말을 실현한 최강의 추방형 방어였다. 사도의 얼굴이 어딘지 모르게 떨떠름해 보이는 것은 과거에 같은 일을 한 자라도 있기 때문일까.

사도들은 오롯이 되돌아온 포격의 사선에서 긴급 이탈했다.

당연히 하지메가 그 틈을 놓칠 리 없고, 총성과 함께 수많은 사도가 떨어졌다.

"아직 멀었어요."

극채색 공간에서 추가로 사도가 출현했다.

하지만 무의미했다.

"전에 이렇게 말했지? 나는 『해석이 끝났다』라고."

분해 포격, 은빛 깃털 난사, 온갖 마법이 모조리 추방되어 공격으로 전환됐다.

"그 말, 그대로 돌려주마."

접근전으로 몰고 가려고 해도 공간 작렬탄의 충격파 벽에 밀려났다.

"두 번이나 죽일 뻔한 상대에게, 그 추태는 뭐지?"

그리고 그 틈에 필중필살의 마탄이 꽂힌다.

"변화라고는 없는 마법, 무기, 전술—."

돈나&슈라크는 빙글빙글 돌고 또 돈다.

연속된 초고속 공중 건 스핀 리로드로 하지메의 양손은 라운드 실드라도 쥐고 있는 듯 보였다.

하지메 본인도 발로 원을 그리며 돌고 또 돈다. 그동안에도 양손은 별개의 생물처럼 저마다 다른 방향으로 움직이고 있었다.

최소한으로 절제된, 합리성의 극치에 달한 최고 효율의 움직임.

그곳에서 날아간 진홍색 마탄은 그야말로 죽음의 구현이었다. 사방팔방으로 끊임없이 섬광이 뻗어나가고 그때마다 『신의 사도』가, 단 하나로 세계를 유린할 수 있는 하늘의 재앙이, 날벌레처럼 허무하게 제거당했다.

이 얼마나 비현실적인 광경인가.

난무하는 진홍 섬광과 빗발치는 은색 빛의 현란함이 더욱 그 비현실성을 강조했다. 시아와 티오, 시즈쿠와 스즈, 류타로까지 그럴 상황이 아니라고 알면서도 눈길을 빼앗길 정도로.

"나는 상상했어. 무기를 바꾸고 숙련도를 높여 이중, 삼중으로 전술을 짜고, 비밀 무기를 양산했어. 그동안 너희는 뭘 했지?"

언제부터인가 극채색 공간에서 증원이 끊겼다.

사도가 의도한 바는 아닌 듯했다. 한순간 의아한 모습을 보인 뒤, 하지메에게 허무가 깃든 눈길을 보냈다.

"닥치세요, 이레귤러. 우리는 완성된 존재입니다. 인간 따위와 같은 선상에서 논하지 마시—."

말은 도중에 끊겼다. 헛소리라고, 아무 가치도 없는 말이라고 잘라 버린 것처럼 핵이 파괴당해서.

"너희는 발전이 없어. 생존을 위해서, 소원을 위해서, 『소중한 것』을 위해서 죽기 살기로 발버둥 치지 않아. 그러니까 처음부터 말했지?"

정신을 차리자 공중에 뜬 사도는 단 하나뿐. 우연히도 딱 끊어지는 숫자, 열 번째.[첸트]

돈나의 총구가 똑바로 적을 향했다.

움직임을 멈춘 사도와 입꼬리를 사납게 찢은 하지메의 시선이 교차했다.

"꼭두각시들아, 라고."

총성이, 메아리쳤다.

왠지 저항하지 않고 핵을 꿰뚫린 첸트는 마지막으로 한마디를 남겼다.

"괴물 자식……."

"고맙다."

실이 끊긴 마리오네트처럼 힘을 잃고 떨어지는 사도에게 하

지메는 그 욕을 칭찬으로 받으며 웃음을 돌려줬다.

전투 종료를 알리듯 총구에서 피어오르는 흰 연기를 건 스핀으로 날려 버리고 그대로 자연스럽게 홀스터에 총이 꽂혔다.

어깨 너머로 돌아보자 스즈와 류타로가 몸을 숙인 채로 아연실색했고, 시즈쿠가 쓴웃음을, 시아와 티오가 뜨거운 눈길을 하지메에게 보내고 있었다.

"미안. 60초나 썼어."

하지메는 큰소리쳐 놓고 실패했다며 어색하게 볼을 긁적였다.

"아니야, 나구모. 그런 게 아니야."

"쫄아서 그러잖냐. 눈치 좀 채라."

결과를 놓고 보면 『신의 사도』를 거의 200명 가까이 상대하고 상처조차 없이 완승. 그것도 1분 만에.

실로 압도적이었다. 아티팩트와 악마적 기술이 합쳐진 흉악함은 솔직히 스즈와 류타로에게는 어떤 불가사의 수준이었다.

"『정보를 주절주절 까발리고 죽이지 못했다』라고 했지?"

"그렇구먼. 그 대가는 어마어마하게 비싸게 치렀어."

"하지메 씨에게 시간을 주면 줄수록 승률이 쭉쭉 떨어진다는 건 알겠네요."

아직 【신역】의 초입인데 벌써 몇 가지 신병기, 신전술을 선보였는가.

전투 개시 직후 신산을 파괴한 『미티어 임팩트』에 신형 태양광 집속 레이저 『바루스 히페리온』, 전자 가속식 개틀링 파일벙커에 특수탄……

뭐가 비전투 계열 천직인가. 뭐가 흔해빠진 직업이란 말인가.

육체 자체가 괴물 같은 스펙을 자랑하는 것은 맞지만, 하지메의 진정한 무기는 한계를 두지 않는 상상력과 그 상상력을 실현하는 개발력이었다.

그리고 인류를 위협한 것은 시대를 막론하고 새롭게 탄생한 『무언가』였다.

어떻게 보면 하지메는 가장 무서운 재능을 지녔다고 할 수 있지 않을까.

새삼스럽지만, 아이들은 그 사실을 몸소 깨닫는 기분이었다.

"최소한의 무력으로 압도했으니까. 이제 쓸데없이 사도 무리를 보내지는 않겠지만…… 방심하진 마라?"

시간 낭비하지 말고 빨리 가자며 하지메는 앞으로 걸어 나갔다.

그 뒤를 시아와 티오가 신이 난 분위기로 따라갔다.

"그나저나 아깝네요. 방금 하지메 씨를 유에 씨에게도 보여 주고 싶었어요."

"후후, 이런 일도 있을까 봐 영상 기록용 아티팩트를 들고 왔지. 이번 일이 끝나거든 감상회라도 열자꾸나!"

"티오 씨, 나이스! 역시 역사에도 이름을 남길 희대의 변태예요!"

"후하하하, 칭찬이 과하구나! 쑥스럽지 않느— 응? 칭찬 아니야?"

정말로 평상시와 아무것도 다를 바 없는 대화였다.

시즈쿠와 스즈, 류타로는 서로 얼굴을 마주 보고는 피식 웃었다. 이 정도로 당황해서는 앞으로도 따라갈 수 없다. 아이들은 다시 마음을 단단히 먹고 힘차게 일어섰다.

길 앞에서 하지메가 극채색 벽에 손을 대고 있었다.

역시 그곳이 이 공간의 경계였나 보다. 닿은 곳을 중심으로 파문이 퍼지고 손이 쑥 잠겼다. 반대편으로 갈 수 있을 것 같았다.

그 상태에서 나침반을 확인하지만, 유에와의 거리는 변함이 없었다.

똑같은 곳이 나오리라는 생각은 안 들지만, 대체 어디로 이어졌을까.

"일단……."

하지메는 허리 홀더에서 손바닥만 한 원추형 물체를 꺼내더니 잠깐 『전기 두르기』를 발동하고 파문 너머로 휙 던졌다. 시즈쿠가 갸웃거리며 물었다.

"하지메? 뭐 해?"

"수류탄을 던졌어."

"뭐 하는 거야?!"

"아니, 반대편에 적이 있으면 지금 그걸로 죽었으면 해서."

난감하게도 나침반으로 파문 너머를 조사해 봤으나, 이미지가 선명하게 떠오르지 않았다.

마치 실시간으로 변화하는 것처럼—.

그래서 만약을 위해 『공간 왜곡 수류탄』을 던져 넣은 것이었다.

주변 일대의 공간을 소용돌이처럼 휘감아서 비틀어 부수는 신형 수류탄. 이점은 살상력이 굉장히 높으면서 무음이라는 점이었다.

벽 너머에서 조용히 만물이 파괴되고 있을 광경을 상상하고 스즈가 반사적으로 소리쳤다.

"에리랑 코우키가 있으면 어쩌려고 그래?!"

효과 시간을 재던 하지메의 눈이 깜박거리며 스즈를 보더니 류타로, 시즈쿠를 넘어서— 슥 돌아갔다. 저 멀리, 아무것도 없는 엉뚱한 곳으로.

"돌입하기 전에 수류탄을 던져서 견제하는 건 상식이야."

"말 돌리지 말고……."

류타로가 머리를 쥐어뜯었다. 시즈쿠도 고개를 하늘로 들었다.

그런 반응을 무시하고 하지메는 의수에서 와이어를 사출해 일행을 전부 감았다.

"하르치나와 슈네 대미궁 때처럼 전이하면서 흩어질지도 몰라. 가급적 동시에 진입해."

각오는 됐겠지? 눈빛으로 그렇게 묻는 하지메에게 모두 진작 마쳤다는 강한 눈빛을 돌려줬다.

그리하여 일행은 망설임 없이 파문 안으로 뛰어들었다.

멍한 어지러움이 하지메 일행을 덮쳤다. 마치 만화경 속으로 뛰어든 것 같은 현란한 색채의 폭력이 시야를 채워 버렸기 때문이었다. 미끈하게 피부를 훑는 감촉도 굉장히 불쾌했다.

물론 불쾌감은 불과 몇 초에 지나지 않았다.

쿠션 위를 걷는 듯한 감촉은 곧 단단한 땅바닥을 밟는 확실한 감촉으로 변했고, 시야는 눈아픈 극채색에서 해방되었으나 다른 의미로 기이한 광경을 보게 되었다.

"여, 여긴 뭐야?"

말을 흘린 류타로가 망연스레 주위를 봤다.

다른 이들도 방심하지 않고 주변을 살피지만, 속내는 비슷했다.

"참으로 별난 건축 양식이구먼……. 토터스에서는 본 적이 없어."

"우와아, 커다란 건물이네요. 전부 금속이나 돌 같은 자재를 쓴 것 같은데……."

"하, 하지메. 여긴……."

시즈쿠의 살짝 동요한 목소리는 기시감 때문일 것이다.

"아니, 지구는 아니야."

그렇다. 극채색 벽을 넘은 곳은 현대 지구의 도시와 흡사했다.

하지메 일행이 있는 곳은 어떤 건물의 옥상이었다. 30층은 되지 않을까. 재질은 콘크리트와 비슷했다.

거기서 보이는 경치도 아스팔트 같은 질감에 정비된 도로와 먼 곳까지 펼쳐진 마천루 같은 고층 건축물들이었다. 다만…….

"폐허가 된 도시, 인가? 분명 먼 옛날에 멸망한 도시를 통째로 가지고 왔겠지. 멸망시킨 기념이니 뭐니 그딴 이유로."

하지메가 역겹다는 투로 뱉은 말대로 도시는 의심의 여지없이 멸망해 있었다.

30층 높이에서 일대를 돌아볼 수 있는 것은 많은 건물이 중간부터 무너진 탓이었다.

쓰러지는 빌딩이 서로를 지탱해 기적적인 균형으로 붕괴를 면한 건물도 있었다.

도로는 균열투성이에 여기저기가 솟아오르거나 푹 꺼져 있었다. 부식으로 무너진 건축물 잔해와 깨진 유리 파편이 흩어졌고, 넘어진 탈것 같은 물체도 여기저기 보였다.

당연히 사람은 돌아다니지 않았다.

을씨년스럽고 무상한 기분을 불러일으키는 황폐한 풍경.

사람이 사라지고 수천 년이나 지난 고스트 타운 같았다.

"나구모, 지구가 아니라는 건 확실해?"

"어떻게 알아?"

시즈쿠와 똑같이 동요하다가 현실로 돌아온 스즈와 류타로가 물었다.

에히트는 지구 침략을 꿈꾸고, 자신들은 지구에서 소환됐다.

어디 도시라도 소환해서 멸망시킨 것이 아닌가. 이미 에히트의 마수가 지구까지 뻗은 것은 아닌가.

그런 불길한 예감이 가슴속에서 불쑥 올라왔겠지.

"건축물 재질도 문자도 다르니까."

망원 스킬 『멀리 보기』로 확인하면 간판에 희미하게 남은 문자가 보였다.

당연히 지구의 문자는 아니며, 현대 토터스에서 쓰는 문자와 유사한 부분은 있어도 동일하지는 않았다. 지금 밟고 있는 바닥의 재질도 『광물계 감정』으로 확인한 결과, 마력을 띤 토터스산 합성 광물이었다.

"애초에 도시 내 도로에 신호등도 없는 게 말이 돼?"

이 간단명료한 지적에 아이들도 앗 소리를 내고는 아직 냉정한 판단력이 돌아오지 않았다고 멋쩍게 웃었다.

"하지메 씨가 살던 세계는 이런 곳인가요? 후후, 데려가 주실 날이 기대되네요."

"흠, 먼 과거에는 이렇게 고도로 발전한 시대도 있었구먼……."

하지메와 아이들의 대화로 지구의 현대 도시가 어떤 모습인지 알게 된 시아가 감탄했고, 반대로 티오는 씁쓸한 표정을 지었다.

하지메가 나침반을 기동하며 어깨를 으쓱였다.

"지구에도 초고대 문명이라고 해서 현대보다 뛰어난 기술의 흔적이 발견되기도 했어. 멸망한 이유도 밝혀지지 않았지만…… 적어도 이쪽은 그 이유가 명확하군."

요컨대 신의 장난이었다. 처음에는 문명 발전에 아낌없이 힘을 빌려주고 과학 대신 신역의 마법을 써서 현대 지구에 버금가는 발전을 이룩했으리라. 그러다가 인류가 번영의 절정을 맞이했을 때 붕괴시켰겠지.

카드 쌓기를 손가락으로 튕기는 가벼운 마음으로. 희열에 젖으면서.

바로 지금 세계를 멸망시키려는 것처럼.

"……취향 참 고약하구먼."

"토 나오네요."

대체 몇 번이나 사람은 이렇게 발전과 멸망을 반복했을까.

대체 몇 번이나 필사적으로 쌓아 올린 역사를 짓밟고 없었던 일로 했을까.

"반드시 막아야 해……."

시즈쿠가 결의를 새롭게 다지며 중얼거렸다.

지구의 도시를 닮은 이곳은 기시감뿐 아니라 약간의 향수를 자극했다.

동시에 실감도 들었다.

에히트를 막지 못하면 지구는, 자신들의 고향은 이렇게 되고 만다는 실감.

"그래, 막아야지."

조용히, 하지만 오싹할 만큼 무겁고 깊이 있는 선언.

"유에를 되찾는 김에 이번에는 내가 놈의 모든 것을 박살 내 주겠어. 그 역할은 다른 누구에게도 넘기지 않아."

그러니까, 라고 덧붙이며 하지메가 나침반을 집어넣고 아이들에게 한 명씩 눈길을 줬다.

언제부터인가 시아와 티오가 날카로운 눈초리로 주변을 살피고 있었다.

갑자기 전의가 고조되는 가운데, 하지메는 『보물고』를 빛내며 아이들에게 말했다.

"너희는 너희 목적에만 집중해."

아이들이 뭐라고 말을 돌려주기 전에, 그것이 허공에 출현했다.

―신형 로켓&미사일 런처 『아그니 오르칸』.

거대한 십자가 같은 형태, 크기와 두께는 배로 늘었다. 무엇보다 특이한 점은 측면으로 돌출한 상하 3단의 날개 같은 부분이었다. 두껍고 긴 전투기의 날개를 연상케 했다.

심지어 그것이 두 대. 양손에 하나씩 들자 하지메의 몸이 가려서 보이지 않을 지경이었고, 흡사 요새 같은 강화 외골격으로 무장한 모습이었다.

척 보기에도 대단한 박력이었다. 검은 몸체에 붉은 선이 들어간 디자인 또한 흉악한 느낌에 박차를 가했다.

"으엑, 하지메 씨! 또예요?! 일단 200명은 있는 것 같은데요!"

"그보다도 주인님! 척 보아도 저것들은―."

"문제없어. 시가전을 벌일 생각도 없으니까."

귀찮으니까 모조리 날려버린다. 그런 뜻을 담아서 말한 직후, 그 포학한 위력이 해방됐다.

아그니 오르칸의 끝부분― 6연발 포구에서 로켓탄이 돌격 소총의 풀 오토 사격처럼 발사됐다. 초당 30발을 자랑하는 압도적 화력이었다.

더불어 뒷부분의 단발 포구에서도 한층 큰 미사일이 불꼬리를 끌며 날아갔다.

게다가 철컹철컹 소리를 내며 날개 표면의 작은 금속판이 밀려 들어가더니 그곳에서 무수한 연필 크기의 미사일까지 발사됐다. 일제 사격으로 발사된 수는 300발. 한쪽만으로 말이다.

결과는 굳이 말할 필요도 없으리라.

"워어어어, 장관이군."

"이, 일단 결계를 펼칠게."

폭음에 폭음이 잇달았다. 고막에 원한이라도 있냐고 욕하고 싶어질 정도의 소리의 폭력이 충격과 함께 아군을 덮쳤다.

푸슈우우, 하고 맥 빠지는 소리와 함께 날아간 로켓탄이 주변 건물을 안에 있는 사냥감과 함께 붕괴시켰다.

막대한 질량을 가진 잔해가 땅을 난타해 온 도시가 흔들리는 와중에 연필 미사일 무리가 더 멀리 있는 건물의 내부로 돌입해 표적을 유린했다.

열원, 혼백, 생체 에너지 중 하나라도 감지하면 자동으로 표적을 설정하고 추적하는 신형 미사일은 결코 사냥감을 놓치지 않았다.

원리는 생체탄과 똑같지만, 탄속이 비교적 느려서 창문이나 구멍, 입구를 찾아 침입하는 광경은 어떤 이에게는 악몽이었다.

좌우로 퍼지도록 아그니 오르칸을 옆으로 돌리자 로켓과 미사일들이 사방팔방으로 각자 자유롭게 화선을 그리며 종횡무진 표적을 먹어 치웠다.

세상을 집어삼킬 듯한 폭음과 폭염, 격진과 붕괴가 도시 일부를 공터로 만들어 갔다.

그 진동으로 간신히 버티고 있던 폐허들까지 도미노처럼 연쇄적으로 붕괴하기 시작하고…….

"잠깐, 큰일 났어! 이 건물도 무너지겠어!"

흔들흔들, 쩌적쩌적, 아래쪽 건물이 비명을 질렀다. 시즈쿠가 귀를 두 손으로 막으며 하지메에게 소리치지만…….

"어차피 부술 생각이었어. 저것들이 달려오고 있었으니까."

"""뭐?"""

시즈쿠, 스즈, 류타로, 세 명에게서 나온 목소리였다.

"『공력』으로 발판을 만들어 둬."

"뭐?"

역시나 시즈쿠, 스즈, 류타로, 세 명에게서 나온 목소리였다.

아그니 오르칸의 윗부분, 십자가로 비유하면 양팔 중 하나에서 미사일 한 발이 발사됐다. 그것은 상공으로 올라가는가 싶더니, 유턴해서 똑바로 지상으로…… 바로 하지메 일행에게.

한순간 실수인가 의심했지만, 곧 하지메가 그럴 리가 없다고 생각을 고쳤다.

그러면 지금은 섣불리 움직이지 않는 것이 정답이라고 생각하고 다들 바싹 굳은 얼굴로 『공력』을 발동하며 충격 방지 자세를 잡았다.

그와 동시에 떨어진 미사일은 옥상을 관통했다. 폭발하지는 않고 그대로 아래층을 뚫고 지하까지 도달한 그것은…….

―특수 미사일 『벙커 버스터』.

목표를 관통해 아래쪽에서 폭발하고 초중력장 소용돌이까지 발생시키는 지하 파괴용 특수 탄두였다. 그 결과, 건물 최

하층에서 마침내 기폭해 건물이 중심부로 차곡차곡 쌓이듯
이 붕괴했다.

발판 아래가 사라져 가는 광경은 굉장한 공포였다. 전망대
에 자주 있는 투명 바닥으로 아래를 구경하는데 갑자기 전망
대가 무너지는 광경을 본 기분이었다.

"……나 있지, 뉴스에서 본 적 있어. 분쟁 지역의 공중 폭격
영상. 딱 이런 느낌이었어."

"완전히 1인 군대구만……. 근데 적에게 포위될 것 같아서
한 짓이지?"

"모습을 보이기 전에 건물째, 아니, 도시째 폭격하고 있어서
잘 모르겠지만 아마 그럴 거야."

먼지가 모래폭풍처럼 날리고, 여기저기서 불길이 치솟고, 토
터스 고대 문명의 온전한 증거가 단순한 잔해더미로 바뀌고
있었다.

대참사라고 부르기에 부족함이 없는 광경을 보며 아이들은
생각하기를 포기했다.

먼 산이라도 보는 듯한 눈길 앞에서도 건물이 지진을 일으
키며 죄다 무너져 내리고 있었다. 이 도시 안에서 특히 높은
장소에 있는 시계탑 주변 일대였다.

도넛 형태로 시계탑을 피하며 건물이 찍어 누른 것처럼 파
괴되어 갔다.

원인은 방금 아그니 오르칸 뒤쪽으로 발사한 미사일 같았
다. 그것이 시계탑 상공을 선회하며 작은 흑수정 같은 것을

흩뿌리자 건물 바로 위에 검은 구체가 발생해 건물이 압쇄되었다.

—특수 미사일 『그래비티 클러스터』.

중력장을 발생시키는 소형 폭탄을 뿌리는 특수 탄두였다.

왜 저렇게 먼 곳을 폭격하나, 의문을 느끼면서도 아이들의 의식은 다른 곳으로 향했다.

시야 한쪽, 잔해더미 안에서 웬 사람이 기어 올라왔으니까.

"우와, 저러고도 살아 있어?!"

"사도……는 아니지? 인간형 마물?"

"먼지를 뒤집어써서 잘 안 보여……."

사지 결손, 피부가 문드러질 정도의 화상으로 만신창이가 된 몸. 그런데도 기어 나와서 이쪽으로 오려는 모습은 전의로 넘친다기보다 망령 같아서 몹시 으스스했다. 생존 본능을 어디에 놓고 온 듯한 모양새였다.

하지만 적의 정체를 확인하기 전에 철컥, 하고 불길함의 상징 같은 소리가 귀를 찔렀다.

아이들이 녹슨 양철인형처럼 고개를 끼기긱 돌리자 그곳에는 아그니 오르칸을 재장전한 하지메가…….

""""설마 또?!""""

"죽으려면 몰살. 육편도 남기지 마. 고사기에도 적혀 있어."

없어! 라고 소리치고 싶었다. 그래도 신화에서는 멸문지화도 곧잘 있는 이야기니까 아예 틀리지도 않았다.

입은 근질근질하지만 반박하지 못하는 사이, 아그니 오르칸이 다시 불을 뿜었다.

죽음의 비가 되어 내리는 로켓탄. 피에 살점에 먼지로 백화요란을 연출하는 미사일들이 살아남은 적을 잔해와 함께 폭염으로 감싸서 확실하게 고깃덩이로 바꿔 갔다.

그곳으로 하지메의 웃음이 울려 퍼졌다.

"할 일이 없네요."

"어쩔 수 없지. 주인님도 보기에는 멀쩡해도 스트레스가 상당히 쌓였을 테니까. 우리 차례가 올 때까지 따뜻하게 지켜봐 주자꾸나."

불길과 파괴를 흩뿌리며 흐하하하하, 하고 웃어젖히는 모습은 영락없이 마왕님이었다.

반 아이들과 각국 수뇌부가 별명 하나는 제대로 붙였다.

그런 하지메를 따스한 눈길로 지켜보는 시아와 티오도 제정신이라고 보기 어렵지만.

시즈쿠는 굉음 때문에 손가락으로 귀를 막으며 「이게 하지메 곁에 있는 여성의 표준인가」, 「왜 이런 사람을 좋아하게 됐을까」라며 사실 옛날 시아와 같은 고민에 빠져 한숨 쉬었다.

그런 그때.

시계탑 근처에서 이변이 발생했다. 순백색 빛이 나선을 그리며 하늘을 찌른 것이었다.

기억에 있는 빛이었다. 그것도 아주 또렷하게. 특히 아이들에게는 더더욱.

"저건, 코우키?!"

류타로가 외쳤다. 잘못 볼 리가 없었다.

그 빛은 틀림없이 친구, 아마노가와 코우키의 마력광이었다.

"여기 있었다는 말이야?! 그럼 에리도…… 아! 방금 본 사람은 에리의 『시수병』이구나!"

분진과 부상으로 모습을 분간하기 어렵지만, 답이 나온 상태로 보면 납득이 됐다.

자신들을 포위하려고 달려온 것은 혼을 묶은 시체에 마물을 합성해 만들어 낸 나카무라 에리의 끔찍한 사병들―『시수 병단』이었을 것이다.

그것을 이해하고 스즈의 얼굴이 창백해졌다.

"나구모, 멈춰! 에리랑 코우키는 우리한테 맡기겠다고 약속했잖아?!"

절규에 가까운 스즈의 외침에 류타로도 퍼뜩 낯빛이 바뀌었다.

그때 시계탑 주변을 그래비티 클러스터로 폭격한 이유는 코우키와 에리가 있다는 사실을 알았기 때문이라고 깨달았다.

무심코 욱해서 고함을 지를 뻔했지만…….

"그래서 쏜 거야. 저것들, 도망치려고 한 모양이니까. 폭사하지 않게 일부러 중력장으로 포위한 거라고."

제법 후련한 표정으로 웃음을 멈춘 하지메의 설명을 듣고 조금은 마음이 가라앉았다.

"그럼 문제없다는 뜻이야?"

"처음부터 그렇게 말했잖아."

생각해 보면 분명히 말했다. 티오가 뭐라고 말을 건 뒤 문제없다고. 그게 그런 의미였나 보다.

"저 시계탑이 다음 게이트야. 가까이 있었는데 왜 뛰어들지 않았는지, 물리적으로 도시 밖으로 도망치려고 했는지는 몰라도 발은 묶었어."

하지메는 추가로 그래비티 클러스터를 발사하고 아그니 오르칸을 넣은 뒤 예비 스카이 보드를 꺼냈다.

시아와 티오도, 허둥대면서 스즈와 류타로도 스카이 보드를 소환해 올라탔다.

"덤으로 사병도 줄여줬어. 이래도 불만이야?"

어깨 너머로 돌아보며 씩 웃는 하지메에게 스즈와 류타로는 쓴웃음을 지으며 고개를 저었다.

"줄었다는 말은, 아직 더 있다는 거지?"

단숨에 시계탑으로 날아가며 시즈쿠가 물었다.

"원래 여기를 거점으로 삼았겠지. 경비용으로 시수병들을 온 도시에 배치해 두고 저기에 우리가 나타난 걸 확인한 뒤 근처에 있던 녀석들을 동원한 느낌이야. 당연히—."

"폭격 범위 밖에 있던 적은 건재하다, 이거지?"

시계탑 아래에서 거대한 빛의 참격이 날아와 그래비티 클러스터가 격추됐다.

마왕성에서 봤을 때와는 확연히 위력이 달랐다. 말 그대로 천지 차이이다.

코우키도 어떤 강화를 받은 모양이었다.

아이들 사이에서 긴장감이 팽팽해지는 가운데, 마침내 잔해 위에 선 코우키와 에리의 모습이 보였다.

코우키는 칼집에서 뽑은 성검을 한 손에 들고 성개를 장비한 모습이었고, 에리는 대검을 한 자루만 쥔 사도 전투복 차림이었다.

범상치 않은 힘이 회오리치는 코우키의 시선이 아이들을 보고 온화해지다가 하지메를 본 순간 끈적하고 탁해졌다.

그런 코우키에게 몸을 기댄 에리의 얼굴은 여유와 조소로 일그러졌지만…… 벌레를 씹어 삼킨 듯한 속내를 차마 다 감추지는 못했다.

도망치려고 한 것만 봐도 이런 맞대면을 바라지 않았다는 것은 분명했다.

조금 거리를 둔 옆쪽 잔해의 산 위에 시즈쿠, 스즈, 류타로 세 명만 뛰어내렸다.

"시즈쿠, 류타로……."

"잘 있었냐, 코우키."

"……코우키."

하지메 일행이 스카이 보드를 탄 채 내려다보는 상황에서 어릴 적부터 함께 자란 친구들이 대치했다.

그리고…….

"할 일도 없지~. 왜 굳이 이런 곳까지 쫓아왔나 몰라~."

"에리!"

과거의, 그리고 거짓된 친구 두 명도…….

신의 영역, 멸망한 도시 중심에서 마침내 이들은 재회했다.

코우키, 그리고 시즈쿠와 류타로가 뭐라고 말을 하려고 하지만, 모든 기선을 제압하는 것처럼 입을 연 사람은 에리였다.

"애인을 찾겠다며? 그럼 우리한테 집적대지 말고 갈 길이나 가지? —늦어도 난 모른다?"

의심과 조바심을 부추기는 언사는 단 한 명, 오직 하지메에게만 향하고 있었다.

필사적으로 여유로운 표정을 지어 보이지만, 역시 목소리가 살짝 딱딱했다.

짜증과 초조함, 무엇보다 경계심이 엿보였고 스즈는커녕 다른 아이들, 심지어 시아와 티오에게조차 한순간도 눈길을 돌리지 않았다.

그것은 마치 완전히 길이 갈라진 배신의 밤, 하일리히 왕국 왕궁으로 찾아온 하지메 앞에서 필사적으로 살아남고자 하던 모습을 방불케 했다.

그 증거로 하지메의 시선이 에리를 향한 순간, 목구멍까지 올라온 비명을 삼키는 소리가 들렸다.

"말 안 해도 알아."

에리의 분석대로 하지메의 눈에 비친 것은 길바닥의 돌멩이. 에리와 코우키에게는 아무런 가치도 두지 않는 눈빛이었다.

그렇다면 그 폭격은 무엇인가. 자신들을 결코 놓치지 않고, 그렇다고 죽지도 않게 굳이 중력장 감옥을 만들면서까지 이곳에 묶어 둔 이유는······.

"무슨 이런 거머리가 다 있어!"

지금이 돼서야 에리는 깨달았다. 이용할 대로 이용해 먹고 짓밟은 눈앞의 여자야말로 자신에게 최악의 장애물임을.

그만큼 마음에 비수를 꽂았는데도, 누구보다 남의 마음을 신경 쓰는 겁쟁이면서, 신의 영역에 동행할 뿐 아니라 저 괴물의 마음을 돌릴 만큼 집념이 강할 줄 어떻게 알았겠는가!

진절머리 난다는 듯 내씹고 증오스러운 안광을 스즈에게 돌렸다.

과거의 친구에게 보낼 눈빛이 아니었다. 죽여 버렸어야 했다고 진심으로 후회하는, 구더기를 보는 듯한 눈이었다.

하지만 그런 눈빛을 받고도 스즈는 웃었다. 강하게, 당당하게.

"이제야 나를 보는구나?"

그 말이 또 에리의 신경을 긁었다. 일그러질 대로 일그러진 얼굴에 흉악한 살기가 넘쳐흘렀다.

"……좋은 일이잖아, 에리."

그때, 코우키의 많은 감정이 담긴 목소리가 들렸다.

"신역까지 들어온 건 놀랍지만, 오히려 잘됐어. 지상까지 찾으러 갈 수고를 덜었으니까."

증오, 초조, 질투, 분노— 세상 모든 악감정의 도가니 같은 눈이 하지메에게 달라붙어 떨어지지 않았다.

"나구모, 각오해. 너는 너무 많은 악행을 저질렀어. 설령 내 손을 더럽히는 한이 있더라도 내가 너를 죽일 거야. 죗값을 치르게 해주겠어!"

살의와 함께 나오는 개인적 원한으로 범벅된 『정의의 철퇴』. 하지메 곁에서 조용히 지켜보던 시아와 티오의 얼굴이 상대도 하기 싫다는 양 일그러지는 게 느껴졌다.

에리의 세뇌 때문만은 아니었다. 그것을 면죄부로 삼아 자신이 믿고 싶은 현실만 맹신하는 것이 코우키의 본성임을 이제는 누구나 알고 있었다. 그저 마음이 편한 쪽으로만 흘러간 결과가 이 꼴사나운 모습인 것도.

"……하지메. 여기까지 데리고 와줘서 고마워. 그만 가 봐."

시즈쿠가 흑도의 칼집을 부술 기세로 꽉 쥐며 앞으로 나섰다. 하지메는 한쪽 눈썹을 까딱 올렸다.

"괜찮겠어? 아마노가와의 힘, 그 밖에도 이것저것…… 너희한테는 조금 버거워 보이는데?"

그 대답은 류타로와 스즈에게서 돌아왔다.

"상관없어. 여기서부터는 우리 역할이야. 너는 빨리 신이란 놈을 날려 버리고 와."

"맞아. 데리고 와줘서 고마워. 시아 씨랑 티오 씨도. 반드시 유에 언니를 되찾아 와."

류타로가 건틀릿을 맞부딪히며, 스즈가 쌍철선을 뽑으며 함께 앞으로 나왔다.

"괜찮아. 말귀 못 알아듣는 바보 두 명을 두들겨 패서 집으로 데리고 간다. 단지 그것뿐인걸. 너한테 선물도 많이 받았고 말이야."

코우키와 에리에게서 눈은 떼지 않는 대신 포니테일을 휙 흔들고 충만한 패기와 믿어 달라는 뜻을 담아 말했다.

거기에 하지메는 피식 웃어 보였다. 시아와 티오도 웃음 지으면서 고개를 끄덕였다.

그 신뢰와 친애의 정이 느껴지는 대화에 코우키가 분노를 터뜨렸다. 치켜 올라간 눈꼬리와 악문 이는 악귀 가면을 방불케 할 정도였다.

원념마저 서린 눈빛이 하지메를 꿰뚫고 충동적으로 성검을 휘두르려는데— 에리가 『박혼』으로 저지했다.

하지메는 스카이 보드를 위로 기울였다. 그리고…….

"그럼 마음 내킬 때까지 이야기 나눠 봐."

"그래도 목숨은 소중히 하시구요!"

"무운을 비마. 반드시 다시 만나자꾸나!"

저마다 격려의 말을 남기며 세 사람은 시계탑 꼭대기로 날아올랐다.

"도망치지 마, 나구모! 비겁한 자식! 나랑 싸우라고오오오!"

아무리 소리치고 아무리 욕해도 하지메는 눈길 한번 주지 않았다.

관심도 없고 안중에도 없다.

그 심정을 숨기지도 않고 보여주는 행동에 코우키는 굴욕과 분노로 온몸을 떨었다.

하지만 그래도 쫓아가지는 않았다. 몸이 움직이지 않았으니까.

에리가 그것을 허락하지 않았다. 상식 밖의 괴물이 제 발로 떠나는 기회를 놓치지 않기 위해서.

하지만 코우키는 자신을 방해하는 에리에게 따지지도 않았다.

그렇기는커녕 몸이 움직이지 않는 원인을 찾으려고도 하지 않았다.

그 부자연스러움에 아이들은 콧등에 주름을 잡았다.

하지메 일행이 시계탑 위로 사라지고 잠깐의 정적이 흘렀다.

기운도 사라졌다. 무사히 다음 공간으로 전이한 모양이었다.

"젠장, 제기라아아알! 나를 봐, 나구모오오오오오!"

그 후에는 아무도 없는 하늘에 코우키의 격정만이 허무하게 메아리칠 뿐이었다.

하지메 일행은 떠났다.

그래도 코우키는 여전히 시계탑을 노려보았고 에리도 주의 깊게 그곳을 바라봤다.

아이들이 싸울 자세를 잡고 입을 열려는데— 그 전에.

"……흐응. 저 괴물들은 보내주네? 그렇단 말이지."

에리가 속삭이는 소리로 혼잣말했다.

하지메 일행이 떠났다고 확신하고 감출 수 없는 안도감이 얼굴로 번졌지만, 하늘을 노려보는 눈동자에는 이루 말할 수 없는 떨떠름한 빛도 떠올라 있었다.

그 모습을 본 시즈쿠가 의아하게 눈살을 찌푸리다가 곧 상황을 이해했다.

"……혹시 게이트를 안 쓴 게 아니라 못 쓴 거야?"

"오? 시즈쿠, 그게 무슨 말이야?"

"에히트에게 거절당했다…… 아니, 우리의 재회에 관심이 생긴 게 아닐까?"

"그러니까 우리가 만나면 어떻게 될지 보고 싶었다는 말이구나? 정말 성격이 꼬였어."

시즈쿠의 추측이 아마 들어맞았을 것이다.

시즈쿠를 아니꼽게 바라보는 에리의 눈빛이 그 사실을 말해줬다.

에리는 한숨을 한 번 쉬고 마음을 다잡았다.

신의 장난에 놀아나서 기분이 썩 좋지는 않지만, 아무튼 괴물과 싸우는 최악의 사태만은 면했다. 이번에야말로 그 얼굴에 진짜 여유와 조소가 돌아왔다.

"바보들. 고집 피우지 말고 매달리지 그랬어? 그 괴물이 없으면 너희 따위는 아무것도 아니야."

에리는 위압하듯 방대한 회색 마력을 발산하며 같은 색의 날개를 펼쳤다.

거기에 눈도 깜짝하지 않고 스즈가 대수롭지 않게 말을 건넸다.

"에리, 갑자기 말이 많아졌네? 걱정하지 마. 지금부터 무슨 일이 있어도 나구모를 부르지는 않을 테니까. 겁먹을 필요 없어."

"……이야, 이젠 그런 말도 할 줄 아네?"

에리에게서 조소가 쏙 사라졌다. 기묘한 생물을 관찰하는 듯한 눈이 스즈를 응시했다.

천진난만하고, 생각이 없고, 다루기 쉽다. 그것이 에리가 아는 스즈였다.

하지만 어떤가. 눈앞에 있는 자는 정말로 자신이 알던 인물인가?

동하지 않는 굳은 심지와 인간으로서 무게가 느껴지는 것은 과연 착각일까?

뭐가 됐건 마음에 들지 않는다. 아아, 이유를 막론하고 전혀 흔들림 없이 조용한 눈길을 보내는 타니구치 스즈가 왠지 몹시도 마음에 들지 않는다.

가늘어진 에리의 눈에 살의가 깃들었다. 거기에 응수하여 스즈의 눈에는 투지가 끓었다.

양자 사이에 튀는 불똥이 보일 정도로 긴박감은 고조되어 갔다.

그 탓에 코우키의 관심도 지상으로 돌아왔다.

"항복하지 않을래? 나는 너희를 구하고 싶어."

절실함이 묻어나는 호소였다. 하지만 가여울 만큼 전제가 잘못된 바람이었다.

그래서 류타로는 코웃음으로 받아쳤다.

"반대지, 친구야."

"반대?"

"우리가 너를 구하러 왔어."

"무슨 소리를……."

"모르겠냐? 뭐, 그렇겠지. 지금 너는 엄청 꼴사나우니까. 그런 정신 빠진 머리로는 떡하니 눈에 보이는 것도 못 알아보겠지."

뭔가 표현하기 힘든 박력을 느끼고 코우키는 반론의 말을 삼켰다.

한 발짝, 친구가 다가왔다. 이빨을 드러낸 야생 늑대처럼 사나운 웃음을 띠고서.

"그러니까 코우키. 잠깐 이 악물어라! 이 친구님께서 죽도록 패서 정신 번쩍 나게 해주마!"

갑자기 부풀어 오르는 심녹색 마력. 조금 전과는 확연히 달랐다. 힘의 수준이 한 단계는 위로 올랐다. 어쩌면 강화 전 코우키를 능가할 수 있는 압박감이었다.

하지만 정말로 무서운 것은 틀림없이 그 눈에 깃든 각오의 무게이리라.

승화한 마력이 아니라 자신을 놓아주지 않는 친구의 그 눈빛에 압도되어 코우키는 저도 모르게 한 발짝 뒤로 물러났다.

동시에 이런 꼴이 된 원인이, 혼을 묶인 상태에서도 마음속에서 흘러내렸다.

이곳의 누구보다 높은 능력을 가졌으면서 어릴 적부터 함께한 친구에게, 시즈쿠에게 매달리는 시선을 보냈다. 시즈쿠라면 세뇌되었어도 분명히 자신을 걱정할 것이다.

그런 비현실적인 기대를 품고서. 지금까지 그렇게 살아왔듯이 눈앞의 현실을 부정하고 이상에 매달리는 어리숙함을 아직까지도 버리지 못한 것이다.

그래서 그 말은 예리한 칼이 되었고…….

"어쭙잖은 각오로 여기까지 오지는 않았어. 이도 저도 아닌 결말로 넘어가려는 생각은 버려!"

귀를 때리는 질타 같은 목소리였다. 굳은 의지로 벼려낸 검기 앞에 코우키의 낯빛이 변했다.

무엇보다 날카롭게 마음을 찌른 것은 시즈쿠의 말이 자신뿐 아니라 에리에게도 향했기 때문에. 이미 시즈쿠의 마음은, 그것이 설령 질책이라도, 자신만의 것이 아니었다.

가라앉는다. 마음속 깊은 곳에서 시커먼 진흙이 왈칵왈칵

솟아올라 그 바닥으로 가라앉는 감각.

시즈쿠의 마음을 자신에게 되돌리고 그 얼굴을 죄책감으로 물들이고 싶다는 왜곡된 바람으로 가득 차고……

"괜찮아, 코우키. 말했지? 내가 도와주겠다고."

비탄과 피해 의식으로 찬 마음에 녹아드는 감미로운 울림.

"에리……"

"나만은 배신하지 않아. 나만은 코우키 편인 거 알지?"

그 말로, 코끝이 닿을 것 같은 거리에서 마주친 눈빛으로, 시즈쿠에게 향하던 감정이 에리에게 돌아갔다.

"응. 고마워, 에리."

탁한 눈동자와 비뚤어진 웃음으로 대답하는 코우키에게 에리도 금이 간 유리 같은 웃음을 돌려주고— 딱, 손가락을 튕겼다.

그 직후, 굉음을 내며 주위 잔해가 폭발했다. 하늘까지 솟아오른 먼지와 사방으로 튄 잔해 속에서 무수한 그림자가 뛰어올라 아이들을 포위했다.

게다가 지금까지 나눈 대화가 시간을 버는 수작이었는지, 하지메가 폭격하지 않은 모든 방향에서 회색 그림자가 날아들어 완벽히 타이밍을 맞추며 포위망에 가세했다.

기억에 있는 왕국 병사와 기사, 마물의 특징이 보이는 것은 저번과 같았다.

인간과 마물을 섞은 키메라이자 혼을 에리에게 장악당한 가엾은 광전사 집단— 시수병.

하지만 거기에 못 보던 특징이 더해졌다.

"회색 날개…… 설마 전부?"

"정답!"

험악한 표정으로 시즈쿠가 중얼거리자 에리가 손뼉을 쳤다.

시수병의 반사도화. 그 이름하여.

『회시도(灰屍徒)』— 아무리 그래도 미사일을 직방으로 맞으면 못 버티지만, 잔해에 깔린 정도로는 안 멈춰."

그 수는 약 200. 『신의 사도』에게는 미치지 못하겠지만, 그래도 병사로는 하이엔드 모델이라고 부르는 것도 과언이 아닐 전력.

에리의 자신감이 여기서 기인한다면 시즈쿠와 류타로, 스즈를 우습게 보는 것도 오만은 아닐 것이다.

마왕성에서 싸운 지 아직 사흘밖에 지나지 않았다면 더더욱.

그러니까 우선은 그 인식을……

"정면에서 싸워줄 줄 알았어~? 여기까지 오느라 수고했어. 그럼 물량전으로—"

"모든 혼 파악, 좌표 고정 완료—『성절 만마뢰(萬魔牢)』!"

바꿔 놓는다.

목소리 높여 외친 주문명과는 반대로 쌍철선을 휘두르는 손은 느릿했다.

그리고 철선의 궤적을 따라서 주황색 마력이 무수히 샘솟는 간헐천처럼 모든 회시도를 삼켰다.

—스즈 오리지널 결계술 『성절 만마뢰』.

혼백 감지 마법과 공간 좌표 파악 마법을 부여한 신형 쌍철선으로 여러 대상을 동시에, 정확하게 결계 우리에 가두는 마법이었다.

약 200개의 목표를 동시에 포착해 봉인하는 수완은 가히 압권이었다. 이를 목격한 에리도 눈을 크게 떴고 코우키도 놀라움을 감추지 못했다.

그 틈을 지금의 시즈쿠와 류타로가 놓칠 리 없었다.

"마권철갑―『거인 치기』!"

"순시 승화―『일섬』!"

두 사람 아래의 잔해가 폭발이라도 일어난 것처럼 날아갔다.

피아의 거리는 찰나의 순간에 사라지고 코우키가 놀라서 돌아봤을 때는 심녹색으로 빛나는 거대한 주먹이 눈앞까지 와 있었다. 퍼뜩 성검으로 막으려 하나…….

"으윽?!"

꽉 문 이 사이로 신음이 흘러나왔다.

원래 공수도를 배운 류타로의 『정권지르기』는 살인적인 파괴력을 가졌다. 코우키가 누구보다 잘 알던 사실이었다. 하지만 지금 성검에서 손으로, 그리고 육체로 전해지는 충격은…… 예상을 아득히 넘어섰다!

―마권철갑 『거인 치기』.

류타로 전용 신형 아티팩트 『마권철갑』에 내장된, 거대한 주먹을 마력으로 형성하는 능력이었다.

본래 육체에 두르는 방어 기능 『금강』을 응용한 것이다. 아울러 당연한 것처럼 『마충파』와 천직 『권사』의 격투술 파생 기능 『침투 파괴』라는 충격을 내부로 전하는 기술도 병용했다.

위력은 쇳덩어리도 손쉽게 분쇄할 수준.

그것을 정면에서 막으면 용사의 몸이라도 성검을 놓치지 않게 버티는 게 고작이었다. 서 있는 발판이 불안정한 탓도 있어서 코우키는 결국 핀 볼처럼 날아가 버리고 말았다.

하지만 코우키가 그리되어도 에리는 돕지 않았다.

단지 본능이 명하는 위기감에 따라서 신체 능력에 기댄 반사 행동에 몸을 맡겼다.

소리는 들리지 않았다.

칼날도 보이지 않았다.

하지만 결과는 무자비하게 찾아왔다.

"―?!"

덜그렁, 중간부터 잘려 나간 대검이 땅에 떨어졌다.

그 단면은 등줄기가 오싹할 만큼 매끄러웠다.

얼른 몸을 빼고 대검으로 방어하지 않았으면 상하체가 생이별했을지도 모른다. 피할 수 있었던 이유는 원래 같은 파티 멤버였기에 시즈쿠의 발도술을 잘 알기 때문이었다. 한 찰나라도 늦었으면 지금 일격으로 끝나 버렸을 것이다.

―시즈쿠류 승화 마법 『순시 승화』.

마력 소비를 줄인다는 목적보다 승화 마법 사용을 들키지 않기 위한 기술.

신생 흑도에 있는 승화 마법 발동 보조 기능으로 신대 마법을 발동할 때 발생하는 막대한 마력을 극한까지 은폐하면서 일순의 발동으로 그친다.

순간적인 발동이 가능하기 때문에 일격 사이에 여러 대상에 연속 발동도 가능하다.

발을 내딛는 순간만 다리에, 발도하는 순간만 팔에, 그리고 베는 순간만 공간 절단 기능 『섬화』 자체에ㅡ.

그리하여 완성되는 것은 무섭도록 조용하고, 신이 만든 무구조차 베어 버리는 일격.

"죽이고 싶어서 안달이 났구나?"

이번에도 조건 반사로 난사한 『분해 회색 깃털』로 간신히 이어진 공격은 막았다.

시즈쿠는 깊이 쫓지 않고 백 텀블링 후 옆 돌기를 하는 곡예 같은 움직임으로 조준에서 벗어나며 맞을 만한 몇 개만 가볍게 베고 스즈 옆에 착지했다. 그리고…….

"막을 거라고 생각했어. 팔 두 개만 자르고 싶었을 뿐이야."

진지한 얼굴로 그런 소리를 했다.

허공에서 새로운 대검을 소환하면서도 에리의 눈꼬리가 움찔 경련했다.

"……무서워라. 괴롭히다가 죽이고 싶은가 봐?"

에리는 아이들이 【신역】까지 쫓아온 이유를 복수라고 생각하는 모양이었다.

시즈쿠와 스즈가 부인하려고 입을 열지만, 그 전에 에리가 냉소를 지으며 말했다.

"그래도 말이지, 너무 얕잡아 본 거 아니야?"

마력이 도처에서 팽창했다.

회시도였다. 스즈의 『성절 만마뢰』로 봉인됐던 그들이 일제히 마력을 방출한 것이었다.

에리와 같은 회색 마력에 마물 특유의 검붉은 마력이 섞인, 혐오감을 일으키는 색상의 빛이 결계 내부에서 포화했다.

반사도화로 그들에게 깃든 힘은 가감 없이 효과를 발휘했다.

"으으, 역시 쓸 수 있구나."

스즈가 신음하듯 예상하던 사실을, 하지만 가능하면 틀리기를 바랐던 사실을 입에 담은 직후, 결계가 안쪽부터 깨지며 사라졌다.

분해 마법이었다. 지금 상황으로 보아 자유자재로 쓸 수는 없는 모양이지만, 반대로 말하면 몇 초 모으기만 해도 모두 그 최악의 마법을 쓸 수 있다는 뜻이었다.

거기에 더해……

"우와아아아아악?!"

호쾌하게 비명을 지르며 류타로가 떠밀려 날아왔다.

"─『광륜』."

철선을 한 번 휘두르자 빛의 고리로 짠 망이 류타로를 부드럽게 받았다.

"위험했다, 위험했어. 스즈, 고맙다."

류타로가 땅에 발을 붙이고 감사했다. 그 이마에는 식은땀이 맺혔고 장비한 경갑 흉부는 곧은 일자로 깊이 파여 있었다.

이 갑옷도 신형 아티팩트로, 자체 내구력은 말할 것도 없고 『금강』을 두르는 기능까지 있었다. 류타로 본인의 『금강』과 연동해 발동하므로 실질적으로는 삼중 방어였다.

그것이 일격에 돌파된 사실에 스즈와 시즈쿠의 눈초리가 매서워졌다.

"이제 알겠지? 류타로, 너는 나한테 못 이겨."

공기가 무겁게 휘몰아쳤다.

계단형으로 만든 장벽을 밟으며 하늘에서 코우키가 내려왔다.

"시즈쿠도 스즈도, 이제 그만하자. 쓸데없는 짓은 그만두고 항복해."

격류가 되어 요동치는 마력. 은백색으로 물든 눈동자. 『한계 돌파 패궤』를 발동한 증거였다.

감각으로 알 수 있었다. 갖가지 아티팩트로 힘을 끌어올린 자신들의 능력치로 추정컨대 지금 코우키는 모든 능력치가 1만을 넘겼다.

스펙에 약 두 배의 차이가 있을 것이다.

"참고로, 나나 코우키나 마력은 안 떨어진다~?"

히죽히죽 웃는 에리의 친절하기 짝이 없는 설명이 쐐기를 박듯 울렸다.

『신의 사도』와 마찬가지로 끝없는 마력을 상시 공급받는 듯했다.

"나는, 나는 너희를 죽이기 싫어!"

비명처럼 소리치는 코우키에게 류타로는 의아한 태도를 보였다.

"야, 우리 세뇌를 푼다고 하지 않았냐? 그리고 방금 공격도 대놓고 목을 노렸지? 슬프다, 친구야."

"······말로 해서 알아듣지 못하면 죽일 수밖에 없어. 그래도─."

비통한 표정을 보이던 코우키가 성검의 칼끝을 류타로에게 뻗었다. 마치 자기가 비극의 영웅이라도 된다는 분위기로─.

"괜찮아. 신이 되살려 주실 거야. 다시 눈을 떴을 때는 원래대로, 아니, 더 올바른 세계가 기다려!"

나를 믿어줘! 믿고 항복해줘! 내 손으로 죽이게 하지 마!

그런 의도가 뻔히 보이는 호소였다.

"······이번엔 또 무슨 헛바람이 들었냐?"

감정의 온도는 극과 극이었다. 류타로의 얼굴은 골이 아프다는 양 찌푸려졌다.

스즈가 반쯤 코우키에게 들으라는 식으로 에리의 꿍꿍이를 입에 담았다.

"에리. 우리를 죽이고 『박혼』을 쓸 생각이지? 그게 너희에게 가장 이상적이니까."

"뭐어~? 너무해! 내가 그런 생각을 할 리 없는데······."

표정은 입보다 솔직했다. 슬픈 목소리를 내는 입은 악마처럼 초승달 모양으로 찢어졌다.

분명히 두 사람만의 세계를 바라는 에리와 동료를 되찾고 싶은 코우키의 바람을 합치하려면 그것이 최선의 방법이었다.

"스즈, 너는 무슨 소리를 하는 거야? 친구에게 어떻게 그런 말을…… 아니, 이것도 나구모의 세뇌 때문인가. 제발 정신 차려!"

"그건 우리가 할 말이야, 코우키."

시즈쿠의 조용하고 내면까지 들여다보는 듯한 눈이 코우키를 바라봤다.

"아무리 혼을 묶였어도 사실은 알 거야. 신이 무엇을 하려는지, 에리가 무엇을 바라는지. 자기에게 불리한 사실을 전부 하지메 탓으로 돌리고 있다는 것도."

그것은 최후통첩과 같은 말이었다.

동시에 투항은 죽어도 하지 않겠다는 확고한 대답이었다.

"눈을 떠. 꿈은 그만 꾸고 현실을 봐."

숨을 들이쉬고 코우키의 탁한 눈동자를 직시했다.

눈은 돌리지 않았다. 인정하기 힘든 현실에서 절대로 도망치지 않겠다는 결의를 보여주듯.

이 타락한 친구의 영혼에 따귀를 올려붙일 의지를 담아서.

"우리한테서 도망치지 마!"

천둥처럼 메아리치는 목소리에 코우키가 조금이지만 당황했다.

에리가 불쾌하게 혀를 찼다.

"코우키, 불쌍해……. 나구모 하지메에게 전부 빼앗긴 건 사실인데! 그래도 배신한 저 애들을 구하려고 이렇게 애쓰는데!"

"에리……."

"역시 나구모에게 세뇌된 이상 한 번은 죽여야 해. 괜찮아, 코우키. 내가 할게. 이런 괴로운 일을 코우키에게 시킬 수 없어!"

에리는 코우키의 팔에 기대며 아이들에게 사악한 웃음을 지어 보였다.

그야말로 히어로를 받쳐주는 갸륵한 히로인 행세.

가증스러운 연기 앞에서 아이들의 입꼬리가 실룩거렸다. 특히 스즈는 노골적으로 혐오스러운 표정을 짓지만, 코우키에게는 아주 효과가 좋았다.

"……괜찮아. 에리만 손을 더럽히게 두지는 않겠어."

그러면서 미소를 지으며 응답했다. 에리가 바라는 대로.

"역시 대화가 통하는 단계가 아니야."

"그래. 에리 저 녀석, 또 『박혼』을 썼어. 입 아프게 떠들어 봤자 저걸 해결하지 않으면 영원히 도돌이표야."

"좋아. 처음부터 말로만 해결할 수 있다는 안일한 기대는 하지도 않았어."

세 명의 전의가 끓어올랐다.

확인할 내용은 확인했다. 더는 멈출 수 없다고 말이 아닌 의지로 나타낸다.

거기에 낙담을 감추지 못한 채, 코우키는 비장한 결의로 얼굴을 찌푸리고는…….

"……역시 안 되나. 알았어. 그렇다면 더는 망설이지 않아. 나는, 나는—!"

성검을 높이 치켜들었다.

그 끝에 은하가 태어난다는 착각이 들 만큼 은백색 마력이 모이고 소용돌이쳤다. 어마어마한 밀도와 힘의 격동에 대기가 치직거리며 타들어 가는 듯한 소리를 냈다.

"너희를 죽이겠어! 구하기 위해서!"

마력 구체에서 빛나는 거대한 날개가 펼쳐졌다. 두껍고 강인한 꼬리가 자라고, 우람한 사지가 잔해를 으깨며, 그 발톱이 대지를 진흙처럼 간단하게 파고들었다.

마지막으로 머리가 아래를 굽어봤다. 저 높이, 10미터는 위쪽에서.

뱀처럼 늘어난 목 위쪽에는 웅장한 짐승의 머리가, 그리고 그 머리에는 뿔 두 개와 이빨이 빼곡한 주둥이가 자란다.

드래곤이었다. 은백색 빛으로 만들어진 거대한 드래곤이 그곳에 있었다.

코우키의 뒤에 우뚝 서서 주인을 지키듯 아이들을 내려다봤다.

"『카무이 천변만화 광룡 형태』— 이 용은 멸망의 빛 그 자체."

빛 속성 최상급 공격 마법이자 용사의 결전병기—『카무이』.

본래 포격 마법인 그것에 상시 발동 변환 자재 특성을 붙인 파괴의 화신.

강화된 스펙과 무한한 마력으로 실현한, 현재 코우키가 사용할 수 있는 최강의 마법이었다.

"시즈쿠, 류타로, 스즈. 올바른 세계에서, 다시 만나자."

그 말에, 압도적인 멸망의 빛 앞에서, 아이들은— 웃었다.

웃고, 기백과 패기를 언어로 승화해 되받아쳤다.

"할 수 있으면 해 봐, 겁쟁아."

"핫, 헛소리도 정도껏 하셔."

"각오해. 우리 결의는 엄청나게 무거울 거야."

포효가 울려 퍼졌다. 광룡이 세상에 태어나서 터뜨리는 울음처럼.

충격파와 고막이 찢어질 것 같은 폭음이 터져 아이들은 반사적으로 자세를 낮추고 인상을 찌푸리면서도 광룡의 입 앞에 빛이 모이는 것을 확인했다.

"시즈시즈! 류타로!"

스즈가 부르는 소리에 두 사람은 말없이 고개만 끄덕였다. 방어할 테니까 옆으로 오라는 의미 이상의 의도를 완벽하게 파악하고. 그 직후, 주황색 수호의 빛이 퍼졌다.

"—『성절 산(散)』!"

돔 형태의 결계가 전개됐다. 마력의 빛이 고속으로 소용돌이치는 그것은 공격을 감쇄하면서 흘려보내는 특수 결계였다.

다음 순간, 시야가 새하얗게 물들었다. 날아든『광룡의 포효』^{브레스}는 한때 코우키가 쓰던『카무이』의 몇 배는 강력할 것이다. 그것을 받아넘긴 여파로 주위가 증발해 버렸다.

게다가 완전히 흘려보내지 못해 결계 자체도 순식간에 삐걱대며 금이 갔다.

"으그극~!"

스즈가 악문 이 사이로 고통에 찬 소리가 흘러나왔다.

기존의『카무이』라면 몇 초만 버티면 끝났을 텐데 이 공격은 기세가 꺾일 기미조차 보이지 않았다.

이건 못 막는다…… 스즈가 이를 갈면서도 확신한 직후, 스스로 끝장을 내려는 것처럼 에리가 비릿하게 웃었다.

"보기 추해, 스즈. —『환벌(幻罰)』!"

굉음이 고막을 난폭하게 두들기는 와중에도 그 목소리는 부자연스러울 만큼 선명하게 들렸다.

그 순간, 스즈의 온몸에 이루 말할 수 없는 격통이 엄습했다. 굳이 표현하자면 전신을 무수한 바늘로 찌르는 듯한 날카롭고 촘촘한 통증이었다.

스즈의 목에서 「익?!」 하며 비명조차 되지 못한 소리가 새어 나왔다. 마법 제어가 흐트러지며 결계가 흔들리고—.

그래도 『광룡의 포효』만은 막아 낸다! 이미 돔은 무너졌지만, 머리 위쪽만은 사수했다. 오히려 브레스가 직격하는 범위에 집중한 덕분에 견고함은 더해졌다.

물론 그것은 에리가 바라던 일이었나 보지만.

"아하핫, 뚜껑 따기 성공~. 죽어♪"

에리가 내민 손끝에서 분해 포격이 발사됐다.

그리고 머리 위를 제외한 전방위에서 회시도가 몰려들었다. 그 손에 든 기사검, 대검, 창, 메이스, 대거를 치켜들고.

그 와중에도 신중하게 전열, 후열로 나뉘어 거리를 둔 회시도도 마력을 충전하는 중이었다. 몇 초 후에는 사방에서 분해 포격이 쏟아질 것이다.

확실히 끝장내겠다는 의지가 담긴 포화 공격이 막 발사되려는 순간.

이번에는 반대로 에리와 코우키가 들었다.

굉음 사이에 울리는 세 사람의 목소리를.

―나와, 의지를 가진 흑도. 『흑요도 백인(百刃)』.

―나와라, 나락의 사냥꾼! 『천마전변 낭왕(狼王)^{워울프}』!

―나와, 내 충실한 종마들. 『소환 나락의 충군(蟲群)』.

그 직후였다.

"뭐야?!"

은백색 섬광을 가르는 무수한 검은 무언가가 코우키를 덮친 것은.

설마 공격 중에 반격이 오리라고는 생각하지 못했는지 반응이 늦었다. 『카무이』를 방어로 전환하기에는 시간이 없었다.

회피, 그리고 성검으로 쳐낸다. 초인적인 반사 신경으로 물리적인 대응을 시도했다. 금속이 충돌하는 소리가 몇 차례 울리지만, 그것이 한계였다.

"으악?!"

코우키의 팔이 튕겨 올라가고 선혈이 튀었다. 힘줄을 잘렸는지 악력이 사라지고 성검이 공중으로 빙글빙글 날아갔다.

광룡의 브레스가 멈췄지만, 신경 쓸 여유도 없이 힘껏 옆으로 몸을 날렸다. 성검을 불러들이고 광룡의 꼬리로 주위를 둘러쌌다.

그 공방 일체의 꼬리 벽에 두두두 꽂히는 검은― 칼.

완전히 관통하지는 못했지만, 칼끝이 눈앞에 고슴도치처럼 튀어나왔다.

만약 『카무이』 벽이 아니라 평범한 장벽이었다면…….

코우키의 이마로 식은땀이 확 올라왔다. 간담이 서늘해진다는 말이 바로 이 경우였다.

등골에 퍼지는 소름을 떨치듯 광룡의 꼬리로 땅을 쓸어 열자루의 흑도를 털어냈다.

그 멸망의 빛에 닿았으면서도 표면이 다소 녹은 정도로 원형을 유지한 점에 경악했다. 하지만 진정 놀라운 점은…….

"나, 날아?"

칼이 공중에 떠서 자신을 포위하듯 정렬한 광경이었다.

누구의 소행인지는 알았다. 아주 잘 알았다. 그래서 코우키는 해답을 바라는 것처럼 시즈쿠 쪽으로 눈길을 돌리고 자기도 모르게 물었다.

"뭐, 야…… 그건……?"

흑도가 있었다. 회시도의 기사검을 막아 내고 있었다.

흑도가 있었다. 회시도의 창끝을 베어 내고 있었다.

흑도가 있었다. 회시도의 메이스를 받아 흘리고 있었다.

시즈쿠와 스즈를 중심으로 원을 그리듯 **공중에 뜬 무수한 흑도가** 회시도의 모든 근접 공격을 막고 있었다.

그 수는 코우키가 털어 버린 것과 합쳐 정확히 100자루.

흡사 검은 검으로 이루어진 결계였다.

"끊어라—『전인(全刃) 섬화(閃華)』!"

흑도 결계는 주인의 명령을 받은 순간 일제히 그 사나움을 드러냈다.

미끄러지듯 유려하게, 그러면서 각자 대치한 표적에 맞춰 최적의 공격을 감행한다.

섬세한 아름다움. 이보다 정확한 표현은 없을 것이다.

원격 조작만으로는 도저히 설명할 수 없는, 시즈쿠와 같은 기술이 느껴지는 참격이었다.

─시즈쿠 전용 신형 아티팩트『흑요도 백인』.

원리는 생체탄과 같았다. 중력 간섭으로 자유로운 비행 기능을 갖춘 신형 흑도 100자루는 전부 칼의 형태를 한 생체 골렘이었다.

총알보다 고도의 의지를 가졌고 시즈쿠 본인의 변성 마법으로 연결되어 이미지 공유를 통한 연계도 쉬웠다. 더불어 변성 마법을 병용하여 단기간이지만 야에가시류 검술을 철저히 교육받은 엄연한 검사. 기량도 시즈쿠 사범의 인정을 받았다.

심지어 모든 흑도가 방어도 대처도 어려운『공간 절단』을 발동했다.

코우키가 버티지 못하고 팔을 베인 이유였다.

쪽빛 오라를 두르고 저절로 움직이며 예리함은 비상식적.

과연 요도라고 부르기에 부족함이 없었다.

그렇기에 이는 상응하는 결과였다.

스무 명 가까운 회시도가 무기, 방어구째로 양단됐다.

피한 자도 무기나 신체 일부를 깊이 베였다.

그리고 방향을 돌려서 주인에게─ 시즈쿠에게로. 칼끝을 아래로 두고 공중에 정렬했다.

검은 요도 무리를 그 중심에 서서 부리는 친구의 모습은 흡사 코우키가 그렇게 꿈꾸던 이야기 속 영웅 같았다.

윤기 흐르는 포니테일을 나부끼며 고요하면서도 날카로운 냉기가 서린 겨울 호수와 같은 눈빛을 보내는 모습에서 코우키는 눈을 떼지 못하고…….

"아름다워……."

그런 상황과 어울리지 않는 말을 무의식중에 중얼거렸다.

주변에서 무슨 일이 벌어지는지도 눈치채지 못한 채.

『아우우우우우우우!』

전의가 들끓는 짐승의 포효가 울려 퍼졌다. 맹수의 머리에 세로로 찢어진 검붉은 동공, 가지런히 늘어선 이빨. 날카로운 발톱에 전신을 덮는 검은 털.

늑대인간. 그것이 지금 에리를 공격하고 있었다.

흑요도가 코우키에게 날아든 것과 동시에, 지나가는 김에 회시도 몇 명의 목을 날려 버리며 육박한 늑대인간에게 에리도 습격받았다.

그 속도는 무시무시해서 사도화한 에리의 동체 시력으로도 흐릿하게 보일 정도였다.

무엇보다 싸움 방식이 정교했다.

정권지르기, 관수, 손등 치기, 돌려차기…….

잘 아는 동작. 과거 한 파티 멤버가 보여주던 공수도의 진수.

초근접 인파이트로 쉼 없이 몰아치는 공세는 에리가 날아오를 틈도 주지 않았다.

심지어 분해 회색 깃털을 쏴도 몸에 두른 경갑과 건틀릿으로 튕겨 냈다.

　그렇다. 늑대인간은 류타로의 장비를 차고 있었다. 체구가 조금 커지면서 장비도 확장되거나 변형했는지 형태가 조금 다르지만, 틀림없이 방금까지 보던 장비였다.

　여기까지 오면 늑대인간의 정체는 뻔한 것이었다. 에리는 대검으로 막으며 혀를 찼다.

　"쯧. 그거 변성 마법이지? 이 돌대가리!"

　『닥쳐! 아주 네 세상인 것처럼 나댔지! 두들겨 맞을 각오나 해!』

　정답이었다. 속도만 보면 지금 에리에게 필적할 만큼 폭발적인 능력 상승. 이 변신이 가능했던 이유는 에리의 추측대로였다.

　─변성 마법 『천마전변』.

　마물에게서 빼앗은 마석을 매개체로 자신의 육체를 그 마물로 바꾸는 마법이었다.

　지금까지 육탄전에 치중해 마법 훈련에 태만하던 류타로는 적성이 있어도 바로 마물을 부릴 수 있을 만큼 변성 마법을 잘 다루지 못했다.

　돼지 목에 진주 목걸이인 상황을 해결하고자 고민한 끝에 도달한 결론이 바로 『마물을 부릴 수 없다면 내가 부리고 싶은 마물로 변하면 되잖아?』였다.

　『천마전변』은 변성 마법의 최상급 기술. 당연히 난이도 또한 최고 수준이지만, 얼마나 육체 변화와 상성이 좋은지 오기와 감각으로 습득하고야 말았다.

그 부분까지 간파한 에리가 돌대가리라고 부른 것도 마냥 틀린 말은 아니었다.

참고로 지금 변신에 사용한 마석은 나락 최하층대에 서식하는 늑대인간 무리의 왕에게서 얻은 것이었다.

―천마전변, 모델 워울프.

『예측』이나 『지각 확대』에 더해 『축지』나 『무박자』 등 가속 계열 기능을 전부 포함한 고유 마법 『가속』을 지닌 최악의 사냥꾼. 속도에 특화한 변신이었다.

그렇기에 에리를 밀어붙이고 있었다.

그렇기에 더더욱 에리의 짜증은 쌓여 갔다. 시야 한쪽에 비치는 광경 때문에.

아직 후방 회시도가 한 발도 분해 포격을 쏘지 않는 이유 때문에.

"저 쓸모없는 것들은 뭐 하나 몰라~! 벌레 같은 건 빨리 털어 버려, 좀!"

그렇다. 벌레였다. 후방 회시도들이 분해 포격을 쏘기 직전, 일제히 쏟아져 나온 벌레 마물이 그들을 덮쳤다.

거대한 지네가 온몸으로 강력한 산성 독을 뿌렸고, 그것을 맞은 회시도 몇 명은 순식간에 몸 절반이 녹아서 쓰러졌다.

다른 회시도에게 철퇴를 맞고 몸마디가 조각났지만, 그 마디들이 저마다 자유롭게 날아다니며 독을 분사했다.

갓난아이만 한 벌 떼도 날아다녔다. 그것들은 폭발해 파열하는 꼬리 침을 기관총처럼 난사해 폭풍과 충격으로 회시도를 농락했다.

그 틈을 파고들어 여섯 개의 팔을 가진 거대 사마귀가 바람을 두르고 고속 이동해 바람 칼날을 흩뿌리며 사냥감을 난도했다.

하늘로 날아가려고 하면 강철 같은 거미줄에 걸리고, 아래를 보지 못하면 땅속으로 다니는 개미 떼에게 끌려 들어갔다.

─종마 소환 전용 보물고형 아티팩트 『마보주』.

시즈쿠와 류타로가 공격을 감행해 코우키와 에리의 주의를 끌었을 때, 몰래 뿌려둔 그것들이 기동한 것이었다.

사실 『만마뢰』의 진짜 의도도 회시도의 주의를 마보주에게서 돌리기 위함이었다.

'저건 뭐야? 마왕성에서 본 마물과는 급이 다르잖아!'

당연하다. 수해 마물과 비교가 될 리 없었다. 나락 최하층 대에서 사는 흉악하기 짝이 없는 마물들이니까. 그게 총 쉰 마리.

그리고 그 주인인 스즈는 철벽의 수비 속에 있었다.

─스즈 오리지널 결계술 『성절 성새(城塞)』.

총 스무 개의 『성절』을 동시에 펼쳐 파괴될 때마다 안쪽부터 보충하는 다중 결계.

명칭대로 성새처럼 수비를 굳힌 스즈에게는 손을 대지 못했고, 당연히 종마를 멈추기 위한 가장 빠른 방법도 사용하지 못했다.

그리고 후방을 지킬 필요가 없으니까 검사도 적진으로 뛰어들 수 있었다. 시즈쿠는 이미 흑요도를 이끌고 코우키에게 달려들고 있었다.

"20번부터 50번! 시즈쿠를 죽여! 60번부터 80번까지는 나를 엄호하고! 나머지는 스즈! 후열! 분해는 쓰지 말고 수로 밀어붙여, 수로!"

연달아 지시를 내리면서도 물이 서서히 끓어오르는 것처럼 부글거리는 속마음 때문에 여유로운 가면이 벗겨질 것 같았다.

불쾌한 감각이었다. 주도권이 상대에게 있고 세상이 자신을 부정하는 듯한, 지금까지 몇 번이나 맛본 적 있는 감각.

『우랴아아아아압!』

"짖지 말아 줄래, 똥개야~? ―『종극 광월』!"

전신에서 분해 마력을 쏘며 류타로가 살짝 주춤한 틈에 유에에게도 통한 『의식을 잠시 날려 버리는 어둠 속성 마법』이 발동했다.

양손으로 쥘 수 있을 크기의 검은 만월이 에리와 류타로 사이에 생기며 명멸했다.

류타로의 눈이 확실하게 『광월』을 봤다.

이제 치명적인 허점이 생긴다―.

『마권철갑― 뇌침(雷浸) 치기!』

"윽?! 커헉!"

하지만 류타로는 한순간도 멈추지 않았다. 정권지르기가 정통으로 에리의 명치에 꽂힌다.

날아가며 잔해의 산에서 떨어진 에리가 단단한 아스팔트 같은 땅을 구르다가 즉시 일어났지만, 온몸을 엄습한 고통에 인상을 찌푸리고 말았다.

마권철갑의 기능『전기 두르기』와 류타로의 기술『침투 파괴』를 통한 내부 파괴 기술로, 충격과 전격이 에리의 체내에서 퍼져나간 까닭이었다.

"왜?"

입에서 흘러나온 말은『광월』이 통하지 않은 이유에 대한 의문이리라. 유에게도 통한 마법이 어째서 효과가 없는가……

『네가 나구모 앞에서 한 번 보여줬잖아!』

반대다. 유에에게 통한 것을 보여줬기 때문에 통하지 않은 것이다.

'이딴 게 말이 돼?! 그 괴물이!'

무심코 내심 욕을 뱉었다. 나구모 하지메의 대응력은 잘 알고 있었다. 그래도 한 번 보여주기만 해도 대책을 세운다니, 너무 불합리하지 않은가.

'아니, 진정하자. 아무런 문제도 없어!'

스파크가 튀는 주먹으로 후속타를 날리려는 류타로에게 에리는 속마음과 달리 비웃음을 보여줬다.

그 직후, 회시도가 엄호를 하러 끼어들었다.

한 명이 진각처럼 땅을 밟은 순간, 즉시 류타로가 무게를 실은 발아래가 폭발했다. 단단한 지면의 파편도 산탄처럼 퍼져 류타로의 발을 묶었다.

그곳에 이어서 다른 회시도가 회색과 검붉은 마력을 타워

실드에 두르며 돌진했다.

그 직후, 류타로는 실드 배시와 함께 퍼진 강력한 마력 충격파를 온몸으로 받고 날아가 버렸다.

거리가 벌어진 류타로를 주시하면서 에리는 회복하며 머리를 굴렸다.

'분명 본래는 『신언』 대책용 아티팩트야. 혼백에 미치는 영향을 막는다면 부가 효과로 의식이나 정신까지 방어해도 이상하지 않아. 하지만……'

에리는 방금 본 광경을 떠올렸다.

'스즈에게 환상통을 주는 마법은 통했어. 그건 직접 촉각을 자극하는 마법. 즉, 오감에 작용하거나 마력에 간섭하는 마법이라면……'

류타로는 완벽하게 낙법을 써서 일어났지만, 회시도의 연계 또한 완벽했다. 이미 등 뒤와 좌우로 돌아와서 각자 고유 마법— 빨갛게 달구어진 창, 전기가 튀는 대검, 석화 연기를 두른 기사검을 치켜들고 있었다.

그것을 워울프의 압도적인 속도로 회피하려는 류타로를 에리가 냉철한 관찰안으로 바라보며……

"─『무명(無明)』."

시야를 암흑의 안개로 덮는 마법을 걸었다.

『뭐얏?!』

류타로에게서 당황한 목소리가 튀어나왔다. 그런 상황에서도 직전까지 보였던 적에게 뛰어들어 피하려는 담력은 칭찬할 만했다.

그러나 갑자기 어둠 속에 빠진 폐해는 수습할 수 없었다.

냉정하게 위치를 바꾼 회시도가 불타는 창으로 옆구리를 찔렀다.

에리의 입가에 웃음이 번지려는 순간.

"─『성절 계』."

빛나는 부유 장벽들이 류타로를 지켰다. 날아온 것이 아니라 지정 좌표에 정확히 출현한 육각형 장벽에는 아무리 회시도들이라도 대응하지 못했다.

창끝은 비스듬히 설치된 장벽의 표면을 미끄러졌고, 대검과 기사검은 정면으로 막혔다. 게다가…….

"─『폭』!"

한 단어 주문으로 장벽의 지향성 폭발이 회시도들을 날려 버렸다. 그리고 지체 없이.

"─『만천』."

상태 이상을 해제하는 빛 속성 회복 마법까지.

『고맙다, 스즈!』

류타로의 눈에 빛이 돌아왔다. 다중 결계 속에서 철선 하나로 자신을 가리키는 스즈에게 확고한 신뢰가 담긴 눈빛을 보냈다.

류타로는 잘 알고 있었다.

믿음직한 동료의 장점은 결코 결계 마법만이 아님을.

카오리가 치유사면서 각고의 노력 끝에 결계 마법과 보조 마법으로도 초일류의 영역에 달한 것처럼.

한 번 더 에리와 대화하고 싶다…….

그 바람을 위해서 스즈가 얼마나 노력하고 고도의 마법을 익혔던가.

지금도 철벽의 다중 결계에서 농성하며, 배는 많은 회시도와 싸우는 종마들까지 지키며 회복하고 있었다.

심지어는 틈만 나면 『만마뢰』로 붙잡아 병력 차이를 일시적으로 줄이거나 결계 내부를 고열로 지지는 『성절 화염』, 전격으로 채우는 『성절 번개』로 공격까지 했다.

반사도화의 내구력과 강력하면서도 천차만별인 고유 마법으로 밀어붙이지는 못했고, 처음 습격 뒤로 해치운 수는 적지만…….

종마들의 사령탑으로서, 그리고 수호와 지원을 담당하는 후열 멤버로서, 회시도 3분의 2 이상을 맡으며 줄다리기 상태를 유지하고 있었다.

그래서 류타로와 시즈쿠도 안심하고 앞을 볼 수 있는 것이다.

그런 스즈의 눈이 에리에게로 돌아갔다.

자신을 향한 눈을 보고 에리의 표정에 금이 갔다.

─나는 지킬 수 있어. 지탱할 수 있어.

확신에 찬 눈빛, 자부심이 담긴 태연한 눈동자가, 어쩜 이리도, 이리도!

"너무, 기어오르네? 스즈으!"

부아를 돋우는가! 이마에 핏줄이 불거진 에리가 짜증으로 떨리는 목소리로 소리쳤다.

하지만 그에 반해 스즈는 오히려 기쁘게 웃음을 지었다.

에리가 드디어 자신을 무시할 수 없게 되었으니까.

이제 보잘것없는 존재가 아니다. 짜증을 내지 않고는 배길 수 없는『적』이 되었으니까.

"그 앙증맞은 결계, 내가 부숴줄게!"

에리에게는 도발적으로 보인 스즈의 미소를 결계와 함께 가루로 만들어 버리고자 단숨에 머리 위로 뛰어올랐다.

사도의 비행 능력은 초인적이다. 지상에서는 워울프의 속도에 따라잡혀도 공중전이라면 이야기는 달라진다.

그 압도적으로 유리한 영역에서 분해 마법으로 융단 폭격을 가한다.

하지만 몇 미터를 날기도 전에…….

"익?!"

마치『환벌』의 보복처럼 스즈와 같은 비명이 에리의 입에서 올라왔다.

정수리에 직격한 충격에 한순간 세상이 핑 돌았다.

무슨 일이 벌어졌지? 어느샌가 마물이 위쪽으로 날아왔나? 고개를 들어 확인하자 그곳에는 아무것도…… 아니, 눈을 찌푸리자 보였다.

"장벽?!"

에리의 정수리에 충격을 가한 범인은 작디작은, 금속 화폐 크기의 투명한 장벽이었다.

—스즈 오리지널 결계 전술『미궁랑(迷宮廊)』.

적의 진로나 주위에 아주 작고 투명한 장벽을 뿌려서 이동을 방해하는 전술이었다.

성가신 점은 상대의 이동 속도가 빠르면 방해를 넘어서 자멸을 유도하는 함정이 된다는 것이었다.

다시 말해 에리는 스스로 장벽으로 돌진한 셈이었다.

『하하! 바보구만!』

불쾌한 말이 나오는 이유는 보지 않아도 알 수 있었다. 류타로를 포위해 공격하던 회시도들이 미끄러지거나 무언가에 이마를 찧고 넘어지고 있기 때문이다.

그 빈틈을 무자비하게 찔러 마무리하는 류타로의 정신은 틀림없이 에리가 아니라 주변 회시도에게만 몰려 있을 것이다.

하지만 타이밍이 너무 잘 맞아서 마치 자기에게 하는 소리처럼 들렸다.

에리의 얼굴에서 감정이 싹 사라졌다.

"그러시다면, 막아 봐."

회색 날개로 자신을 고치처럼 감쌌다. 분해 마법의 출력을 최대로 올려 모든 공격을 무로 되돌리는 공성 방벽을 펼쳤다. 그와 동시에……

"─『환벌』, 『광명(狂鳴)』, 『무명』, 『해진(解塵)』."

어둠 속성 마법이 상궤를 벗어난 속도로 연속 발동했다.

촉각에 간섭해 온몸을 덮치는 격통을 느끼게 하는 마법이 이번에는 시즈쿠에게.

정신을 갉아먹는 절규가 환청으로 들리는 마법이 류타로에게.

어둠으로 시야를 가리는 마법과 발동 중인 마법에서 마력을 흩어 버리는 마법이 스즈에게.

시즈쿠에게서 미세한 신음이 들렸다.

류타로도 청각이 예민해진 탓에 고통에 찬 소리를 지르며 귀를 막았다.

아무것도 보이지 않고 자신을 지키는 다중 결계가 약해져 빠르게 깨지는 것을 감각으로 느낀 스즈가 휘청하며…… 춤추듯 쌍철선을 휘둘렀다.

"복수 목표 고정―『만천』. 모여서 결속하라―『성절 성새』."

세 사람의 상태 이상을 한꺼번에 해제하고 자신을 지키는 다중 결계를 즉시 재설치.

에리와 스즈의 시선이 교차했다.

"응. 막을 거야, 에리."

물러서지 않고, 매달리지 않고, 대등하게.

잠시 후.

타인을 해하는 회색빛과 타인을 지키는 주황빛이 전장에 난무했다.

두 가지 색의 마력광이 시즈쿠를 중심으로 싸우듯 빛나고 사라지기를 반복했다.

'이것도 어떻게 보면, 대화인가?'

시즈쿠는 속으로 그런 생각을 하면서 미소 지었다.

류타로와 마찬가지로 스즈가 지켜주리라는 믿음으로 에리

의 악의는 무시했다.

어차피 거기까지 신경 쓸 여유도 없었다. 그러니까 지금은 눈앞에 선 천하의 명청이에게 집중해야 한다.

"큭—『순시 승화』!"

옆으로 휩쓰는 『광룡의 포효』를 『축지』와 함께 발동한 한순간의 초강화로 피했다.

단번에 10미터 가까이 떨어진 곳으로 이동해 숨 한 번 쉴 틈도 없이 오른발을 축으로 회전한다.

"터져라—『뇌인(雷刃)』!"

후방에서 날아든 회시도 두 명을 돌아보면서 발도술로 막았다.

『섬화』를 경계해 막지 않고 관성을 무시한 듯한 급정지로 피하지만, 그건 이미 예측한 바였다. 『뇌인』의 진가는 뒤따라 날아가는 전격으로 적을 한순간 경직시키는 데 있었다.

"3조—『섬화』!"

노림수대로 살짝 움직임이 둔해진 두 명은 뒤에서 비래한 흑요도에게 머리부터 가랑이까지 일도양단되고 말았다.

'이걸로 다섯 명!'

『아직』이라고 해야 할까. 준사도급 적 서른 명을 상대로 『벌써』라고 해야 할까.

흑요도 백인— 열 자루가 한 조를 이루어 총 열 조.

근위병으로 1조를 쓰고 나머지는 회시도 한 명당 기본 세 자루로 대응하는 전술은 적어도 적의 접근을 막고 있으니 당장은 유효해 보였다.

'하지만 이제 흑요도만으로는 해치울 수 없게 됐어.'

회시도는 꼭두각시가 아니었다. 생전의 전투 기술과 전투 이론을 가진 충실한 노예였다.

당연히 한 번 본 공격이나 기술은 경계하며 대응도 한다.

그렇지만 다섯 명분의 흑요도— 3조에 여유가 생긴 것도 사실이었다.

흑요도도 진동 파쇄 고유 마법이나 동료를 희생해 시간을 벌어 충전한 분해 마법으로 약 다섯 자루가 파괴됐지만, 비겼다고 하기에는 시즈쿠가 수적 우세를 점하고 있었다.

"—『카무이 천상십익』!"

거대한 빛의 참격이 퇴로를 막듯 확산되며 날아왔다.

위쪽에서도 광룡이 쏘는 광탄이 호우처럼 쏟아졌다.

옆에서 보면 백은색으로 빛나는 무수한 빛은 필시 아름답게 비치리라.

시즈쿠에게는 모골이 송연할 만큼 무서운 광경이지만. 모든 것이 스치기만 해도 해당 부위가 소멸하는 멸망의 빛이었다. 평범한 기술이 전부 필살기라니, 헛웃음도 안 나온다.

하지만 그렇기에 앞으로 나아간다.

사랑하는 사람이 준 아티팩트를 믿고 사지로 뛰어든다.

"1도, 3도—『인천(引天)』, 7도부터 9도—『이천(離天)』."

흑요도 두 자루가 대각선 앞으로. 흑도의 중력 간섭으로 『끌어당기는 기능』이 정면에서 다가오던 빛의 참격 두 줄기를 좌우로 나누듯 궤도를 틀었다.

이어서 위쪽에서 쏟아진 광탄 호우도 흑요도 세 자루가 『밀어내는 기능』으로 보이지 않는 우산처럼 막아 내면서 마치 광탄 자체가 시즈쿠를 피해 가는 듯한 광경을 만들어 냈다.

앞으로 뚫린 길을, 예비 동작 없이 최고 속도에 이르는 『무박자』에 『축지』를 연계해 단숨에 빠져나갔다.

"시즈쿠의 행동이라면 꿰고 있어."

조금 전 베인 오른팔은 이미 완치됐다. 회복력까지 현격히 상승한 까닭이었다. 거기에 회시도의 회복 계열 고유 마법까지 받으면 힘줄이 끊어진 정도는 몇 초 만에 나았다.

성검을 쥔 손을 가볍게 아래로 휘둘렀다.

연동해서 떨어지는 것은 광룡의 앞발. 하나하나가 『천상섬』의 예리함을 가진 발톱도 무섭지만, 어마어마한 질량과 밀도를 가진 멸망의 빛 앞에서는 그마저도 미약하게 느껴졌다. 찢기기 전에 그대로 소멸할 판국이었다.

코우키는 죽어도 되살릴 수 있다고 생각하나 보지만, 과연 육체가 사라져도 가능하다고 생각하는 것일까?

'아니, 세세한 부분까지는 생각도 안 했겠지. 그건 너한테 불편한 현실이니까, 그렇지?'

나야말로 꿰고 있다며 시즈쿠는 날카로운 안광과 호령을 날렸다.

"3조, 결집 방어―『충파(衝破)』!"

칼끝을 중심으로 공중에서 원진을 이룬 흑요도는 라운드

실드처럼 광룡의 앞발을 받아 냈다. 그 직후, 쪽빛 오라를 폭발시키다시피 발산했다.

흑도의 능력, 마력을 충격으로 변환하는 기능으로 충격파를 발생시켜 대질량 공격에 대항한 것이다.

당연히 효과는 한순간뿐.

하지만 한순간이면 충분했다.

"―『금역 해방』."

승화 마법 본연의 능력을 행사했다. 뒤에서 3조가 땅에 내려찍힌 굉음을 들으면서 계속해서 앞으로, 똑바로 앞으로 나아간다.

광탄 호우 사이로 탁탁탁 땅을 차는 가벼운 발소리와 조그만 흔적만 남기며 코우키 코앞으로 순간이동하듯 나타났다.

"―『뇌섬화』!"

승화 상태의 발도술에 공간 절단과 추가 전격. 검격조차 인지할 수 없는 가히 필살의 일격이 횡으로, 성개를 양단할 기세로 날아든다.

거기에 반응하는 것은 과연 용사라고 할 만했다.

단단한 금속이 충돌하는 소리가 울리며 불똥이 튀었다.

공간을 절단하는 일격을 성검은 완전히 막아 냈다. 스파크가 튀는 전격도 성개가 튕겨 냈다.

하지만 시즈쿠는 놀라지도 동요하지도 않았다. 스펙 차이는 뻔히 알던 사실이니까.

쌩, 하고 맑은 음색이 메아리치며 흑도가 성검의 칼날을 미끄러져 위로 쳐냈다.

"—큭!"

퍼뜩 머리를 젖히는 코우키. 뺨을 스치는 칼날의 궤적을 따라서 열기가 꼬리를 그린다.

그때는 이미 두 번째 칼— 칼집이 무릎 관절로 날아들고 있었다.

"—『충파』!"

가까스로 성검 칼끝으로 방어하여 관절 파괴만은 면했다.

대신 성검을 쥔 손이 저려서 순간 동작이 둔해지고 말았다.

그 틈에 시즈쿠는 역재생 같은 궤적을 그리며 사선으로 내려베기— 직전, 갑자기 울린 본능의 경종이 울려 근육이 비명을 지르는 것도 무시하고 행동을 중단했다.

시야 한쪽에 강렬한 백은색 빛이 끼어드는 동시에 발목의 비명도 무시하고 한 번의 점프로 뒤로 물러났다.

그 찰나, 조금 전까지 시즈쿠가 있던 곳으로 섬광이 지나쳤다.

코우키와 시즈쿠를 나누는 벽 같은 그 빛은 옆에서 땅을 기는 자세로 입을 벌린 광룡의 브레스였다.

코우키 본인까지 말려들지도 몰라 규모는 줄었지만, 대신 압축됐는지 위력은 더 올랐다. 수 킬로미터 앞쪽 고층 빌딩에 직격하더니 그대로 후방의 빌딩들까지 차례대로 관통할 정도였다.

"역시 시즈쿠는 강해. 지금 공격에는 살짝 간담이 서늘했어."

"너는 약해졌어. 야에가시류의 이름에 먹칠하지 마."

브레스가 사라지고 코우키와 시즈쿠의 시선이 다시 충돌했다.

코우키의 눈빛은 조금 부드러웠으나, 시즈쿠의 눈빛은 얼어붙을 만큼 냉랭했다.

공격이 막힌 것은 사실이지만, 코우키의 스펙이라면 야에가시류 기술로 충분히 대응할 수 있었을 것이다. 당장 방금 공방만 봐도 시즈쿠처럼 왼손으로 칼집을 뽑았으면 됐을 일이다.

하지만 코우키가 기댄 것은 함께 배운 『야에가시의 기술』이아니라 『신에게 받은 능력』이었다.

간접적인 규탄, 그리고 과거를 떠올리라는 호소는 역시나 전해지지 않았다.

코우키는 뺨에 난 상처를 손가락으로 닦으며 눈썹을 내리떴다.

"……불쌍해. 세뇌 때문에 실력 차이도 알 수 없게 됐어?"

광룡에 절대적인 자신감이 있어 보였다.

느껴보지 못한 강화와 무한한 마력으로 전능감에 취한 탓도 있으리라.

검술에서 명백히 뒤떨어진다는 사실은 이미 머릿속에 들어오지도 않았다.

"그래도 괜찮아. 다시는 나구모가 못 건드리게 할 거니까. 소생해서 세뇌가 풀리면 이번에야말로 내가 너를 지킬게."

얼마나 공허하고 가벼운 말인가. 너무나도 속이 텅 빈 말이었다.

시즈쿠는 기가 막힌 표정으로 한숨 쉬었다. 눈 뜨고 보기 힘든 친구의 추태에 어차피 전해지지 않으리란 것을 알면서도 이 말을 하지 않고는 견딜 수 없었다.

"지켜? 옛날부터 너는 나한테 그렇게 말했지만, 솔직히 네가 날 지켜줬다고 생각한 적은 한 번도 없어."

"그래……? 나구모 그 자식, 기억까지 손댔나. 너는 기억하지 못하겠지만, 나는 항상 네 옆에서 너를 지켰어. 지금 너에게는 무슨 말을 해도 소용없겠지만."

"그게 누가 할 소린데."

반반한 얼굴에 어렵게 새긴 상처가 빠르게 아무는 광경과 세뇌랑 상관없이, 분명히 평소부터 했을 생각을 듣고 시즈쿠의 이마에 핏줄이 올라왔다.

코우키가 성검을 위로 들었다.

"이제야, 좀 익숙해졌어."

광룡의 빛이 강해졌다. 새로운 힘에 숙달할 시간이 없었던 것은 코우키 또한 마찬가지.

전투 센스만은 최고 수준인 용사가 싸우는 중에 『카무이 천변만화』를 최적화했다.

그러나 그 시간을 기다려줄 만큼 시즈쿠는 너그럽지 않았다.

주위에 흑요도 1조를 줄 세우고 돌격 자세로 단숨에 파고들어— 가려는 그 순간.

"—?!"

시즈쿠는 전방으로 몸을 던지다시피 회피했다.

뒤에서 바람을 가르는 소리가 났다. 자연스럽게 앞으로 굴러 낙법을 취하고 재빨리 몸을 돌려 한쪽 무릎을 꿇은 채 경계하지만, 그 눈앞에 흑요도의 칼끝이⋯⋯.

온몸의 털이 곤두서며 무작정 머리를 젖힌 직후, 빛나는 장벽이 끼어들어 칼을 받아넘겼다.

주변을 살피자 다른 흑요도도 장벽에 막혀 있었다.

피하지 않아도 칼은 닿지 않았겠지만, 안심할 수는 없었다. 요도라고 해서 주인을 공격하는 기능까지는 바라지 않았다.

흑요도가 당혹스러운 듯 떨고 있었다. 곧 주황빛이 칼날에 휘감겨 있던 회색 마력을 덮어 거두어 버렸다.

『미안, 시즈시즈! 늦었어!』

『아냐, 안 늦었어. 딱 맞게 막아줬잖아?』

그렇게 대답하면서 스즈의 『염화』로 알아차렸다.

흑요도가 생체 골렘이라면 상태 이상도 통한다는 것을—.

물론 『신언 대책』은 마련해 뒀지만, 흑요도의 인식 능력은 시각이나 청각과 유사했다. 혼백 감지 방법으로는 사도처럼 혼을 가지지 않은 존재를 인식할 수 없기 때문이었다.

그래서 겉으로 보면 눈도 귀도 없지만, 오감에 작용하는 마법은 유효했다.

그 점을 깨달은 것은 다름 아닌 에리의 혜안이었다.

스즈에게도 이 공격은 기습이었다.

더불어 어둠 속성 마법 난사가 종마에게도 영향을 미치면서 지킬 범위가 늘어나자 회복 마법**도** 쓸 수 있는 스즈와 어둠 속성 최고위 천직 『강령술사』인 에리의 차이가 여실히 드러나기 시작했다.

에리의 무한한 마력에 비해 스즈는 아티팩트 회복 기능과 회복약에 의존해야 하며, 마력 보충을 위한 시간 손실도 은근히 영향을 주고 있었다.

그래서 해제보다 빠른 결계로 일단 급한 불을 끈 것이다.

어찌 됐건 코우키의 기술을 막을 시간은 사라졌다.

"『카무이 천변만화— 창조 광룡군』."

광룡의 거구에서 많은 수의 작은 용이 태어났다.

한 마리 한 마리의 크기는 1미터 전후. 당연히 그것 전부가 『카무이』로 구성된 작은 광룡이었다.

아마 쉰 마리는 되지 않을까.

"세밀하게 움직이지 못하는 게 문제였어."

코우키는 그렇게 말하며 성검 끝을 시즈쿠에게 겨눴다.

"시즈쿠, 이걸로 끝낼게. 아무리 너라도 이 수로 한꺼번에 공격하면 못 버티겠지. 아프겠지만, 내가 돌봐 줄 테니까 걱정 말고 잠들어."

작은 광룡 군단이 하늘로 비상했다. 그리고 입에 일제히 멸광(滅光)을 모았다.

목표는 전장 전체. 시즈쿠도, 류타로도, 그리고 스즈도 범위에 들어갔다.

『시즈시즈! 류타로! 교체!』

스즈의 신호를 받고 시즈쿠는 돌아섰다.

"그 애 말고 다른 남자한테 잠든 얼굴을 보여줄 생각은 추호도 없어."

코우키의 망언에 반박하면서 단숨에 달렸다.

모든 흑요도를 불러들이고 속도의 완급을 자유자재로 조절하는 『무박자』와 축지 중에 축지를 쓰는 『중축지』로 고속으로 지그재그 이동하며 쏟아지는 호우를 빠져나갔다.

류타로도 마찬가지였다. 해치운 일곱 번째 회시도를 다른 회시도에게 던지고 워울프 최대 속도로 전장을 이탈했다.

"아하핫, 괜찮겠어? 회시도가 노 마크인데~?"

에리와 코우키를 지원할 필요가 없어진 회시도가 시즈쿠와 류타로를 추적했다.

작은 광룡의 수많은 브레스가 빗발치는 아래, 몇 명이 말려들어서 소멸해도 개의치 않고, 오히려 자폭하려는 것처럼 달려들었다.

당연히 에리의 회색 깃털과 분해 포격, 광룡의 브레스와 코우키의 『천상섬』도 날아왔다.

압도적인 포화 공격.

하지만 그것은 상태 이상 대항과 종마 지원으로부터 스즈가 해방되었다는 뜻이기도 했다.

"흩날려라―『성절 앵화』."

빛나는 꽃잎이 전장에서 춤춘다.

그렇게 착각할 만큼 환상적인 광경은 흉악하면서도 강력했다.

작게 빛나는 꽃잎이 쏴아아아 소리를 내며 전장을 누볐다.

그리고 시즈쿠와 류타로의 주위에서 나선을 그리며 꽃잎 회오리로 변했다.

모든 공격은 한곳에 모인 꽃잎이, 마치 나무에서 떨어진 사람을 낙엽 더미가 받아내듯 부드럽게 감싸서 막아 냈다.

심지어 접근하는 회시도를 눈사태처럼 휩쓸고 지나치자 그 뒤에 남은 것은 처참한 잔해뿐이었다.

온몸이 난도질당하거나 굴삭기로 파낸 것처럼 도려졌고, 경우에 따라서는 머리가 통째로 사라진 자도 있었다.

—스즈 오리지널 결계술 『성절 앵화』.

이름 그대로 『성절』이라는 강력한 장벽을 벚꽃의 꽃잎처럼 자잘한 파편으로 나누어 닿으면 베이고 모이면 유능제강의 방벽이 되는 공방 일체의 마법이었다.

스즈가 마치 일본 무용처럼 아름답게 쌍철선을 휘두르자 거기에 맞춰 빛나는 꽃잎 폭풍은 격류가 되어 자유자재로 움직였다.

그 방대한 꽃잎의 수를 만드는 데 시간이 걸리는 것이 흠이지만, 한 번 성공하면 『성절 전』을 병용해서 마력이 떨어지지 않는 한 몇 번이고 재생한다.

그 마법으로 동료를 지키면서 하나 더 수를 쓴다.

"너야말로 괜찮겠어?"

스즈의 말이 들린 동시에 에리의 시야 한쪽에 하늘거리는 검은 그림자⋯⋯.

에리는 수상하게 여기며 돌아봤고, 눈이 커졌다.

"뭐야? 이건, 나비?"

"나한테 대항하느라 날개 결계 같은 거로 시야를 가리니까 모르지."

날개에 마법진처럼도 보이는 검붉은 문양이 있는 검은 나비들.

흑문접(黑紋蝶)들이 에리의 머리 위를 뒤덮을 정도로 날아다니고 있었다. 심지어 지금 이 순간도 수가 늘어나며 전장으로 퍼져나갔다.

발생원은 물론 스즈였다.

철선의 사북[#2]에 있는 보주에서 잇따라 소환되고 있었다.

철선을 느릿하게 부칠 때마다 빛의 꽃잎과 흑문접 떼가 하늘로 날아가 퍼지는 광경에는 요사스러우면서도 신비한, 말로 표현하기 힘든 아름다움이 있었다.

당연히 그 중심에서 춤추는 스즈도 마치 의식을 드리는 무녀 같았다.

"이런 말이 있었지?"

퍼뜩 정신을 차렸다. 아주 짧은 순간이나마 자신이 스즈에게 넋이 빼앗겼다는 사실에 에리 안에서 이루 말할 수 없는 분노가 치밀었다.

살인적인 눈빛으로 쏘아보는 에리에게 스즈는 무서운 것 없다는 양 씩 웃으며 선언했다.

"지금부터는 계속 내 턴. 에헤헤."

"이게 보자 보자 하니까!"

하지메였던가, 카오리였던가. 오타쿠 지식이 풍부한 두 사람의 대화에서 귀에 익은 말을 농담처럼 던지자 무시당했다고

#2 사북 쥘부채의 깃대가 교차하는 고리 부분.

생각했는지 에리는 격앙했다. 그래서 그 기습을 정통으로 맞고 말았다.

"웃, 몸이!"

"코우키?! 이건…… 마비 독?! 설마 고유 마법!"

자세히 보니 흑문접에게서 인분이 날리고 있었다. 그것을 매개로 한 고유 마법이라고 깨달았을 때는 이미 늦었다. 회시도까지 포함해 몸이 마비되어 움직이지 못했다.

그 순간, 『앵화』 폭풍에서 시즈쿠와 류타로가 뛰쳐나왔다.

두 사람은 이미 상대의 코앞까지 와 있었다. 시즈쿠는 **에리** 앞에, 류타로는 **코우키** 앞에.

아차, 라는 소리가 나올 틈도 없었다.

코우키는 반사적으로 광룡을 조종해 발톱으로 공격, 꼬리로 방어를 시도했다. 워울프는 빠르지만 방어력과 힘은 그만큼 강하지 않다. 그래서 대응할 수 있다고 판단했지만…….

류타로는 광룡의 발톱 공격을 인식하고도 피하려고 하지 않았다. 대신 **방어력과 힘이 가장 뛰어난** 마물로 변신했다.

『나와라, 강철의 괴물— 천마전변 왕귀^{오거}!』

심녹색 마력이 터지며 온몸의 근육이 배로 팽창했다. 피부는 짙은 녹색, 키는 2미터를 훌쩍 넘었고 눈은 치켜 올라갔으며 송곳니도 길어져 입 밖으로 튀어나왔다.

위에서 떨어지는 광룡의 발톱을 왼손으로 받으며 공수도 기술『돌려막기』로 흘려보냈다.

충격과 멸광으로 왼팔에서 불길한 소리가 나고 왼쪽 상반신이 화상을 입은 것처럼 통증이 밀려오지만, 반대로 말하면 그 것뿐이었다.

"뭐?! 류타로, 그건!"

『크으읏! 좀 아픈데! 그래도 버틸 만하군. 이번에는 내 차례다!』

오른손은 이미 뒤쪽으로 쭉 빠져 있었다. 무게를 실은 발은 땅을 가를 기세였다.

광룡의 꼬리라는 공성 방벽 앞에서 올바른 자세로 올바르 게 지른다. 단…….

—천마전변, 모델 오거.

나락에서 다섯 손가락 안에 드는 맷집과 파워를 자랑하는 인 귀의 왕, 그 힘과 고유 마법 『충격 조작』을 마음껏 발휘하면서.

쾅, 하고 폭음 같은 소리가 울렸다. 광룡의 꼬리가 폭발해 사방으로 퍼졌다. 충격은 거기서 그치지 않고 계속 직진해 눈 을 동그랗게 뜬 코우키를 멀찍이 날려 버렸다.

비명도 나오지 않았다. 포탄처럼 날아가서 빌딩에 부딪치고 도 몇 곳을 더 관통했다. 그와 동시에…….

"코우키—."

"미안, 에리. 나는 미끼야."

시즈쿠에게 분해 마법을 쏘던 에리의 귀에도…….

"이나바 씨! 부탁해!"

"뀨뀨!"

신경을 긁는 목소리? 울음소리? 까지 들렸다.

눈에 비친 것은 선명한 붉은 선이 들어간 몽실몽실한 흰 털에 똑같이 붉은색을 띤 동그란 눈. 그리고 매력적인 커다란 토끼 귀.

—종마군 최강자, 발차기 토끼 이나바.

나락 1층에 출몰하는 마물이면서 바닥에 떨어진 『신수』를 마시고 자아와 용기를 얻어 동경하던 하지메를 좇으며 단련해 자력으로 최하층에 도달한 강자.

그 토끼가 발달한 다리를 더욱 강화하는 각갑과 지각 능력을 더 끌어올리는 이어 커프, 금속 실로 짠 조끼 등 아티팩트로 완전 무장 상태.

지금 이나바의 속도는 승화한 시즈쿠에 필적한다.

에리에게 보인 것은 뒤에 남은 잔상뿐이었다. 놀랄 틈도 없었다. 정신을 차리자 이나바의 킥이 안면에 꽂혀 있었다.

에리 또한 비명은 지를 수 없었다. 호쾌하게 차여 빙글빙글 돌면서 코우키와는 반대쪽 빌딩에 격돌했고, 똑같이 관통해서 먼 도로까지 날아가 버렸다.

분해 마법으로 마비를 무효화한 회시도들이 당황한 것처럼 행동을 멈췄다.

에리를 좇아야 할지, 적을 막아야 할지. 명확한 지시가 없어서 판단을 내리지 못하는 듯 보였다.

그 틈에 시즈쿠와 류타로가 스즈의 곁으로 귀환했다.

"시즈시즈, 류타로, 이거."

스즈가 『보물고』에서 모 블록형 영양식품을 닮았지만, 묘하게 몸에 안 좋아 보이는 색깔을 띤 휴대 식량을 던졌다.

『오— 땡큐. 벌써 몸이 떨려. 이거 없이는 못 버티겠어.』

"오해할 말 하지 마."

스즈가 따지건 말건 류타로는 두꺼운 손가락으로 그것을 집어 입으로 던져 넣었다.

그 순간, 몸의 떨림이 멈추고 조금 괴로워하던 목소리가 안정됐다.

"역시 객관적으로 보면 위험한 약물 같아."

그러면서 시즈쿠도 입에 쏙 넣었다.

먹지 않을 수는 없었다. 이것이 바로 세 사람을 지탱하는 아티팩트 중 하나니까.

—식량형 아티팩트『치트 메이트』.

철분을 비롯해 인체에 유해하지 않은 광물에 변성 마법과 승화 마법을 부여하고 연성으로 가루 내어 반죽한 고형 식품이었다. 기초 능력 상승은 물론이고, 육체의 강도 자체도 올려줬다.

여기에 더해 승화 마법에는 한참 못 미치지만, 그 효과를 부여한 목걸이를 모두 장비해서 전 능력 배가 효과까지 누리고 있었다.

스즈와 시즈쿠가 멀티 태스크로 싸울 수 있는 이유도, 류타로가 육체 변성에 견딜 수 있는 이유도 이러한 보조가 있기 때문이었다.

다만, 치트 메이트는 지속 시간이 그다지 길지 않은 것이 문제점이었다. 【신역】돌입 전에 섭취했지만, 격전을 거치며 약

발이 떨어져서 여유가 생겼을 때 다시 섭취하는 것이었다.

"아무튼 간신히 둘을 갈라놨어. 이대로 합류하지 못하게 막자. 에리는 나한테 맡겨줘."

"알았어. 솔직히 에리의 상태 이상 마법은 위험해."

흑요도나 종마를 보조하느라 스즈의 일이 몇 배로 늘어 버렸다.

그렇다면 차라리 스즈가 멀리 떨어진 곳에서 에리를 상대하며 소수의 아군에게 집중하는 편이 최선일 것이다.

원래부터 가능하다면 두 사람을 분단시키는 것도 작전의 일부였다. 코우키를 『박혼』의 영향에서 조금이라도 떨어뜨려 놓기 위해서.

"종마는 두고 갈게. 명령을 듣도록 말해 뒀으니까 잘 사용해줘."

『알았어. ……조심해, 스즈.』

도깨비 같은 얼굴에 다정한 눈빛의 갭에 피식 웃으면서 스즈는 고개를 끄덕였다.

"괜찮아. 묻고 싶은 말을 묻고, 하고 싶은 말을 하고…… 그리고 그 바보를 패주고 올게."

『헤헷. 그거 좋은데. 너라면 반드시 할 수 있어!』

"그래. 여기까지 왔잖아. 다시는 허튼 생각 못 하게 혼내주고 와. 우리도 그렇게 할게."

셋은 주먹을 맞댔다.

류타로의 주먹만 돌덩이 같아서 스즈와 시즈쿠가 실없이 웃음을 흘렸다.

그리고 이나바가 스즈의 머리 위에 폭 올라탔을 때, 그것이 신호라도 되는 양 회시도가 마침내 움직이기 시작했다. 남은 약 150명 중 반수가 남고 나머지는 에리가 사라진 방향으로 날아갔다.

"그럼 나중에 봐!"

한곳에 모인 꽃잎을 타고 스즈가 그 뒤를 쫓았다.

동시에 굉음이 울렸다. 빛의 기둥이 치솟으며 주위 빌딩이 방사형으로 무너졌다.

한 번 사라졌던 광룡과 작은 광룡 군단이 부활하고 항성 같은 빛이 하늘로 올라갔다.

코우키는 말도 표정도 없었다. 그리고 소리도 없이 성검을 시즈쿠와 류타로에게 겨눴다.

광룡의 포효가 울려 퍼지고 엄청난 규모의 브레스가 날아든다.

그것을 정면으로 바라보는 두 사람은……

"류타로! 끝내자!"

『좋아!』

주눅조차 들지 않고 완벽하게 호흡을 맞춰 전진했다.

빛나는 꽃잎 물결을 탄 스즈가 머리 위에 앉은 이나바와 주위에 떠도는 흑문접 떼를 이끌고 고층 빌딩 사이로 나아갔다.

마지막에 충돌한 것으로 보이는 세 번째 빌딩 안과 그 주위에도 에리는 없었다.

심지어 방금 소집한 회시도도 보이지 않았다.

'……괜찮아. 에리는 이미 나를 무시할 수 없어.'

바로 코우키와 합류하러 갔을 가능성도 잠깐 떠올랐지만, 곧 그럴 리는 없다고 단정했다.

나카무라 에리는 타니구치 스즈를 방치하지 못한다.

전술상 합리적인 판단인 건 맞지만, 그것이 이유는 아니다. 지금 자신보다 거슬리는 상대가 없다고 확신하기 때문이었다.

그만한 모습을 보여줬다. 그만한 말을 들려줬다.

보잘것없는 존재라고 짓밟고 비웃은 옛 친구에게 그토록 된통 당하고도 가만히 있을 에리가 아니었다. 그녀의 뒤틀린 마음이 그것을 용인할 리 없었다.

'뭐, 그 대신 완전히 눈이 돌아갔겠지만…….'

에리의 분노로 일그러진 얼굴을 상상하자 저절로 몸이 긴장됐다.

제법 떨어진 곳에서 울리는 굉음 말고는 어떤 소리도 나지 않는 정적의 공간이 몹시도 으스스해서 스즈는 긴장으로 이마에 맺힌 땀을 소매로 훔쳤다.

확고한 의지와 흔들림 없는 각오는 있어도 이곳은 생과 사가 교차하는 전장. 미래로 가는 갈림길이라고도 할 수 있는 곳. 떨리는 마음을 진정시키기는 어려웠다.

하물며 스즈는 에리와 마주하고, 마주 보고, 싸우고 나서야 겨우 자신이 무슨 말을 하고 싶은지, 에리를 어떻게 생각하는지 알았다.

전해질까. 전해지지 않을까.

전해지지 않으면 나는 이 손으로…….

"뀨우, 뀨."

"아! 이나바 씨…… 고마워. 내가 너무 긴장했지?"

이나바의 『스즈 씨, 긴장 좀 풀그래이. 내가 있으니께 걱정 붙들어 매고 당당하게 가슴 피라』라고 왠지 사투리처럼 들리는 격려 덕분에 굳었던 몸이 풀렸다.

이나바가 이마를 앞발로 톡톡 두드렸다. 표정은 보이지 않아도 『그라믄 됐다』라며 잘난 듯이 고개를 끄덕이는 모습은 눈에 선했다.

자연스럽게 표정이 느슨해졌다. 적당한 긴장을 남긴 채 자연스러운 상태를 유지했다.

그런 직후였다.

"뀨뀨!"

스즈의 머리 위에서 이나바가 상하 반전했다. 스즈의 머리를 콱 움켜잡고 회전 물구나무서기를 하며 뒤쪽으로 강렬한 발차기를 날렸다.

그렇게 울린 소리는 금속의 충돌음이었다.

이나바의 각갑과 회색으로 빛나는 대검이 불똥을 튀겼다.

"……정말로 짜증 나는 토끼야."

"에리!"

스즈가 화들짝 놀라며 돌아보자 냉철한 살의에 찬 에리의 눈과 눈빛이 충돌했다.

수직으로 내려친 대검을 이나바가 막아주지 않았다면 스즈의 머리에 직방으로 꽂혔을 것이다.

어둠 속성 마법으로『은형』을 쓴 기습.

정말로 장난기 하나 없이 죽이려고 작정한 행동이었다.

"뀨이!"

이나바가 몸을 더 비틀었다. 스즈의 머리에서 브레이크 댄스라도 추듯이 회전하며 반대쪽 발로 충격파를 날린다. 고유마법『천보』의 파생 기술『선파(旋破)』였다.

에리는 등에 난 회색 날개를 퍼덕여 공중제비를 돌며 그 충격파를 피했다.

"변성 마법으로 마물을 진화시키려면 나름대로 시간이 걸린다고 들었는데 말이야. 그 마물, 좀 이상하지 않아?"

눈을 가늘게 뜨며 에리가 짜증 섞인 말투로 물었다.

"이나바 씨는 특별하니까. 대부분 본래 능력이기도 하고."

"뭐어? 또 치사한 거 들고나왔네. 그래도 물량 공세에는 못 당하지? 그 수준의 마물을 여러 마리 데리고 있지는 않을 테니까! ―『유암경(幽暗境)』!"

이나바의 시각과 청각이 동시에 침식당했다. 시야는 검은색 노이즈로, 청각은 강렬한 마찰음 같은 폭력적인 소리로 뒤덮여 아무것도 보이지 않고 들리지 않았다.

그 틈에 에리는 분해 포격과 회색 깃털을 쐈다. 전자는 스즈를 노리고, 후자는 주위 흑문접을 노리고.

"—『성절 만천성새』!"

지금 이 순간에 만들어 낸 오리지널 결계술.

내부에 상태 이상 해제 효과를 발생시키는 철벽의 다중 결계가 발동했다.

이나바의 시각과 청각이 원래대로 돌아오면서 결계가 단숨에 다섯 개나 소멸했다.

거기다 『앵화』에 탄 상태로 공중에 있는 탓에 발에 힘을 실을 수 없어서 그대로 날아가 버렸다.

그 때문에 결계 범위에서 벗어난 일부 흑접문이 회색 깃털에 격추되어 안개처럼 사라졌다.

"큭, 시간을 끌면서 최대한 마력을 끌어모았구나!"

"저 녀석들도 말이지!"

말이 떨어지기 무섭게 스즈가 날아가는 진로상에 있는 주위 건축물에 회시도가 일거에 튀어나왔다.

모두 최대한으로 분해 마법을 충전한 모양이었다.

온몸이 공 모양 마력에 덮일 만큼 힘은 팽창했다. 그 상태에서 동시에 분해 마법을 발사했다.

역시 아까와는 위력이 달랐다. 그야말로 혼신의 일격.

스즈는 『앵화』가 아니라 『공력』으로 발판을 고정하고 공중에서 그것을 막았다.

스무 개의 『성절』이 한순간에 절반 이상 깨졌다.

그리고 같은 시간에 같은 수의 『성절』이 안쪽에서 보충됐다. 소멸과 생성 속도가 완전히 백중세를 이루었다.

회시도 약 80명의 일제 포격과 상위 개체인 에리가 이어서 쏜 포격을 받고서도.

'뭐가, 이따위야! 왜 이렇게 튼튼해!'

마음속에서 태풍처럼 휘몰아치는 짜증은 이미 임계점에 달하기 직전이었다.

이성을 잃으면 위험하다는 경험적 추론이 가까스로 정신을 붙잡아 놓는다.

"흐트러져라―『진롱경(塵弄境)』!"

이 또한 혼신의 마력 간섭이었다. 마법에 담긴 마력을 분산시키면서 스즈의 체내 마력 흐름까지 흐트러뜨린다. 이중 마법 방해로 균형은 깨지고―

"으으, 크으으, 나는, 안 져어어어어!"

"이게 무슨……."

기어이 경악이, 혹은 전율이 에리의 입에서 흘러나왔다.

그 커다랗게 뜬 눈이 바라보는 끝에서는 여전히 스즈가 장벽을 계속해서 펼치고 있었다. 방금과 동등하게, 상식을 파괴하는 속도로.

"여전히 실력 좋네, 에리! 여유가 없어졌어!"

"웃기고 있네. 설마…… 분단되기 전에도 진심이 아니었다고?!"

"아니, 진심이었어. 다만, 지킬 대상이 적어진 만큼 더 집중할 수 있을 뿐이야!"

그래도 너무 얕잡아봤다. 아무리 아티팩트로 중무장을 했어도 이 기량은 그것만으로는 설명이 되지 않았다.

대체 얼마나 많은 노력을 하면 이 경지에 도달할 수 있는가?

그렇게 생각했다. 생각하고 말았다.

동요, 였을까. 적어도 에리의 마법 제어가 흐트러졌다.

분해 포격의 위력이 떨어지고 마력 간섭이 약해졌다. 이렇게 되면 원래 상태 이상을 해제하던 결계는 사실상 제 역할을 다한 것이나 마찬가지고……

"흩날려라."

결계 안팎에 방치했던 『앵화』가 하늘로 흘러 회시도들을 에워쌌다.

"하! 흉악한 마법이지만, 분해 마법 방호는 못 뚫어! 그딴 앙증맞은 파편으로는!"

분해 마법 방호는 비단 흑문접의 마비 가루를 막기 위한 것만은 아니었다. 에리는 이미 『앵화』 대책도 확실하게 세워 놓았다.

그 말대로 분해 마력을 온몸에 두른 회시도에게 꽃잎을 직접 부딪치는 공격은 통하지 않으리라.

하지만 문제는 없었다.

처음부터 난도질하려고 끌고 온 물건이 아니니까.

"만 송이 꽃을 피우고 빛으로 져라—『광산화(光散華)』."

섬광이 눈을 태웠다. 그리고 한 박자 늦게 무시무시한 굉음과 충격파가 뒤따랐다.

내포한 마력을 한 번에 폭발시킨 것이다. 대상을 포위하고 도망칠 수 없는 충격으로 파괴하는 변화무쌍한 배리어 버스트였다.

일시적으로 시력을 잃은 에리가 반사적으로 물러났다. 팔로 얼굴을 덮고 회색 날개로 자신을 감싸서 방벽으로 삼았다.

몇 초 뒤, 회복된 시력이 회색 날개 틈새로 보여준 광경에 에리가 이를 아드득 갈았다.

회시도의 거의 절반이 간신히 원형이나 알아볼 수준으로 손상되었다.

어떻게 보나 더 이상의 전투는 불가능한 상태였다. 그 밖에도 몇 명이 신체 일부를 잃어 전투 능력이 현저히 저하되어 있었다.

하지만 그 현실에 욕을 뱉을 시간도 없었다.

"뀨뀨우!"

"쳇!"

하얀 섬광처럼 보이는 토끼가 습격해 왔다.

진홍색 눈은 『마, 그만 설치라! 주차뿔라!』라고 말하는 것처럼 험악하게 찌푸려져 있었다.

그 분노가 추진력이 된 것일까, 너무나도 빠른 속도에 잔상이 주르륵 꼬리를 물 정도였다.

공중에서 3회전으로 원심력을 잔뜩 실은 발차기가 에리에게 꽂혔다.

속도는 곧 힘이다. 그것이 발차기에 특화한 마물의 고유 마법과 합쳐지면 그 위력은 어디 사는 버그 토끼의 전투 망치와 비교해도 손색이 없다.

그것을 초인적인 반사 신경에 기대어 대검으로 방어했다. 하지만 고통에 찬 신음을 흘린 에리가 덤프트럭에 치인 것처럼 날아갔다.

"뀨우우우우!"

"이게, 짐승 주제에 어딜!"

토끼 귀를 휘날리며 하늘을 차는 이나바가 날아가는 속도를 따라붙었다.

정제됐으면서도 쉴 새 없이 몰아치는 발 공격이 종횡무진으로 치고 들어온다.

상중하, 고속 삼단 차기가 섬광처럼 날아오는가 싶더니, 그 찰나에 옆 돌기 뒷발차기가 엄습한다. 심지어 그대로 팽이처럼 돌며 연속 공격까지.

한 방 한 방이 채찍처럼 휘어 궤도를 바꿨고 막지 못한 공격은 계속해서 사도의 전투복에 명중했다. 충격으로 몸속을 믹서로 갈아 버리는 착각까지 들었다.

파앙, 메마른 소리가 울렸다. 공격하는 발을 중심으로 공기 벽이 눈에 보이며 소닉붐을 일으켰다.

회전 운동과 함께 가속하는 킥 속도가 마침내 음속을 넘어선 증거였다.

그 공격을 받은 대검이 깨져 버렸다.

"농담하지 마! 프리드도 이 정도로 진화시킨 마물은!"

고속 비행을 해도 허공을 달리며 옆으로 따라붙는 이나바를 보고 에리의 얼굴이 있는 대로 일그러졌다.

마치 깨지 않는 악몽 같았다.

태풍처럼 격하고, 흐르는 물처럼 매끄러운 공격이 폭풍우처럼 쏟아져 이미 전투복은 곳곳이 파손됐고 대검은 세 자루째로 넘어갔다.

만약 방어에 특화한 검술을, 그것도 달인급 기량을 강령술로 불러오지 않았다면 지금 공방만으로 다진 고기가 됐을지도 모른다.

그렇게 생각한 순간, 분노가 폭발했다.

이나바의 킥으로 한쪽 팔이 부서진 것도 신경 쓰지 않고 분해 마력을 온몸으로 방출했다.

이 공격에는 이나바도 버틸 재간이 없어서 단걸음에 스즈 곁으로 후퇴했다.

에리는 고개를 살짝 숙인 채 거친 숨을 토하며 앞머리 사이로 스즈를 쳐다봤다.

회시도는 역시나 스즈의 『성새』를 무너뜨리지 못했다.

오히려 부상당했던 십수 명이 결계에 갇혀 배리어 버스트를 맞고 나가떨어진 상태였다.

남은 회시도는 이미 20명 남짓이었다.

"……뭐야? 왜 내가 밀려?"

불쑥 말이 흘러나왔다.

스즈의 시선이 에리에게 돌아왔다.

"강한 몸으로 바꾸고, 능력도 얻고, 회시도 같은 군단도 갖추고…… 그런데 왜? 왜 내가 패배자처럼 내몰려야 해? 그 괴물이 상대도 아닌데? 스즈잖아. 생각 없이 웃기만 하는 멍청이잖아. 그런데 왜? 왜 네가, 거기 서 있어?"

에리가 추하게 일그러진 얼굴로 히스테릭하게 외쳤다. 머리카락이 뜯기지 않을까 싶을 만큼 머리를 쥐어뜯고 있었다.

생각대로 되지 않는 현실 앞에서 투정을 부리는 어린아이……라고 표현하기에는 조금 무리가 있었다. 보는 이의 정신에도 이상을 초래하는 광기가 일렁거리고 있었다.

그런 위험한 분위기를 토해 내는 에리를 스즈는 똑바로 바라봤다.

아주 조용한 눈길이었다. 물결도 일지 않는 호수처럼 상대방의 얼굴을 비추는 맑은 눈동자. 돌아온 목소리도 그처럼 조용했다.

"알잖아. 내가 여기 서 있는 이유는 너랑 이야기하고 싶어서야."

"……뭐?"

무심결에 어리벙벙한 목소리가 나왔다. 잠시 생각하다가 에리는 나름의 해석을 내놓고 얼굴을 찌푸렸다.

"그러니까 뭐야. 이번에는 나를 땅바닥에 기게 만들어서 비웃고 욕하러 왔다, 뭐 이런 뜻? 그런 짓이나 하려고 이 생난리를 피웠어? 아하핫, 재미있네. 재미있게 비뚤어졌어. 좋아, 마음대로 욕해 봐~. 다 들어줄게."

에리는 스즈의 심정을 추측하고 조소를 띠었다.

친구라고 말하면서 사실 에리에게는 스즈를 이용할 생각밖에 없었고, 배신해서 짓밟은 끝에 자신과의 관계를 믿는 스즈를 비웃었다.

복수가 이유라면 참으로 이해하기 쉬웠다.

얄팍한 행동 원리에 스즈라는 인간의 얄팍함을 재인식한 기분이 들어 조금 여유가 돌아왔다.

하지만 에리의 말에 스즈는 조금도 동요하지 않았다.

"욕? 비웃어? 설마. 내가 어떻게 그래. 왜냐면…… 에리를 이용하던 건 나도 마찬가지니까."

"……그게 무슨 뜻일까?"

에리가 눈을 가늘게 떴다. 아무래도 스즈의 바람대로 이야기에 관심을 가진 모양이었다.

파트너의 심정을 헤아려 이나바는 주변에서 방해하지 못하게 회시도를 경계했다.

물론 그 회시도도 에리가 멈췄는지 포위만 하고 정지해 있었다.

시간이 멈춘 것 같은 전장에서 스즈는 말에 마음을 담았다.

"에리 말대로 나는 모자란 사람처럼 헤실헤실 웃으면서 넓고 얕게, 그래도 아무에게도 미움받지 않게— 그런 식으로 살아왔어. 혼자가 되기 싫었으니까. 외로움을 견디지 못하니까. 항상 사람들 사이에 있고 싶었으니까."

"그래, 넌 그렇겠지."

"응. 나는 이 모양이니까 『절친』이라고 부를 사람이 필요했고, 있어 줘서 고마웠어. 아무에게도 미움받지 않는데 특별히 친한 친구도 없다는 건 그것만으로도 부자연스러우니까."

누구에게나 공평하고 평등하게. 누구도 편들지 않는다.

듣기에는 좋아 보여도 확실히 평범한 사고방식은 아닐 것이다.

그런 말이 있지 않던가. 누구에게나 친절한 사람은 누구에게도 마음을 주지 않은 사람이라고.

"물론 그럴 의도로 에리랑 친구가 된 건 아니야. 지금 돌이켜보면 은연중에 그런 마음도 있었다고 생각해."

애써 모른 척했지만, 사실은 에리가 배신한 그날 밤보다도 전에 『절친』이라는 자신들의 관계에 의문은 있었다.

오르크스 대미궁에서 위기에 빠졌을 때, 시즈쿠와 카오리가 마지막까지 함께 있으려고 한 모습을 보고 「아, 나랑 에리와는 다르구나」라고 생각했다.

"그래서? 하고 싶은 말이 뭐야?"

스즈는 똑바로 에리를 바라보고…… 머리를 숙였다.

"……뭐야?"

"미안. 에리는 나를 편리한 도구라고 말했지만, 나는 거기에 충격받을 자격도 없었어. 나도 에리랑 다를 게 없는걸. 에리를 편리한 도구처럼 생각했어."

"야. 네 생각 궁금한 사람 아무도 없어. 그딴 말이나 하려고 여기까지 온 거야? 내가 그걸 신경이나 쓸 줄 알았어? 그렇다고 생각하면 벌레가 머리도 파먹은 거 아닌지 살펴봐. 코우키를 얻은 지금 넌 아~무런 가치도 없어, 알아?"

에리는 진심으로 하찮은 이야기를 들었다는 양 얼굴을 일그러뜨렸다.

그 대답에 드디어 스즈의 표정이 방긋 웃는 얼굴로 바뀌었다.

"응, 알아. 이건 그냥 자기만족이야. 내가 사과하고 후련해지고 싶었을 뿐이었어."

"……못 보던 사이에 낯짝 하나는 두꺼워지셨네. 할 말은 다 했어?"

"아니. 아직 듣고 싶은 말이 있어. 에리, 어쩌다 코우키한테 반했어?"

"뭐?"

그건 평범한 수다였다. 옛날, 방과 후에 별생각 없이 나누던 그런 수다.

상황에 너무 어울리지 않는 내용 때문에 에리가 기가 막힌 투로 되묻지만, 스즈는 상관하지 않고 질문을 퍼부었다.

"그리고 말야, 혹시 집에 무슨 문제 있어? 우리 집에는 자주 놀러 왔는데 에리 집에는 한 번도 못 오게 했잖아. 불편한 이유라도 있나 해서. 그리고 부모님 이야기도 은근슬쩍 피했지? 부모님이랑 사이 안 좋아? 혹시 그걸로 고민하던 때 코우키가 도와주기라도 했어?"

지뢰밭 위에서 탭 댄스를 추는 수준의 질문 공세.

에리의 심상 풍경인 어둠 속으로 성큼성큼 들어오는 뻔뻔한 태도는 지금까지 스즈에게서는 찾아볼 수 없던 것이었다.

심지어 예리했다. 추측일 텐데도 묘하게 핵심에 다가섰다.

마찰이 생기지 않게 모르는 척하고, 알아도 웃으면서 말하지 않았을 뿐, 타니구치 스즈라는 소녀는 원래 감이 아주 날카로웠을 것이다.

어쩌면 굳이 에리를 『절친 역할』로 고른 이유도 무의식중에 공감을 느꼈기 때문일까.

스즈도 어릴 적 가족관계가 원만하지 않았으니까 직감적으로 에리의 숨은 내면을 눈치챘고, 그래서 이끌리듯 옆에 있었던 것일까.

진실이 뭐든, 에리에게 지금 스즈는 웃으면서 오랜 상처를 후벼 파는 악마나 다름없었다.

그래서 질문의 대답은 분해 포격으로 대신했다. 회색 섬광이 무자비하게 최단 거리로 스즈를 덮쳤다.

하지만 스즈의 표정은 무너지지 않았다. 오히려 자신의 추측이 빗나가지 않았다는 걸 깨닫고 기뻐 보였다. 웃으면서 『성새』를 보충해 완벽하게 방어했다.

결계사의 철벽은 그런 분풀이 같은 공격으로는 미동도 하지 않았다.

"에리, 알려줘. 나는 너를 더 알고 싶어. 지금까지 친구라고 말하면서 전혀 알려고 하지 않았던 거, 지금 알고 싶어."

"성격까지 꼬였구나, 스즈? 아니, 그게 본성인가~? 그래도 나한테는—"

"말 돌리지 마, 에리. 무슨 일이 있었어? 왜 비뚤어졌어? 어떤 심정으로 코우키를 봤어? 부탁할게, 알려줘."

"아아, 진짜! 짜증 나네!"

냉정해져라. 생각을 가다듬어라. 상대의 육체는 기껏해야 인간의 것. 대규모 공격은 필요 없다. 집중하고 압축해서 날카롭게 한 점을 찌른다. 그거면 충분하다. 그렇게 스스로 되뇐다.

대검에 회색 마력이 응축되어 빛을 발했다.

"흡."

악문 이 사이로 호흡 소리가 희미하게 새어 나오고, 동시에 에리의 몸이 스즈의 대각선 위로 포탄처럼 날아갔다.

대검을 역수로 잡고, 시옷 자로 궤도를 꺾어 중력 가속까지 붙여 내려찍는 왕국 기사 검술, 대검 기술—『대추천(大墜穿)』. 본래 바람 속성 마법으로 하늘로 뛰어 무게, 속도, 기능, 마법을 모두 활용해 일점 돌파를 꾀하는 결계 파괴 기술.

거기에 응축된 분해 마법까지 더해지면—.

"이래도 안 돼?!"

"일점 집중은 나도 할 수 있어."

돌아오는 냉정한 목소리에 속이 타들어 갔다.

주황빛 안쪽에서 조소도 멸시도, 심지어는 분노도 증오도 없이 그저 에리를 알고 싶다는 진심만이 담긴 눈빛을 보내는 것이 참을 수 없이 짜증 났다.

"그리고 완전 사도화라고 하는데, 본래 사도에 비해서 20, 아니, 30퍼센트는 약해. 분해 마법, 카오리한테 지겹도록 받아봐서 알아."

"내가 뒤떨어진다고?!"

"단순한 분석이야. 쌍대검술도 안 쓰잖아. 못 쓰는 거지? 경험 동기화가 안 됐나 봐. 그 검술은 분명 강령술로 빙의한 멜드 씨의 기술. 그 사람이 쓰는 대검술은 방어 위주였어. 이나바 씨 공격을 어렵게나마 막은 건 그 때문이구나."

모두 정곡을 찔렀다. 전부 꿰뚫어 보는 것만 같았다.

"큭, 까불지 마!"

공포가 슬며시 고개를 쳐들었다.

그런 감정을, 다른 사람도 아닌 스즈에게 품을 리 없다고 곧바로 뿌리쳤다. 더 힘을 실어서 대검을 밀치며 분해 마력을 쏟아 부었다.

하지만 단단하다. 깨지지 않는다. 마치 사용자의 마음을 나타내는 것처럼—.

"나는 이제 외면하지 않을 거야. 보고도 못 본 척하고, 아무것도 못 한 채로 잃기는 싫으니까. 아무것도 모르는 채로 잃기 싫으니까! 그러니까 제발! 에리에 관해서 알려줘!"

"닥쳐! 이제 와서 알아봤자 무슨 의미가 있다고?!"

에리가 결계를 차서 뒤로 물러났다. 뚫을 수 없다는 것을 알면서도 분해 포격을 날렸다.

돌파할 계획이 없지는 않았다. 지구전이다. 마력량 차이가 최대 이점이라면 깎고 또 깎아서 마력 고갈을 노리면 그만이다.

회시도도 움직이기 시작했다. 이나바가 그들을 견제하러 향했다.

"의미는 있어."

회색으로 빛나는 살의가 지금은 두 사람의 가교라는 양 정면에서 받아주며 스즈는 말했다.

"에리를 제대로 알고, 제대로 보고, 느끼고, 생각하고, 그렇게 해서 나는—."

—한 번 더 에리랑 친구가 되고 싶어.

분해 포격이, 얼떨결에 약해졌다.

"—뭐라는, 거야?"

벌써 몇 번째인지 모를 이해하지 못할 말. 그중에서도 지금 들은 말은 예상을 아득히 벗어났고 가장 비상식적이었다.

그야 그럴 수밖에. 그만큼 악랄하게 배신하고 많은 사람을 죽이고 그 뒤로도, 지금도 죽이려는 상대에게 친구가 되고 싶다니? 정신이 나갔다고밖에 생각할 수 없었다.

이게 스즈 나름의 정신 공격이라면 오히려 박수라도 쳐주고 싶었다. 허를 찌르는 점으로는 이만한 말도 없으리라.

"이상한가? 응, 이상하긴 하네. 에리는 용서받지 못할 일을 했으니까. 지금도 나를 죽이려고 하고."

"……진짜 맛이 갔어?"

"아니, 제정신이야. 나도 이상하다고 생각하지만, 거짓 없는 본심이야. 왜냐면 나는 기억하니까."

"기억?"

"응. 에리가 웃는 모습."

그 말에 에리는 더더욱 이해하지 못할 표정이 됐지만, 스즈는 추억에 잠겨 부드러워진 눈매로 개의치 않고 말을 이었다.

"에리는 언제나 소극적으로 한발 물러나서 웃기만 하는 아이였지만, 지금이라면 그게 가짜 웃음이었다는 걸 알아. 그래도, 그래도 있지. 에리가 우리 집에 자러 왔을 때라든가, 수다 떨면서 천천히 하교할 때라든가, 휴일에 딱히 할 일이 없어서 근처 공원에서 같이 늘어져 있을 때, 문득 보이는 나른한 웃음이나 살짝 빈정거리는 웃음, 나한테 어이없어 하면서도 살짝 즐거워 보이는 웃음, 그런 것들도 기억해."

"……"

스즈는 쌍철선 중 하나를 착 접고 허리에 돌려놓았다.

그리고 그 손을 똑바로 에리에게 내밀었다.

"이 손을 잡아주면 아무도 널 다치게 못해. 누가 뭐라고 하건, 설령 나구모가 상대라도 에리는— 내가 지켜 낼게!"

멸망한 도시에 메아리치는, 인간의 한계까지 마음의 열량을 담은 듯한 말.

그것은 결의이자 각오며 맹세였다.

타니구치 스즈의 거짓도 변명도 꾸밈도 없는 절실한 소망이었다.

회색 포격이 서서히 기세를 잃어 갔다. 이윽고 빛은 가느다란 실처럼 되어 허공으로 녹아들 듯 사라졌다.

회시도가 다시 행동을 멈추고 이나바도 대치해서 상태를 지켜봤다.

스즈도 『성새』를 거뒀다.

내민 손끝에 벽이 있어서는 안 되니까.

흑문접이 일제히 퍼져나갔다. 가로막는 것 없는 두 사람 주위로 하늘하늘.

그 광경은 어딘지 모르게 몽환적이어서, 마치 시작의 계절에 벚나무 아래서 바람에 날리는 꽃잎을 맞으며 마주한 것 같았다.

그곳에서 계속 손을 내밀고 있었다.

닿아라, 닿아라, 하고 되뇌며. 내 마음이 제발 닿게 해 달라고 염원하며.

기도하듯 진실한 마음으로 옛 친구를, 앞으로도 친구가 되고 싶은 사람을 뚫어지게 바라봤다.

과연 그 결과는—.

에리가 조용히 고개를 들었다.

그 눈동자에 떠오른 것은 기대에 부응하는 열기와 기쁨의 빛—이 아니라 어디까지나 멸시에 찬 얼음 같은 싸늘함이었다.

"정말 덜떨어졌네."

"—으."

스즈의 몸 전체가 굳었다. 손끝이 떨리고 눈동자 안쪽에 통증이 퍼졌다.

그 직후, 머리 위쪽에서 강렬한 빛이 비쳤다. 반사적으로 눈이 돌아갔다. 눈을 찌푸리지 않으면 보이지 않을 만큼 먼 하늘에 거대한 마법진이 출현해 있었다.

"회색빛…… 어느새!"

천공의 거대한 마법진은 회색 깃털로 이루어진 것 같았다. 그 말인즉, 이는 에리의 공격이라는 뜻이었다.

처음부터일까, 아니면 『성새』를 뚫을 수 없다고 판단한 다음부터일까. 어쨌든 스즈의 이야기를 들어주던 이유는 이를 준비하기 위한 시간 벌기였던 것이다.

"사실은 나 혼자 힘으로 밟아주고 싶었어~. 스즈 주제에 너무 건방지게 구니까."

거대 마법진에서 새카만 독기가 분출됐다. 그 모습이 【신산】 상공에 출현한 공간의 균열과 매우 흡사했다.

실제로 그것의 정체는 소환 마법진이었다.

잠시 뒤, 검은 비가 내렸다. 『신역의 마물』이라는 표현이 어울리는, 나락의 마물에 필적할 만큼 강력한 괴물들이었다.

"근데 이젠 됐어. 그냥 마물 떼에 휩쓸려서 죽어."

"……."

이번에는 스즈가 말이 없어질 차례였다.

에리는 지금 어떤 심정일까.

그저 구구절절한 헛소리를 듣고 진절머리가 났을까. 아니면…….

그 매정한 눈빛과 얼어붙은 무표정으로는 헤아리기 어려웠다.

어마어마한 수의 마물이 개개의 형태를 분간할 수 있는 곳까지 내려왔다.

익룡 타입이 가장 많았다. 짐승형도 허공을 차며 내려오는 것으로 보아 공중전이 가능한 타입을 모은 것 같았다.

그 수가 100이나 200마리 수준이 아니었다. 지금도 계속 흘러나오고 있었다. 이나바가 아무리 강해도 이 물량에 밀리는 건 시간문제다.

그리고 멀리서는 아직 격렬한 전투음이 울리고 있었다. 시즈쿠와 류타로가 스즈를 구하러 올 가능성은 거의 없었다.

지원 없는 농성전의 결말 따위 뻔한 것이다.

하지만 자존심이나 감정을 버리고 싸움을 끝내기로 한 에리 앞에서.

스즈는 소리쳤다. 아직 포기하지 않는다고. 절대 포기할 수 없다고—.

"이나바 씨! 마법진을 부탁해!"

"뀨뀨!"

이나바가 공중 발판을 부술 기세로 상공으로 뛰어올랐다. 허공을 연속으로 차고, 그때마다 꽝음이 울리며 가속했다.

스즈도 허리에 찼던 철선을 뽑고 미간에 힘을 주며 눈물이 날 것 같은 마음을 억누른 채 부채를 펼쳤다.

"호위랑 떨어졌네?"

에리가 회시도에게 명령을 내렸다. 본인도 뒤이어 분해 마법을 쓰려고 했다. 조금이라도 힘을 빼야 이 삼류 드라마 같은, 불쾌해서 참을 수 없는 싸움도 한시바삐 끝나리라고 생각해서…….

하지만.

"뭐?!"

회시도 몇몇이 **에리에게** 포격을 가한 탓에 에리의 입에서 경악하는 소리가 튀어나왔다.

몸을 옆으로 틀어서 피한 직후, 나머지 회시도가 하늘에서 떨어지는 마물을 격추하려는 모습이 보였다.

"왜?! 명령은 들었을 텐데!"

"내 흑문접을 너무 오래 봤어."

"무슨 뜻이야?!"

회색 깃털로 꽤 많은 수를 잡았고 가루도 조심했다. 애초에 흑문접의 고유 마법은 가루를 통한 『마비』가 아니었던가.

게다가 마물의 고유 마법은 한 종류에 한 가지가 원칙이었다.

당최 무슨 일이 벌어졌는지 이해하지 못하는 에리에게 스즈는 쌍철선을 휘두르며 답을 알려줬다.

둘로 묶은 머리 한쪽에 마치 머리장식처럼 흑문접 한 마리를 머물게 하며—

"이 아이의 진짜 고유 마법은 이 무늬를 본 사람에게 환각 작용을 일으키는 거야. 마비는 페이크였어."

"설마……."

"응. 지금 회시도에게는 에리랑 마물이 나랑 종마로 보여."

무늬를 본 순간 발동하지는 않는다. 마치 최면술처럼 서서히 침투하는 고유 마법이다.

가루는 변성 마법으로 강화해 배운 파생 능력에 지나지 않았다. 자신을 무수하게 투영하고 실제 개체 수보다 많은 무늬를 보여주기 위한, 비유하자면 공중 투영 스크린 같은 역할이었다.

감쪽같이 속아 넘어갔다. 주도면밀함에서 스즈에게 밀렸다고 깨달은 에리가 혀를 찼다.

하지만 그럼에도 유리한 상황에는 변함이 없었다.

회시도는 강력하지만, 마물 앞에서는 결국 중과부적. 남은 스무 명 정도를 빼앗겨도 방위선조차 되지 못한다…….

정신을 좀먹는 안 좋은 흐름을 부정하려고 한 직후, 무시무시한 폭발음이 울렸다.

그것도 한두 번이 아니었다. 몇 번이고 연속으로, 도시의 하늘에 차례차례 폭염의 불꽃이 피었다. 하늘에 올라갔던 일부 흑문접이 선행하던 마물 무리와 접촉한 순간 일제히 폭발한 것이었다.

에리는 강렬한 폭염과 충격으로부터 얼굴을 팔로 가리며 자폭하는 흑문접 방위선을 아연실색해 우러러봤다.

더군다나 그 폭염과 찢어진 살점을 뿌리며 떨어지는 마물 사이로 거대 마법진이 유리처럼 깨지는 광경까지.

강화된 시력이 하늘을 찌를 듯한 발차기를 보이는 이나바를 포착했다.

마물의 비를 무시하고 마법진 파괴를 최우선으로 감행한 대가로 방어구도 반쯤 파괴되었지만……, 그는 해내고야 말았다.

마물 유출이 멈추고 지상으로 진격하는 개체는 약 500마리.

그때, 스즈가 조용히 말을 걸었다.

"나비 수백 마리를 정말로 부린다고 생각했어? 고작 사흘

만에?"

"……마비는 페이크…… 그래, 가짜구나. 흑도와 같은 골렘!"

정답이라며 스즈가 미소 지었다.

사실 흑문접 무리에는 상당수의 나비형 생체 골렘이 섞여 있었다. 그『마비』는 가루와는 아무 상관없이 그냥 안개 같은 마비 독을 살포했을 뿐이었다.

"초소형 보물고가 세팅되어서 인분 대신 가연성 가루가 대량으로 실려 있대. 반경 십수 미터 내에서는 강철도 파괴하는 위력이라나. 무섭지?"

남의 일처럼 말하는 한편, 스즈의 쌍철선은 굉장히 강한 빛을 내뿜었다.

사북이 찬란한 주황빛을 내고, 그 빛이 모든 깃대로 전해져 부채에 새겨진 선이 복잡기괴한 기하학문양을 그렸다.

"그래도 저만큼 마물이 있으면 충분하고도 남아. 자폭한다면 다가가지 않으면 그만—"

자기 자신을 달래는 듯한 에리의 말이 끊어졌다.

"둘러싸라, 단절의 경계여. 그 누구도 벗어나지 못할 생자필멸의 영역이여. 천하 만물을 봉하는 죽음의 요람이 되어라—『성절 봉살궁(封殺宮)』."

지금껏 듣지 못한 긴 주문과 함께 주황색 마력이 원형으로 퍼져나갔다.

직경 1킬로미터는 되지 않을까. 고도는 2킬로미터에 달할 것이다.

원기둥 형태의 초거대 결계. 주황색으로 빛나는 그 모습은 장엄하기까지 하다.

날아든 마물들이 전부 범위에 쏙 들어갔다. 이나바는 사전에 알고 있었는지 범위 밖 공중에 머물러 있었다.

그리고 어깨를 들썩이고 손까지 떨리는 스즈가 자신에게도 결계를 쳤다.

"공간 차단 결계야. 일부러 무리하게 부숴서 내부에 공간 파쇄를 일으키는……"

진정한 의미로 최후의 수단이었을 것이다. 창백한 낯빛이 이 마법으로 마력 대부분을 소비했다고 말해줬다.

하지만 그 대가를 치를 가치는 충분히 있었다.

에리의 대검을 쥔 손이 힘없이 늘어졌다.

상공에서는 회시도가 마물 무리와 공멸하고 흑문접도 자폭으로 시간을 벌어줬다.

그 굉음 사이로 왠지 서로의 말만 묘하게 또렷하게 들렸다.

"……외통수야? 이런 곳에서? 아하하, 이상하네. 내 계획을 망치는 게 설마 스즈일 줄은 몰랐어. 그대로 땅바닥이나 기어 다닐 것이지. 이것도 그 괴물 때문인가."

"나구모 영향이 없다고는 못 하겠지. 아티팩트가 없으면 이렇게까지 싸우지는 못했어."

그래도, 라며 스즈는 말꼬리를 이었다. 열심히, 필사적으로, 절실한 마음을 담아, 다시 한번 전한다.

"여기 있는 건 틀림없이 내 의지야. 에리를 이대로 보내주면 다시는 못 만난다고 생각했으니까. 그러면 분명히 에리는 반쪽짜리 웃음마저 잃을 거라고 생각했으니까."

"나를 위해서라고?"

"응. 에리를 위해서. 그리고 나를 위해서. 에리랑 다시 시작하고 싶으니까. 그러니까……."

분명히 이게 마지막이다. 그런 확신이 있어서 목이 찢어져도 상관없다는 심정으로, 온 마음을 담아서 영원히 계속되는 어둠을 뚫는 눈빛과 함께 스즈는 외쳤다.

"에리, 내 손을 잡아!"

에리는 다시 입을 다물었다.

공허한 눈으로 하늘을 우러러보고, 무언가를 비아냥거리듯 입매를 비틀어 잠깐 침묵하더니.

"……됐어."

회색 마력을 폭발시켰다. 자신이 악마라고 증명하려는 듯한 얼굴로 사력을 다해 마력을 짜냈다.

뇌가 타들어 가는 감각. 이마로 혈관이 부풀어 오르고 피눈물이 흘러넘친다.

해 본 적은 없다. 그래도 지금 하겠다고, 한계를 넘어선 마법 제어를 시도한다. 회색 깃털로 복잡하고 정밀한 마법진이 만들어진다.

"떨어지고 울부짖고 빠지고 가라앉아라아아아아아!"

오감 전부를 망가뜨리고 마력을 분산, 방해, 폭주시키는 복합 마법. 에리의 오리지널 마법이자 이름조차 없는, 그저 원한을 부르짖어 발동하는 저주.

그것을 스즈에게 날림과 동시에…….

"으아아아아아아! 죽어어어어어어!"

자포자기 같은 돌격을 감행했다. 그건 에리가 죽기 살기로 날린 최후의 일격이었기에 생애 최고의 일격이기도 했다.

그래서 전해졌다. 에리의 의지가.

죽이느냐, 죽느냐. 길은 둘 중 하나밖에 없다고.

스즈의 손을 잡는 미래는 존재하지 않는다고.

스즈는 이를 꽉 물었다. 피가 흐를 만큼 강하게.

전해지지 않는다. 전할 수가 없다.

답답하다. 분하다. 내민 이 손이― 닿지 않는다.

"왜 이렇게 됐을까……라는 말은, 하면 안 되겠지."

눈물 흘리며 웃는 얼굴로 속마음을 중얼거리는 스즈의 **시선 끝에서** 에리의 대검이 결계를 종이처럼 찢으며 스즈의 가슴을 꿰뚫었다.

악마 같던 에리의 얼굴이 광기와 환희로 일그러졌다.

그리고 하늘하늘 형태가 무너져 사라지는 스즈를, 아니, 흑문접이 모여서 만든 스즈의 환상을 보고 눈이 커졌다.

"―아."

그 시야 한쪽에서 안개가 걷히듯 흑문접이 날아갔다.

쭈뼛쭈뼛 고개를 돌리자 흑문접 무리 너머로 스즈가 모습을 드러냈다. 공간 차단 결계를 친 진짜 스즈였다.

진실을 깨닫는 건 한순간이었다. 에리도 흑문접 무늬를 계속 본 탓에 환각 작용에 당한 것이다. 그렇다면 에리가 저주에 주의를 기울인 사이 허상을 두고 본체는 투명화해 이동할 수도 있었으리라.

최고의 마법을 쓰기 위한 극한의 집중과 시간이 아이러니하게도 제 목을 조르고 말았다.

만감이 흘러넘친 듯 일그러진 표정을 짓는 에리에게로, 스즈는 반대로 감정을 죽인 듯 무표정하게 손을 들었다.

그리고 결코 피로만으로 떨리는 것이 아닌 손이……

"모든 것을 빛 속으로—『봉살궁 폐문』."

천천히 떨어졌다.

쌍철선의 움직임에 맞춰 거대한 공간 차단 결계가 한 번 크게 휘었다.

그 직후, 포기한 것처럼 대검을 내린 에리가 주황빛 속으로— 사라졌다.

어마어마한 굉음과 충격이 일었으나, 『봉살궁』 밖으로는 새지 않았다. 외부에서 보면 실로 고요한 붕괴였다.

자신을 같은 공간 차단 결계로 지키는 스즈 말고 도망칠 곳 없는 공간 파쇄에 휘말리고도 무사할 존재는 없었다.

주황빛이 사그라들고 미쳐 날뛰던 공간이 본래 정적을 되찾았다.

『봉살궁』이 사라진 뒤에는 고깃덩이가 되어 땅에 떨어진 마물과 산산이 조각난 건물, 한 명 예외도 없이 원형을 잃은 회시도의 잔해만 굴러다녔다.

당연히 그중에는 에리도 있었다. 잔해더미 위에서 하늘을 보며 쓰러져 있었다.

스즈의 머리 위로 이나바가 사뿐히 떨어졌다. 폭신폭신한 앞발로 스즈의 이마를 위로하듯 토닥였다.

스즈는 억지로 웃으려다가 실패한 듯 묘한 웃음을 돌려주고, 곧 에리 앞으로 내려왔다.

사도의 내구력으로 즉사는 면한 모양이었다. 의식도 가까스로 유지하고 있었다.

"칵, 쿨럭…… 죽, 여."

에리는 공허한 눈을 스즈에게 돌리지도 않고 먼 곳을 바라보며 끝장을 내라고 말했다.

"에리……."

"친, 구? 하, 개소리…… 차라리…… 죽고, 말지."

"……."

그것이 에리의 선택. 스즈와 맞먹을 만큼 확고한 의지였다.

"죄다, 망쳐, 놨어. ……나는, 그냥……."

"그냥…… 뭐야? 말해줘, 에리."

"……."

에리가 독백처럼 마음의 단편을 토로하다가 입을 닫았다.

에리의 몸에서 생명이 꺼져 가는 것이 느껴졌다. 아무 조치도 하지 않는다면, 이대로 숨을 거둘 것이다.

스즈는 『보물고』에서 시험관 모양 용기를 꺼냈다.

내용물은 회복약이었다. 『신수』 정도는 아니지만, 빈사 상태에서 목숨을 부지할 정도의 효과는 있었다.

하지만 그것이 무엇인지 눈치챈 에리는 죽기 직전이라고 생각할 수 없을 만큼 눈에 칼을 세우며 스즈를 노려봤다.

말은 하지 않았다. 그래도 스즈의 동정 따위 죽어도 받지 않겠다고 그 눈동자가 전부 말해주고 있었다.

스즈는 회복약을 꽉 쥐고 정말 이게 자신들의 결말인가 한탄하며 이를 갈았다.

이렇게 될 수 있다고 생각은 했었다. 그래도 역시 마음은 옥죄였다. 알고 있어도 가슴은 아팠고, 애가 탔고, 숨이 막혔다.

하지만 함부로 행동할 수는 없었다.

억지로 데리고 돌아가 봤자 에리에게는 미래가 없다. 본인이 납득해야만 한다. 그러지 않으면 그날 밤의 참극이 되풀이되고 만다.

낙관적 미래에 대한 맹신, 현실을 외면한 바람. 그것이 어떤 결말로 이어질지, 스즈는 알고 있으니까.

그러니까 마음이 전해지지 않는다면, 적어도 다른 사람이 아닌 자기 손으로……

그것이 스즈의 각오였다.

비뚤어지고 불완전하지만, 친구였으니까. 그리고 지금도 친구가 되고 싶다고 생각하니까, 그러니까……

스즈가 회복약을 넣었다. 대신 그 손은 철선을 들었다.

스즈와 에리의 눈빛이 교차하고— 바로 그때.

이렇게 멀리 떨어져 있어도 눈에 보일 만큼 거대한 마력이 하늘을 찔렀다.

은백색으로 빛나는 회오리 같은 마력은 이윽고 보고도 믿기지 않을 만큼 거대한 인간의 모습으로 변했다.

—오오오오오오오오!

그것은 빛의 거인이 지르는 함성인가. 아니면 비탄의 절규인가.

"⋯⋯코우, 키?"

에리가 눈을 크게 뜨고 중얼거렸다. 에리에게는 후자로 들렸으니까.

빛의 거인이 주먹을 내리쳤다. 격진이 이곳까지 전해졌다. 신화와 같은 광경이었다.

그렇지만 그것도 잠깐뿐. 곧 빛의 거인은 흩어져 사라졌다.

그것이 마치 그 주인의 말로를 암시하는 것 같아서⋯⋯.

"코우, 키⋯⋯ 코우키!"

"에, 에리?!"

죽어 가던 에리의 몸이 순간 회색으로 빛났다.

어디에 그런 힘이 남아 있었을까. 점멸하는 날개를 펼치고 만신창이라는 말도 부족한 몸을 억지로 끌고 코우키에게 단숨에 날아갔다.

놀라서 반응이 늦은 스즈도 이내 정신을 차렸다.

그리고 마력 고갈로 휘청거리는 몸을 채찍질하며 스카이보드를 소환해 서둘러 에리의 뒤를 쫓았다.

스즈와 에리가 전장을 옮기고 얼마 후.

시즈쿠와 류타로는 사투를 벌이고 있었다.

이 전장에 남은 회시도 약 70명 중 격파한 건 불과 십수 명.

스즈가 종마를 두고 갔는데도 불구하고 전황은 여전히 불리했다.

원인은 명확했다. 전장의 지형을 일격에 바꾸는 광룡 브레스와 거구에 어울리지 않게 기민한 직접 공격, 쉴 새 없이 쏟아지는 작은 광룡 쉰 마리의 브레스 호우, 그리고 『카무이 천변만화』의 숙달 속도에 가속이 붙는 코우키 본인이었다.

"―『카무이 포황』!"

본래는 수평으로 회오리 포격을 날리는 바람 속성 마법을 『카무이』로 재현했다.

목표를 분쇄하기 위해서가 아니었다. 방해받지 않고 멸광이 지날 터널을 뚫기 위함이었다.

코우키가 질풍처럼 그곳을 통과해 눈 깜짝할 사이에 류타로의 뒤로 돌아왔다.

"―『극대 광인』!"

『으앗?!』

모델 오거의 나무기둥 같은 팔을 퍼뜩 교차시켰다. 자동으로 확장된 마권철갑과 함께 『이중 금강』을 전개해 방어했다.

그 위를 때린 빛의 참격은 한순간 힘 싸움을 벌이다가 『이중 금강』마저 베어 버리고 마권철갑에 상처를 냈다.

『우습게 보지 마!』

오거의 고유 마법『충격 조작』으로 충격 자체는 흩어 버려서 경직은 없었다. 그래서 류타로는 즉시 카운터로 앞차기를 날렸다.

하지만 그때 이미 코우키는 10미터나 물러나 있었고…….

"―『카무이 10연』!"

정면에서 산탄총 같은 멸광 포격이 날아들었다.

『마권철갑―「난격」!』

류타로는 하체에 무게를 싣고 제자리에서 주먹을 연타했다. 오거의 완력과 철갑의 마력을 통한 주먹 형성 능력이 합쳐져 한 방 한 방에서 대포알 같은 심녹색 주먹이 난사됐다.

두 사람 중간 지점에서 멸광과 마권이 격돌해 고막을 찢는 굉음이 울려 퍼졌다.

힘은 비등했다. 하지만 코우키 쪽이 수가 많았다.

『앗―.』

뒤에서 달려든 광룡의 아가리에 물리고 만 것이다.

경갑이 불길한 소리를 내며 파손됐다. 『카무이』그 자체인 용의 이빨은 본래 닿기만 해도 치명상을 준다. 오거의 맷집으로 견디고 있지만, 적어도 『이중 금강』은 쓸모가 없어졌다.

"5조 4도―『충파』!"

류타로의 몸이 해방됐다. 흑요도 네 자루가 다중 충격파로 광룡의 머리를 날려 버렸기 때문이었다.

『미안, 시즈쿠! 고마워!』

대답은 없었다. 그럴 여유가 없으니까.

돌아보자 시즈쿠가 여기저기 흩어져 있었다. 나타나고 사라지고, 또 다른 곳에 나타나고 사라졌다.

승화 마법 『금역 해방』으로 초고속 이동을 계속 발동하는 증거였다.

마력 소비 효율을 우선한 『순시 승화』로는 대응할 수 없기 때문이었다.

밑 빠진 독에 물 붓듯 마력이 빠져나갔다. 이를 악물며 필사적으로 흑요도를 조종해 회시도를 상대하지만, 작은 광룡이 계속해서 방해하는 터라 좀처럼 결정타를 먹이지 못했다.

어느새 흑요도 자체도 절반 정도밖에 남지 않았고 지금도 작은 광룡이 한 자루를 물고 멸광으로 불태웠다.

튼튼함은 보장된 흑요도니까 당분간은 버틸 것이다. 『공간 절단』을 발동해 빠져나오려고 발버둥도 쳤다.

하지만 그렇게 작은 광룡 한 마리를 없애도 바로 다른 작은 광룡에게 붙잡혀 결국에는 소멸하고 말았다.

종마도 상황은 다르지 않았다. 이미 수는 반 이하로 떨어졌다.

사마귀는 더 이상 보이지 않았고, 주위 건물이 광룡 때문에 줄줄이 파괴되어 3차원적 움직임이 봉쇄된 거미도 살아남은 건 한 마리뿐.

'아직 멀었냐, 시즈쿠! 젠장, 이거 안 좋은데!'

그렇게 속으로 쓴웃음을 지으면서도……

"―『천상열파』!"

작은 초승달 무리 같은 참격에 대응했다.

『으오아아아아!』

기술도 뭣도 아니었다. 그냥 가로세로 10미터는 될 법한 건물 잔해를 들어서 던졌다. 오거 형태라서 가능한 괴력이었다.

『천상열파』에 정면으로 부딪친 잔해는 순식간에 재단기로 자른 것처럼 썩둑썩둑 썰려 나갔지만, 수와 위력이 줄면 문제되지 않았다.

『으랴아아아아!』

남은 『천상열파』를 힘으로 쳐내며 그대로 코우키에게 접근했다.

『철갑 변화―「갑옷 뚫기」!』

오른손의 마권철갑이 변형했다. 오른손 전체를 덮는 헤비 랜스라고 해야 할까? 그것이 순식간에 붉게 달아올라 닿은 대상을 융해해 관통하는 『관수』가 된다.

"너무 뻔해, 류타로."

속도 차이가 너무 났다. 코우키는 옆구리 아래로 빠져나가듯 이탈하고, 그와 동시에 류타로의 왼쪽으로 돌아온 광룡에게 브레스를 명령했다.

지체 없이 날아든 멸광 포격을 피하려고 하지만, 뒤에서 느껴진 인기척에 머리가 쭈뼛 섰다.

자세를 낮추고 다시 팔로 방어하면서 경고를 날렸다.

『시즈쿠! 피해!』

그 직후, 류타로에게 브레스가 직격했다.『금강』을 뚫고 들어오는 격통에 심녹색 육체가 비명을 질렀다.

시즈쿠의 기척이 뒤쪽에서 사라진 것을 확인하고 옆으로 몸을 날렸다.

류타로를 지나친 포격이 땅을 파헤치며 뻗어나가 재수 없게 사선상에 있던 회시도와 종마 하나가 티끌도 남기지 않고 소멸했다.

『코우키…… 너, 일부러 사선이 겹치도록 쐈지? 잔머리 굴리긴.』

"몇 년을 함께 지냈는데. 행동 패턴은 숙지하고 있어. 행동을 유도하기도 쉽지."

『핫, 아주 자신만만하군.』

그때, 시즈쿠가 류타로 옆에 출현했다.

"류타로! 무사해?!"

『그래, 문제없어.』

말은 그렇게 하지만, 육체에서 흰 연기가 피어오르고 표면이 부서져 무너지는 모습을 보면 그 말을 곧이곧대로 믿을 수는 없었다.

우선 코우키를 주시하면서『보물고』에서 꺼낸 최고급 회복약을 끼얹어주고 시즈쿠 본인도 입으로 복용해 마력을 회복했다.

『그보다 합류했다는 건, 기대해도 된다는 뜻이지?』

"그래. 코우키를 막아줘서 고마워. 덕분에 확실히 **보였어**."

류타로의 입에서 핫, 하며 시원하게 웃음을 터뜨렸다.

『그 말을 기다렸어. 반격 시작이군! 스즈도 힘내고 있을 텐데, 우리 둘이 덤벼서 못 이겼다고 말할 순 없겠지?』

"절대 못 하지. 빨리 저 멍청이를 때려눕히자!"

두 사람의 대화를 들은 코우키가 한심하다는 얼굴을 보였다.

전장의 상황과 지금까지의 싸움을 미루어 보고 자신의 승리를 확신하고 있겠지.

두 사람의 대화를 기다려준 이유는 항복을 기대했기 때문이었다. 그런데 아직 발버둥 치려는 의지를 보여 고개를 절레절레 저었다.

"너희한테 이래저래 놀라기는 했지만, 힘의 차이는 역력해. 이쯤 되면 망집이야. 에리도 걱정되니까 슬슬 끝낼게."

머리 높이 든 성검을 아래로 휘두르자 거기에 호응해 광룡과 배로 불어난 작은 광룡 군단이 일제히 브레스를 충전했다.

뒤쫓는 종마들에게는 눈길도 주지 않고 회시도들이 공격 범위에서 물러났다.

전장 전체를 난사해 유린할 셈이다.

그에 대해 시즈쿠와 류타로는…….

"천상에 이르르라—『극천 해방』!"

『천마전변 혼합 변성— 「낭귀^{울프 오거}」!』

승화 마법의 극치인『금역 해방』의 상위 호환 마법과 마물 두 종족의 장점만 뽑아 변신하는 변성 마법 비기 중의 비기를 발동했다.

시즈쿠가 쪽빛 마력을 찬란히 빛내고 류타로는 오거의 체구와 뿔을 가진 워울프로 변화했다.

"아직 뭐가 남았어?!"

코우키의 말은 무시했다. 유성우처럼 쏟아지는 빛줄기도 무시했다.

"우선 거슬리는 회시도부터 정리하자!"

『맡겨만 둬!』

두 사람의 모습이 사라졌다. 순식간에 전장 중심부에서 떨어져 외부에서 분해 마법과 고유 마법으로 포화 공격을 하려던 회시도 한 무리에게 접근한다.

회시도 둘이 할 수 있는 일이라고는 어깨 너머로 뒤를 돌아보는 것뿐이었다.

그 직후, 두 머리는 하늘로 높이 날아가고 있었다.

"1조—『잠행』! 2조—『개문』! 4조—『섬화』!"

『종마들! 회시도가 못 움직이게 견제해!』

잔상도 남기지 않는 속도 때문에 호령은 전장 전체에서 울리는 것만 같았다.

"너무 빨라!"

쏴도 쏴도 맞지 않는다. 일대를 휩쓸어도 사라지는 건 회시도와 종마뿐.

그동안 흑요도 1조가 땅속으로 사라졌다. 마치 개미 마물처럼 지하로 파고들었고 회시도의 사각에서 튀어나와 꼬챙이처럼 꿰었다.

그러는가 싶더니 2조가 공간을 찢고, 동시에 회시도 근처에 공간 균열이 생겼다.

그것은 『공간 절단』 기능의 응용, 불과 몇 초간 열리는 『게이트』였다.

대상과 겹쳐서 열리면 공간 도약 참격으로도 이용할 수 있겠지만, 아쉽게도 확실하게 노릴 수 있을 만큼 정확도가 높지는 않았다. 대신 그 균열에 4조가 뛰어들었다.

회시도에게는 흑요도와 종마를 상대하다가 갑자기 공간을 넘은 참격이 날아든 셈이었다. 대처하지 못하고 양단되는 자가 속출했다.

"─『비섬』."

당연하지만 시즈쿠 본인이라면 꽤 정밀한 공간 도약 참격을 쓸 수 있었다.

이는 전부 궁극의 승화 마법 『극천 해방』 상태이기 때문에 가능한 신기의 퍼레이드.

지금까지 한 고생은 무엇인지 알 수 없는 속도로 회시도가 섬멸되어 갔다.

류타로 쪽도 마찬가지였다.

워울프의 속도로 습격해 오거의 완력으로 으깬다.

날아올라 거리를 벌리려는 회시도도, 연계해 움직이려는 자들도, 열 마리 정도밖에 남지 않은 종마들의 분투로 방해받는 사이 순식간에 귀신같은 사냥꾼에게 처리됐다.

물론 그런 파격적인 힘을 휘둘러도 두 사람에게는 결코 여유가 없었다.

'윽, 생각보다 위험한데. 정신을— 빼앗기겠어!'

스스로 마물로 변하는 마법이 위험하지 않을 리 없었다. 하물며 류타로가 매개체로 쓴 마물은 낭왕과 왕귀라는 나락 최상위 마물이었다. 훈련 기간도 짧고 거의 감각만으로 해내는 판국에 두 종족 동시 변신까지……

40초. 그게 한계다. 한계선을 넘어서 계속 변신하면…… 돌아올 수 없게 된다. 인간을 벗어나 진짜 짐승으로 전락하고 만다.

제한은 시즈쿠에게도 있다. 제한 시간도 거의 비슷하다. 『한계 돌파』와 달리 쇠약해져서 움직일 수 없게 되지는 않지만, 마력 고갈은 피할 수 없다.

빨리, 빨리, 빨리! 힘이 다하기 전에 회시도를 제거하고 코우키에게 최후의 수단을 써야 한다! 그렇게 생각하며 이를 악물고 분투했다.

"너희! 제발 그만 잠들어!"

인내심이 바닥난 코우키의 노성이 울렸다. 이제는 아예 전방위로 포격과 참격을 날리는 이동 요새가 됐다.

가뜩이나 광룡과 작은 광룡 군단의 맹공으로 진로가 무작위로 한정되는데 더 움직이기 힘들어지니 회시도 소탕 속도는 더 떨어질 수밖에 없었다.

"늦지 마라!"

시즈쿠와 류타로의 마음속 소리가 겹친 그 순간이었다.

하늘하늘, 검은 나비 무리가 전장으로 날아왔다.

같은 회시도를 당혹스럽게 바라보며 남은 회시도가 행동을 멈췄다.

"뭐야?! 무슨 일이야?!"

동요한 코우키를 흘겨보고 시즈쿠와 류타로의 입가에 웃음이 감돌았다.

"모든 조! 남은 회시도를 처리해!"

『종마들! 나머지는 너희한테 맡긴다!』

제한 시간까지 앞으로 10초. 시즈쿠와 류타로는 땅을 깰 기세로 발길을 돌렸다.

『코우키이이이이이이!』

아차, 싶었을 때는 이미 늦었다. 코우키의 바로 옆에 류타로가 나타났다. 방어할 틈도 없었다. 간신히 몸을 돌린 게 고작. 그 배에 혼신의 일격이 꽂혔다.

오거의 힘과 『충격 조작』, 워울프의 『가속』, 마권철갑의 『거인 치기』. 그리고 어릴 적부터 쭉 연마해 온 공수도의 기초이자, 이제는 극의의 영역에 달한 기술 『정권지르기』가—.

펑, 하고 공기가 터지는 듯한 충격과 굉음이 퍼졌다.

코우키의 몸이 기역 자로 꺾였다. 입에서 쿨럭 피가 쏟아진다.

쓰러지지는 않았으나, 뇌까지 관통하는 듯한 충격에 무릎이 떨려 똑바로 서 있을 수 없었다.

『정신이 좀 드냐, 친구야?』

"윽, 류타—."

『이건 보너스다. 이제 그만 꿈에서 깨!』

"읍?! 크아!"

제2격. 둔해진 코우키의 가슴팍에 이번에는 장타가 꽂혔다.

폐에 든 공기가 한 번에 튀어나오고 강렬한 압력에 심장이 부자연스러운 박자로 뛰었다.

숨이 쉬어지지 않고 시야까지 깜박거리는 가운데, 코우키의 몸은 땅과 평행을 이루며 날아가고 있었다.

—자세를 바로잡아라. 광룡으로 다음 공격을 막아라.

반사적으로 생각하지만, 그보다 본능이 호소한 위기에 정신이 빼앗겼다.

자신이 날아가는 곳에 자신이 아는 가장 우수한 검사가 있다.

머리가 멍해진다. 소름이 퍼져나간다.

그 위기감은 틀리지 않았다.

움직일 수 없는 상태에서 날아간 곳에는 시즈쿠가 발도술 자세로 대기하고 있었다.

막대한 마력이 납도된 흑도에 응축되고 있었다.

그 밀도에 견딜 수 없는 것처럼 칼집이 삐걱거리는 소리를 낼 정도였다. 칼집 입구에서 눈이 부시도록 쪽빛 마력이 흘러넘쳤다.

"시즈, 쿠!"

묘하게 느려진 정신 속에서 코우키는 성검을 땅에 꽂아 급제동을 걸며 시즈쿠의 이름을 불렀다. 왜 불렀는지는 자신도 모르는 채.

"달게 받아, 이 일격—『진섬』."

조용히 발동어를 입에 담은 동시에 시즈쿠의 모습이 사라졌다.

그리고, 쉭—.

발도 일섬. 코우키의 몸을 양단하면서 흐트러짐 없는 일자가 허공을 갈랐다.

"—!"

칼날이 몸속을 빠져나간 확실한 감촉에 소리가 되지 못한 비명을 질렀다. 틀림없이 베였다.

그렇게 생각하며 땅에 쓰러졌지만, 통증이 없는 걸 깨닫고 혼란에 빠졌다.

자기 몸을 한 손으로 더듬거려 봐도 역시 베인 흔적은 찾을 수 없었고 실제로 몸은 붙어 있었다.

"시즈쿠, 설마…… 웃, 뭐야?! 마력이……!"

순간 베인 것은 착각이고 시즈쿠는 역시 자신을 베지 못한 게 아닌가 하며 또 자신에게 유리한 해석에 빠지지만…….

그 직후, 시즈쿠가 자신을 베었다는 현실이 들이닥쳤다.

처음 찾아온 이변은 광룡. 갑자기 멸광으로 이루어진 거구가 사선으로 어긋났다.

조금 늦게, 작은 광룡 군단도 똑같이 어긋났다.

『카무이 천변만화』가 양단된 것처럼 둘로 나뉘어 안개처럼 사라졌다.

하지만 지금 코우키에게는 그런 **사소한 일이** 문제가 아니었다.

마력이 빠져나갔다. 무한한 마력이 【신역】에서 공급될 터인데 마치 시루에 물을 퍼붓듯 그대로 흘러나갔다.

"하, 한계 돌파까지!"

눈 깜짝할 사이에 마력 고갈 상태까지 내몰리고 『한계 돌파 패궤』까지 해제되고 말았다. 무릎이 꺾여 손으로 땅을 짚어 간신히 몸을 지탱했다.

조금 떨어진 곳에 시즈쿠와 류타로가 멈춰 섰다. 두 사람 다 『극천 해방』과 『천마전변』을 해제한 상태로 거친 숨을 몰아쉬지만 걸음걸이에는 흔들림이 없었다.

"시, 즈쿠, 뭘, 한 거야……?"

코우키가 떨리는 손으로 물었다.

시즈쿠는 흑도를 조금만 들어서 시선을 떨어뜨리며 답했다.

"혼백 마법은 사람의 비물질 에너지에 간섭하는 마법이야. 흑도에는 그걸 베는 능력이 있어."

승화 마법을 얻은 후 개량하여 흑도는 혼백에 직접 피해를 주는 능력을 갖췄다. 그것을 더욱 발전시킨 능력. 그것이 바로— 흑도의 신기능 『진섬』.

혼백뿐 아니라 대상의 마력, 체력, 정신, 혹은 지원 마법과 상태 이상 마법에 이르기까지, 육체에는 어떤 간섭도 없이 베어 낼 수 있다.

"네 안에 뿌리내린 『마력 공급』과 『박혼』을 찾는 데 꽤 시간이 걸렸지만……"

명확하고 절대적인 선별이 신기에 이르는 핵심. 그러기 위해 필요한 것이 정보에 간섭하는 승화 마법의 최고난이도 마법, 대상의 정보를 보는 『정보 간파』였다.

시즈쿠는 아티팩트에게 보조받으며 계속 찾아내려고 했다. 그리고 마지막 수단을 위한 힘을 보존하려고 지금까지 흑요도의 고난이도 기능이나 『진섬』도 쓰지 못했다.

"베고 싶은 것만을 벤다. 검사의 극치에, 꼼수를 써서 먼저 올라왔어."

"대체 무슨 소리야……?"

코우키는 벌어진 입을 다물지 못했다. 이야기를 듣고도 이해되지 않았다.

그건 분명히 검사의 극치라고 부르기에 부족함이 없는 기술, 비유가 아니라 진정으로 신의 영역에 도달한 신기였다.

시즈쿠의 눈을 보면 아티팩트의 기능만으로는 이룰 수 없는 일이라고 알 수 있었다. 절대로 다른 어떤 것도 다치지 않게, 베어야 할 것만 벤다는 확고한 의지로 실현한 것이다.

견인불발, 명경지수의 극의. 눈앞에 있는 친구는 그 경지에 발을 걸치고 있었다.

용사인 자신도 손끝조차 닿지 않는 영역이건만…….

"그래도 좀 실수가 있었어. 『박혼』 저주도 없애려고 했는데 완전히 끊지 못했어. ……아직, 네가 보고 싶은 꿈만 보고 있지?"

회시도를 전멸시킨 흑요도 스무 자루와 살아남은 종마 네마리…… 지네, 벌, 개미 두 마리가 돌아왔다. 그것들을 뒤에 거느린 시즈쿠가 흑도를 고쳐 잡았다.

코우키는 인상을 찌푸리며 매달리듯 말을 토했다.

"시즈, 쿠. 나를, 베지 않은, 건…… 아직 나를 생각하는, 마음이…… 남아, 있어서지? ……그 증거로, 살의를…… 못 느꼈어."

"코우키……."

"괜찮아. 류타로도, 나를 죽이려고는, 안 했어. 둘 다 내가 구해줄—."

코우키의 말이 끊겼다.

흑도를 쭉 뻗고 잔심을 유지하는 시즈쿠의 모습이 모든 것을 설명해줬다.

"벴어?"

"벴어."

옆에서 팔짱을 끼며 이마에 주름을 잡던 류타로가 수고했다는 의미로 시즈쿠의 어깨를 살짝 두드렸다.

한 번 숨을 내뱉고 납도한 시즈쿠가 코우키를 내려다봤다.

네 발로 엎드린 상태로 고개를 숙여 표정은 보이지 않았다. 하지만 이번에야말로 확실하게 『박혼』을 벴다. 그렇다면 에리가 심은 모순으로 점철된 인식은 붕괴했을 것이다.

"코우키. 세뇌는 풀었어. 네가 뭘 했는지, 지금 무슨 일이 일어나는지…… 이제는 이해하지?"

"……."

시즈쿠의 엄격한 목소리에 이어 류타로가 마음을 써서 누그러뜨린 목소리가 들렸다.

"그 뭐냐. 일단 머리 박고 반성해. 그리고 빨리 나구모를 쫓아서 망할 신을 날려 버리고 지상에서 싸우는 사람들을 구한 다음에…… 돌아가자, 코우키."

"……."

코우키는 대답하지 않았다. 대신 부르르 떨기 시작했다. 아주 작게, 속삭이다시피 나지막한 목소리가 들렸다. 그것이 서서히 커지고, 거칠어져 갔다.

"—거짓말, 그럴 리가 없어. 뭔가 단단히 잘못됐어. 왜냐면 옳은 건 나니까. 그냥 세뇌당했을 뿐이야. 내가 적이라니…… 시즈쿠에게…… 류타로에게…… 무슨 짓을…… 이럴 리가 없었는데…… 그냥 올바른 일을 하고 싶었을 뿐인데…… 영웅이…… 할아버지처럼 되고 싶어서…… 그냥, 그런 이유였는데…… 왜 이런…… 전부 빼앗겼어…… 시즈쿠도 카오리도 그 녀석이 빼앗아 가고…… 류타로까지 그 녀석 편을……."

"코우키!"

"야, 잠깐, 코우키!"

심상치 않은 분위기를 느끼고 시즈쿠와 류타로의 표정이 얼어붙었다.

손톱이 깨져도 상관하지 않고 땅바닥을 긁어쥐는 코우키의 기이한 분위기에 무심코 전투 자세를 잡았다.

"그래…… 나는 잘못 없어. 원흉은 그 녀석이야. 그 녀석만 없으면 전부 제자리로 돌아가. 그런데 카오리도 시즈쿠도 류타로도 스즈도, 전부 그 녀석을! ……배신이야. 나는, 배신당

했어! 너희한테!"

코우키가 벌떡 일어났다. 앞머리 사이로 보이는 눈동자에는 분노와 증오가…… 아니, 가장 아래 깔린 감정은 비탄일까? 혹은 죄책감이나 자책감, 더는 돌아갈 수 없다는 불안, 초조, 절망일까.

자기 자신에 대한 악감정이 포화되어 다른 사람을 탓하지 않으면 당장에라도 정신이 무너질 것만 같았다. 공황 상태라고 봐야 할까. 그 모습은 역시나 어린아이 같았다.

"으아아아아아아아아!"

코우키의 목에서 절규가 터져 나왔다. 고갈됐을 마력이 무시무시한 기세로 분출했다. 웅웅 소리를 내며 새하얀 마력의 나선이 하늘을 찔렀다.

그 빛은 마치…….

"코우키! 그만해! 너 그러다 죽을 수도 있어!"

"죽는다니? 야, 시즈쿠! 저게 뭐야?! 왜 마력이 흘러나오는 거야! 고갈된 거 아니었냐고!"

"없어! 마력을 담는 그릇을 분명히 베었어! 지금도 주위 마소를 흡수해서 자력으로 회복하는 게 아니야!"

"그럼 왜?!"

"그거야, 없으면 다른 곳에서 끌고 오는 수밖에 없잖아! 아마 생명력이나 혼, 그런 곳에서 억지로 끌어내는 거겠지! 원래부터 『한계 돌파』를 쓸 수 있으니까! 뭐가 됐든 정상적인 방법은 아니야!"

"제기랄! 코우키! 정신 좀 차려, 인마!"

그렇다. 그건 마치 생명의 빛 같았다.

실제로도 그러리라. 보통은 있을 수 없는 일이 일어난다면 그만큼 말도 안 되는 대가를 지불하고 있다는 뜻이었다.

그리고 상궤를 벗어난 방법이라면 그 대가도 간과할 수 없을 만큼 무시무시한 것이라는 점은 자명한 이치였다.

폭력적일 만큼 강한 빛과 압박감을 내뿜는 마력 폭풍 앞에서 시즈쿠와 류타로는 다리에 힘을 주고 팔로 얼굴을 가리며 필사적으로 코우키를 불렀다.

하지만 코우키는 광란해 어떤 말도 받아들이지 않는 상태였다. 정말로 소리가 들리지 않는 것이 아니라, 무의식중에 친구들의 목소리를 거절하기 때문에.

그저 자신의 마음속에 가라앉아서 눈앞의 현실을 망가뜨리려는 것처럼, 혹은 자기 자신을 망가뜨리려는 것처럼 생명의 빛을 더해 갔다.

"……전부 끝이야. 왜, 이렇게 됐을까. 카오리가 있고, 시즈쿠가 있고, 류타로가 있고, 에리와 스즈도 있어서 다 같이 역경을 뛰어넘고…… 그렇게 됐어야 하는데."

공허와 체념이 섞여 구겨진 얼굴로 혼잣말처럼 중얼거리는 코우키의 목소리가 유난히 또렷하게 들렸다.

"난 이런 거 바란 적 없어. 전부, 잃었다면…… 아무것도 되찾을 수 없다면…… 차라리 전부, 내 손으로!"

휘몰아치는 마력의 영향으로 주변 땅과 잔해가 티끌이 되어 사라졌다.

이제 마력 폭풍은 『카무이』의 빛이 되었다. 동시에 그 멸광은 서서히 하나로 모여 『천변만화』와 같지만 다른 조형, 더욱 거대하고 강대한 존재로 형태를 이루어 갔다.

그것이 날뛰다가 힘이 다했을 때, 분명히 코우키의 목숨도 다할 것이다.

"그걸 우리가, 용납할 거 같아?"

멸광의 폭거를 견디며 힘차게 걸음을 내디딘 사람은 류타로였다.

"우리가 뭐 하러, 여기까지 온 줄 알아?"

시즈쿠도 어금니를 악물고 한 걸음 앞으로.

두 사람 다 복수를 하러 온 것이 아니다. 심지어 벌하려고 사지로 뛰어들지도 않았다.

절망이라거나 도리라거나, 그런 건 제쳐놓고. 죄라거나 벌이라거나, 그런 건 나중에 따져도 되니까.

이 천하의 머저리를 두들겨 팬다! 두들겨 패서 데리고 돌아간다!

그러기 위해서 왔다!

그러니까…….

"시즈쿠! 카무이는 내가 맡을게. 코우키를 부탁한다."

"저 카무이, 광룡보다 훨씬 위험해. **그거**라도 버티지 못해. ……죽을 셈이야?"

얼굴을 찌푸리는 시즈쿠에게 류타로는 자신만만하게 웃어

보였다.

"헹, 죽긴 누가 죽는다고. 내가 저 녀석 손에 죽어줄 거 같아? 죽을 수 없으니까, 나는 절대로 안 죽어!"

"이 돌머리. 논리란 게 없잖아. ……그래도 됐어. 지금은 논리가 필요한 때가 아니야. 저 토라져서 생떼 부리는 멍청이가 울면서 사과할 때까지 패고 보자!"

"좋지!"

반드시 친구를 데리고 돌아가겠다는 결의가 담긴 주먹을 바위처럼 굳게 쥐고서 류타로가 뛰쳐나갔다.

몸은 피폐해질 데로 피폐해졌다. 너무 오랜 변신으로 사고 능력도 저하했다.

하지만 그 돌진은 성난 황소와 같았다.

"오, 오지 마! 나한테 다가오지 말라고!"

코우키가 성검을 내밀고 즉시『카무이』가 발사됐다.

거의 벽이었다. 시야 전체가 거대한 멸광 포격으로 뒤덮었다.

확실히 조금 전보다 흉악했다. 아무리『낭귀』라도 티끌로 변해 버리리라. 그래서…….

"나와라, 빛을 먹는 나락의 마수(魔樹)! ―『천마전변 왕수(^{트렌트})』!"

최후의 카드를 꺼냈다.

몸 구석구석이 울퉁불퉁해지고 피부는 흑갈색으로 물들고 눈동자에는 검붉은 빛이 형형했다.

나무 같은 육체로 변신한 찰나,『카무이』가 직격했다.

걸음이 멈췄다. 하지만 티끌로 변하지는 않았다.

크로스 가드로 얼굴을 보호하면서도 그 육체는 멸광을 버티고 있었다.

"어, 어떻게……."

코우키가 놀란 토끼처럼 경악했다. 마음 한편으로 류타로도 시즈쿠도 피할 거라고 생각했는데 설마 정면에서 막아 낼 줄은 상상도 하지 못했다.

날아가지도 않고, 떠밀리지도 않고, 오히려…….

『우오오오오오오오!』

우렁찬 함성을 지르며 성큼성큼 한 발짝씩 대지를 밟으며 전진했다.

절대적인 파멸의 빛 앞에서 흔들리지 않는 그 모습은 그야말로 우뚝 솟은 거목 같았다.

―천마전변, 모델 트렌트.

물리 방어력은 그다지 높지 않다. 불에는 특히 취약하다. 힘도 썩 강하지는 않다.

무엇보다 치명적인 점은 느린 발. 최고 속도도 사람이 빨리 걷는 수준밖에 되지 않는다.

근접 전투에서는 거의 쓰지 못할 수준의 버리는 패.

하지만 단 하나, 특화된 성질이 있었다.

그것이 『광식(光喰)』. 빛 속성 마법을 모조리 집어삼켜 자신의 힘으로 바꾸는 고유 마법. 오로지 코우키를 등지지 않기 위해서, 절대로 외면하지 않기 위해서 준비한 패였다.

그래서 『카무이』에 버틴다는 점만은, 지금 이 순간만은 최강의 패가 된다!

빛 격류의 틈새를 빠져나가 류타로의 눈이 똑바로 코우키를 찾아냈다.

—반드시 너에게로 간다. 도망치지 마라.

말보다 뚜렷하게 전해지는 의지에 코우키는 자기도 모르게 뒷걸음쳤다.

그 강한 의지가 너무 눈부시고, 자신이 비참해서 무서웠다.

"오, 오지 말라고 했잖아! 더 이상 접근하면 죽일 거야! 아무리 너라도 정말로 죽여!"

그 말에 류타로는 오히려 웃었다. 『정말로 죽인다』라는 말은 마음속으로는 죽이고 싶지 않다고 생각하는 증거가 아닌가. 『카무이』의 격렬한 힘에 반해 성검의 빛은 어딘지 모르게 약했다. 사용자의 내면을 반영한 것처럼.

육체는 이미 엉망이었다. 시즈쿠의 예측대로 허용치를 한참 오버했다. 다 삼키지 못한 멸광으로 몸 곳곳에 금이 가고 선혈이 뿜어져 나와서는 소멸했다.

하지만 그래도 류타로는 웃으며 또 한 걸음 전진했다.

"아, 아, 아아아아아아아아아!"

코우키는 착란을 일으킨 것처럼 울부짖는 표정으로 절규했다.

이미 자기 자신도 뭘 하는지 몰랐다. 그냥 마음속으로 이럴 리가 없다고 되풀이하며 눈앞의 현실을 부정하려고 힘을 휘둘렀다.

우웅, 대기가 진동하며 거구가 일어났다.

거인이었다. 신화에 등장할 만한 거대한 빛의 거인.

거인은 팔을 높이 쳐들고 주먹을 쥐었다.

그리고 코우키의 절규를 연료로 빛을 폭발시키더니 아래에 있는 류타로에게로 항성 같은 주먹을 내려찍었다.

대지에 격진이 일고 류타로가 있던 땅 주위로 무수한 균열이 퍼졌다.

"아, 아아……."

코우키가 신음했다. 제정신이 아니면서도 머리 한쪽으로 확신했다.

나는 지금, 친구를 내 손으로 죽였다.

코우키의 마음이 무너져 내린다. 눈동자는 초점을 잃고 의미 없는 생각이 머리를 빙글빙글 맴돈다.

그렇게 코우키의 정신이 붕괴하려고 하던 그때.

『야, 친구야. 왜 또 세상 다 잃은 표정이냐?』

"어?"

들릴 리 없는 목소리가 들렸다. 또렷하게.

자세히 보니 거인의 주먹 아래에 틈이 있었다.

애초에 땅에 금만 가고 끝난 것부터 이상했다. 거인의 주먹은 초고밀도 『카무이』니까 직접 때린 곳은 소멸해서 구멍이 뚫려야 정상이었다.

그 말인즉—.

"류, 류타로? 어, 어떻게, 그게 막아질 리가……."

거인의 주먹과 땅 틈새에 확실히 류타로는 살아 있었다.

심지어는 사나운 미소를 머금고 든 두 팔로 빛의 철퇴를 막고 있었다.

온몸에 균열이 생겨 흰 연기와 피바람이 새어 나오고 당장에라도 부서져 내릴 것 같은 상태였지만, 두 다리로 꼿꼿이 서 있었다. 그 눈동자에 깃든 강한 힘은 조금도 약해지지 않았다.

『얼간아…… 이런, 기합 빠진…… 주먹이…… 나한테 통하겠냐……? 야, 코우키. 넌 나…… 못 죽여. 왠지…… 아냐?』

"어, 어?"

『그건, 말이지. 지금 내가…… 무적이니까. 멍청한 친구놈을, 데리고 돌아가기로 결심했을 때부터…… 나는 무적이야! 그러니까, 넌 날 못 죽여. 너를 데리고 돌아갈 때까지…… 나는 절대로…… 안 죽어줄 거다아아!』

"으, 아…… 왜, 왜, 그렇게까지……."

류타로의 처절한 말과 모습에 코우키의 말문이 막혔다.

그런 코우키에게 류타로는 만신창이인 채 씩 웃으며 고했다.

『그딴 걸…… 말이라고 해? 길을 잘못 들었으면…… 패서, 말리는 게…… 친구, 역할 아니겠냐.』

"친, 구, 라서……."

『그래. ……근데…… 이번에는, 그 역할, 쟤한테 양보하려다. 꼴사납지만…… 내 주먹은…… 안 닿을 거 같으니까.』

"뭐?"

코우키는 류타로의 말을 이해하지 못하고 멍하게 앞을 봤다. 그 시선이 향하는 끝에서 류타로가 막은 거인의 철퇴 아래로 검은 그림자가 달려왔다.

트레이드마크인 포니테일을 휘날리며 당찬 눈빛을 똑바로 보내는 건, 어릴 적부터 함께 자란 여자아이.

"—『진섬』!"

"—?!"

눈에 보이지 않는 참격이 코우키의 안에 깃든 마력을 다시 베었다.

『카무이』 거인이 사선으로 어긋나며 사라져 갔다.

그 주먹 아래에서 류타로가 탈진한 것처럼 쓰러지는 모습과 눈앞에서 흑도를 휘두른 채 자신을 바라보는 흑요석 같은 눈빛이 시야에 들어왔다.

극도로 쇠약해진 몸에는 힘이 들어가지 않아 뒤로 쓰러질 뻔한 코우키는 그 눈동자를 보고 아직 공격할 의사가 사라지지 않았음을 깨달았다.

'아, 이게 업보인가…….'

묘하게 고요한 마음으로 친구의 칼을 받아들이고자 눈을 감는다—.

시즈쿠가 흑도를 던져 버렸다. 미처 의아한 생각이 들기도 전에 절망을 날려 버리는 노성이 터졌다.

"이 꽉 물어! 이 천하의 머저리!"

"으?! 크앗?!"

빡! 살을 힘껏 때리는 소리가 나면서 코우키의 볼에 강렬한 충격이 퍼졌다.

머릿속까지 얼얼해지는 위력에 한순간 의식이 멀어졌다. 시야도 깜박거리고 뇌진탕을 일으켰는지 팔다리에서 자연스럽게 힘이 빠졌다.

어질어질한 시야에 하늘이 보여 코우키는 막연하게 자신이 쓰러지고 있다고 이해했다.

그 직후, 반대편 볼에 추가로 충격이 가해졌다. 목이 꺾일 기세로 머리가 튕겨 나갔다. 그러다가 또 금방 반대쪽에서 충격이 오고, 지체 없이 반대쪽에서 충격이 온다.

그 후로도 계속해서 충격, 충격, 충격……

코우키의 머리가 뜯길 것처럼 좌우로 마구 흔들렸다.

"이건 피해 본 내 몫! 이건 성가신 일을 떠맡은 내 몫! 이건 커버했는데 헛수고가 된 내 몫! 이건 충고했는데 무시당한 내 몫! 그리고 기타 등등 많지만, 아무튼 내 몫! 이것저것그것 전부 다 내 몫!"

"끅! 켁! 옵! 억! 옥! 힉! 익! 엑! 허억! 어흑! 푸헥?!"

오라오라오라오라오라오라오라오라오라, 라는 기합이 들릴 것만 같이 하염없이 자기 몫이라고 주장하며 코우키의 안면을 왕복 빰따귀도 모자라 왕복 구타하는 시즈쿠. 반짝반짝 하늘을 나는 흰 물체는 틀림없이 코우키의 치아다.

"시, 시즈, 멈추―."

"안 멈춰! 네가 울면서 사과할 때까지 안 그만둬! 이제는, 나도, 인내심이 바닥났다고! 계속 생떼나 부리고! 마음대로 안 된다고 토라져서 자포자기하고! 책임은 다른 사람한테 떠

넘기고! 제발 철 좀 들어. 네 변명은 이제 안 들어! 말해도 못 알아듣는 멍청이는 패서 가르칠 거야! 각오해!"

시즈쿠의 분노가 전쟁 폐허 같은 도시에 메아리쳤다. 쓰러진 코우키 위에 올라타서 좌우로 무자비한 구타가 반복됐다.

동시에 코우키의 마음에 닿도록 빌며, 류타로의 마음까지 실어 말했다.

"이럴 리가 없었다고? 그야 당연하지! 마음대로 되는 인생 같은 건 없어! 다들 어금니 꽉 깨물고 머리 쥐어뜯으면서, 그래도 더 나아지겠다고 노력하는 거야! 눈앞의 현실에서 도망치고, 싸우려고도 하지 않는데 원하는 미래가 기다릴 리 없잖아!"

"시, 시즈, 크헉!"

"너는 결국 오냐오냐 큰 어린애야. 자기가 보기 싫은 것에서 눈을 돌리고, 변명만 생각하고, 그래도 안 되면 남 탓이나 하고!"

구타를 멈추고 쥐었던 주먹을 풀었다. 대신 힘차게 코우키의 멱살을 잡아당겼다.

"전부 다 끝났다고? 웃기지 마. 쉽게 끝낼 수 있다고 생각하면 오산이야! 죽는다는 편한 길은 절대로 고르게 두지 않아! 머리채 잡고 끌고서라도 데리고 갈 거야! 앞으로도 그래! 말귀를 못 알아들으면 몇 번이 됐든 죽도록 맞을 줄 알아!"

"시즈, 쿠……."

아직 변명을 늘어놓을 작정이라면 떠들 수 없을 때까지 때리겠다고, 바로 앞에 있는 불타는 눈동자가 말해줬다.

입과 코로 피를 흘리며 마치 고블린처럼 추하게 얼굴이 부은 코우키는 거의 신음하다시피 의문을 입에 담았다.

"나, 구모를, 고른 게……."

"맞아. 내가 좋아하는 건 하지메야. 네가 아니야. 그게 왜?"

"……왜 포기하지 않는 거야, 이런 나를……. 죽어도 싼 짓을 했는데, 왜……."

하지메를 골랐을 텐데, 소중한 친구들에게 몹쓸 짓을 했는데, 용사가 가장 필요한 때에 인류를 배신했는데, 왜 자신을 버리지 않는가.

지금 자신에게 그럴 가치가 있다는 생각은 도무지 들지 않아서 코우키는 당혹스러울 따름이었다.

그런 코우키를 보고 시즈쿠는 마침내 분노 대신 조금 당혹스러운 표정을 보였다.

"당연하잖아. 네가 친구니까. 어릴 때부터 쭉 함께 지냈고, 같은 야에가시 문하생으로 가족처럼 자랐으니까. 가족은 절대로 가족을 버리지 않아. 뭐, 이렇게 손이 많이 가는 동생은 앞으로 사양하고 싶지만."

소중한 가족이나 마찬가지니까 버리지 않는다. 어떤 실수를 저질러도 버리지 않으니까 가족이다.

그렇게 미소를 곁들인 대답을 듣고, 코우키 안에서 뭔가가 툭 떨어졌다.

세계를 위해서, 얼굴도 모르는 사람을 위해서, 자신은 용사니까, 올바른 일을 행해야 하니까.

지금까지 자신이 고집하던 것들이 갑자기 사소하게 느껴졌다.

단지 가족이니까, 친구니까, 그렇게 말하며 전과는 비교가
되지 않을 힘을 얻어 【신역】까지 자신을 쫓아온 이들이 있다.

배신자는 자기인데, 죽을지도 모르는데 자신의 폭주를 막
아준 이들이 있다.

사소한 이유일 텐데, 어찌 이리도 크게 느껴질까.

왜 이리도 강하게 느껴질까.

코우키의 눈에서 눈물이 뚝뚝 떨어졌다.

겨우 마음속으로 자각한 자신의 한심함과 구제 불능인 자
신에게도 마지막까지 열심히 손을 내밀어준 친구들에게 말로
할 수 없는 뒤죽박죽인, 하지만 절대로 싫지는 않은 감정이
밀려 올라왔다.

"미, 안. 정말로, 미안……. 나, 이런…… 아아, 나는, 무슨
짓을……."

"울면서 사과했네? 이 바보."

친구들에게 형용하기 어려운 감정이 치민 뒤 따라온 것은
이루 다 말할 수 없는 죄책감과 자책감이었다.

올바름에 집착하던 코우키에게 자신이 한 행동은 죽음으로
책임져야 한다고 생각할 만큼 추악하기 그지없는 최악의 행
동이었다.

하지만 그래서는 목숨을 건 친구들의 행동이 허사가 된다.

무엇보다 그건 결국—

"도망치지 마, 코우키. 살아서 싸워. 그것 말고 다른 길은,
우리가 용납하지 않아."

죽음은 도망이다. 힘들어도, 설 자리를 잃어도, 누가 아무리 비난해도, 계속 살아야 한다. 살아서 나 자신과 마주하고 현실을 받아들이고 속죄해야 한다. 그것이야말로 코우키가 해야 하는 싸움이다.

그렇게 말하는 소꿉친구의 엄격하고 올곧은 눈빛에 코우키는 울면서 아랫입술을 깨물었다. 시즈쿠와 류타로의 마음을 영혼에 새기듯. 지금까지 자신과 결별하기로 결의하듯…….

"나는…… 죽으면 안 되는구나. 살아서, 이번에야말로 싸워야 해. 다른 누구도 아닌, 나 자신과."

"그래. 그러니까 지금은 실컷 울어. 그리고 털고 일어나서 힘내면 돼. 잘못하면 또 울 때까지 때려줄게."

시즈쿠의 말이 분하면서도 부끄럽고, 그래도 조금 기쁘기도 하여 말로 하기 복잡한 표정을 지었다.

그리고 멱살을 놓아주고 옆으로 비킨 시즈쿠를 새빨갛게 부은 눈으로 바라봤다.

설 수는 없어도 떨리는 몸을 채찍질해서 상체를 일으켰다. 그리고 독기가 전부 빠진 것처럼 차분한 음성으로 맹세했다.

"……그럴 필요, 없어. 나, 변할게. 반드시 변할게. 적어도 동갑 친구한테 동생 취급받지 않을 만큼."

"그래? 하지만 그렇게 돼도 남자 취급은 안 해준다?"

"윽, 미리 선부터 긋지 마. ……그렇게 나구모가 좋아?"

"그래, 사랑해. 완전히 반했어. 독점하지 못해서 아쉽지만, 사이좋게 빌려 쓰지 뭐. 걔라면 그런 고생은 가볍게 감당할 거야."

"얻어터진 동생 앞에서 남자 자랑 하지 말아 줄래……?"

코우키가 쓴웃음을 지었다. 그 눈빛에는 후회가 적잖이 섞였지만, 질투로 마음이 어지러운 기색은 아니었다. 이제는 마음속으로 납득했기 때문이리라.

시즈쿠가 하지메의 어떤 부분에 끌렸는지.

어려운 현실에 직면했을 때 맞서 싸우는 기개. 철저하게 짓밟혀도 다시 일어서는 강인함.

그것이야말로 자신과 하지메, 혹은 시즈쿠나 류타로와의 차이이자 자신이 패배한 이유라고 마침내 깨달았으니까.

그리고 그때―.

"……야, 나는 투명 인간이냐?"

트렌트 형태를 풀고 본래 모습으로 기어 온 류타로가 언짢게 말을 걸었다.

"어머, 류타로. 그 몸으로 용케도 움직이는구나?"

"마지막 치트 메이트 먹어서 간신히."

힘들어 죽으려고 하면서 류타로는 코우키를 봤다.

코우키의 시선도 류타로에게 향했다. 자기 때문에 만신창이가 되었고, 그런데도 마지막까지 『친구』라고 외치던 남자의 모습을 마음에 새기려는 것처럼 바라봤다.

시선이 교차하고 잠시 후, 코우키의 사과가 침묵을 깼다.

"류타로…… 미안."

머리는 숙이지 않았다. 숙여 버리면 류타로의 눈을 볼 수 없으니까. 앞으로 다시는, 어떤 사실과 현실에서도 눈을 돌리지 않기로 마음먹었으니까.

그런 코우키의 눈빛을 본 류타로는 잠시 조용한 눈빛으로 마주 봤다.

그리고 이해한 것처럼 씩 웃으며 딱 한마디…….

"그래."

긴 말은 필요 없다는 것처럼 그렇게만 말했다.

류타로다운 대답에 코우키는 희미한 웃음을 보였다.

두 사람에게는 그것만으로 충분했다.

그런 조금 이완된 분위기 속에서…….

"이건, 뭐야……."

불쑥, 등줄기에 얼음이라도 쑥 들어온 것처럼 오한이 드는 말이 떨어졌다.

시즈쿠가 신속하게 몸을 돌려 흑도에 손을 얹었다. 류타로도 어떻게든 대비하려고 하나, 무리한 대가가 커서 아직 일어설 수도 없었다.

코우키가 쓰러진 채 하늘을 보고 그녀의 이름을 불렀다.

"에리……."

사지가 부서진 것을 넘어 골격 전체가 비뚤어진 듯한 기이한 모습이었다.

회색 날개는 빛이 깜박거리며 당장에라도 꺼져서 추락할 것 같았다. 전신이 피투성이고 멀쩡한 곳을 찾기가 어려웠다. 눈

은 피가 흘러들었는지 새빨갛게 물들었다.

비참…… 그 한마디로 모든 것이 설명되는 모습으로 에리는 그저 멍하게 코우키와 시즈쿠, 류타로를 내려다봤다.

그 뒤에서 곧 스즈도 쫓아왔다.

시즈쿠와 류타로는 순간 에리에게서 시선을 떼고 스즈와 눈빛을 교환했다. 서로 무사한 모습을 확인하고 기뻐하다가 이내 긴박한 표정으로 에리를 돌아봤다.

에리는 스즈가 온 줄도 모르는 눈치로 금이 간 듯한 목소리를 냈다.

"왜? 왜 그렇게, 화기애애한 분위기야? 코우키, 그 녀석들 적이야. 코우키에게서 소중한 것을 모조리 앗아간 가증스러운 적한테 빌붙은 배신자야. 왜 사이좋게 떠들고 있어? 응? 왜?"

캐물으면서도 초점을 잃은 눈동자는 코우키를 보고 있지 않았다. 자문자답이라도 하는 것처럼 허공을 향해 있었다.

그것이 몹시 이질적인 분위기고 부서져서 흔들거리는 팔다리와 맞물려 흡사 망가진 마리오네트라도 보는 기분이었다.

"에리…… 미안. 나는 이제 시즈쿠와도, 류타로와도, 스즈와도 못 싸워. 안 싸워. 나는 쭉 싸울 상대를 잘못 생각하고 있었어."

에리의 움직임이 우뚝 멎었다.

"……뭐라고?"

까딱 고개가 기울었다. 목뼈가 부러진 게 아닌가 싶을 정도의 각도였다.

눈동자가 다른 생물처럼 뒤룩뒤룩 돌아가고, 광기가 흘러나왔다.

"뭐라고? 뭐라고?"

고장 난 음성 기계처럼 끝없이 같은 말을 되풀이했다.

공기가 끈적하게 살에 달라붙는 기분에 소름이 돋았다.

시즈쿠와 류타로, 그리고 스즈조차 끼어들지 못했다. 에리의 광기에 닿아 심장이 움츠러들고 핏기가 가셨다.

"에, 에리, 들어줘!"

그런 가운데, 코우키가 외쳤다.

맞고 나서 깨달은 점이 많으니까.

지금 소리쳐야 할 사람은 자신이라고 생각하니까.

"나는, 나는 아무것도 모르는 바보지만, 에리를 상처 줬다는 것만은 알아. 그러니까 이제 와서 늦었을지도 모르지만, 한 번만 더 이야기를!"

필사적인 목소리였다. 다짜고짜 외치는 소리이자 마음에서 우러난 호소였다.

그렇기 때문일까.

에리의 눈이 겨우 코우키를 향했다.

가면 같은 얼굴이 빤히 코우키를 바라봤다. 몸이 떨릴 만큼 감정이 없는 눈이었다. 마치 눈구멍에 응축된 어둠을 채워 넣은 것처럼……

그래도 코우키는 절대로 눈을 돌리지 않았다.

어떻게 하면 좋은가, 어떤 말을 골라야 하는가.

자기 일도 마음대로 되지 않는 상태에서는 짐작도 가지 않지만, 그래도 에리에게서 눈을 돌려서는 안 된다고 생각했다.

설사 비뚤어진 집착이었다 할지라도 자신을 바라던 소녀였다.

무엇보다 잠들 때마다 악몽에 시달리는 모습을 봐 버렸으니까.

이번에는 제대로 알아야만 한다. 그녀를 바꿔 버렸을 자신이 정면에서 마주해야만 한다.

그런 마음을 담은 눈빛이, 처음으로 나카무라 에리라는 소녀를 직시하려는 코우키의 그 눈이—.

반대로 에리에게서 어떤 결론을 끌어낸 모양이었다.

끌어내고, 말았다.

에리에게서 갑자기 힘이 빠졌다. 그리고 지금까지 본 것 중 가장 인간다운 웃음을 띠었다.

그것은 체념과 조소, 빈정거림과 기막힘이 뒤섞인 듯한 신기한 웃음이었고……

그리고 한마디…….

"거짓말쟁이."

최후의 말을 세계에 엄포했다.

그런 후, 강렬한 섬광이 에리의 가슴에서 터져 나왔다.

"저, 저건! 에리, 너—!"

에리의 가슴에서 강렬한 빛을 발하는 빛의 정체를 간파한 시즈쿠가 경악과 조바심에 목청을 높였다.

한때 【오르크스 대미궁】에서 궁지에 몰린 아이들을 구하려고 멜드 로긴스가 사용한 자폭용 마도구—『마지막 충성』이었다.

하지만 에리가 발하는 빛은 그때와는 비교가 되지 않았다.

틀림없이 아티팩트급. 파괴력은 상상도 되지 않았다.

시즈쿠의 목소리가 끊겼다. 류타로와 코우키가 뭐라고 외치지만, 그것도 묻혀 버렸다.

폭발이 주위 일대를 유린하고 모든 것을 빛의 격류로 집어삼켜 새하얗게 물들였다. 소리도 사라지고 세계가 정적에 휩싸였다.

가능한 일은 아무것도 없었다. 시즈쿠와 류타로, 코우키는 반사적으로 팔로 얼굴을 감쌌다.

그리고 눈치챘다.

그렇게 손을 움직일 수 있다는 것을. 세계가 백색과 정적으로 덮였다고 인식할 수 있다는 것을. 동시에 자신들을 향해 뻗은 긴 그림자를—

그것은 자신들의 믿음직한 수호자의 그림자였다.

지금까지 몇 번이고 동료를 지켜 낸 결계사 소녀.

펼쳐진 쌍철선을 방패처럼 들고 한 발짝도 물러서지 않으며 빛의 격류를 막아섰다. 그 등에는 그녀를 떠받치는 이나바의 그림자도 있었다.

목소리는 닿지 않지만 시즈쿠와 류타로, 코우키도 한마음으로 빌었다. 그것밖에 할 수 없으니까 하다못해 기도가 닿기를, 힘이 되기를—

스즈가 살짝 고개를 끄덕인 기분이 들었다.

그 직후, 스즈의 모습도 빛에 파묻혀 보이지 않게 됐다.

정신을 차리자 스즈는 신기한 공간에 서 있었다.

하얀 공간이었다. 조금 전의 폭발하는 빛도 충격도 없고 넓이도 높이도 알 수 없었다.

그런 신기한 곳에 스즈 외에도 단 한 명이 더 있었다.

"에리……."

"……스즈."

일정 거리를 두고 마주 선 두 사람은 똑같이 눈이 조금 커졌다. 서로에게 아무런 상처도 없고, 심지어 교복 차림이었으니까. 마치 이세계 소환 같은 건 없었고, 그 시절에서 아무것도 바뀌지 않은 것처럼. 유일하게 다른 점은 에리가 안경을 쓰지 않았다는 것 정도일까.

역시 이곳은 평범한 공간은 아닌 듯했다.

그래도 신기하게 두 사람 모두 마음은 차분해서 그저 말없이 서로를 바라봤다.

잠시 있다가 에리가 먼저 입을 열었다.

"이상한 곳이네. 주마등……이랑은 좀 다른가. 임사 체험……도 아니겠지. 죽는 건 확실하니까."

어떻게 된 일일까. 괜한 감정은 없지만, 그렇다고 무감정도 아닌 평탄한 어조였다.

분위기도 아무런 긴장 없이 자연스러웠다.

스즈도 마치 옛날처럼 특별히 의식하지도 않고 자연스럽게 말하고 있었다.

"그럼 우리도 죽는 건가? 지킬 수 있다고 생각했는데."

"글쎄? 가능하면 전부 길동무로 끌고 가고 싶은데."

"싫어. 나는 살고 싶어. 시즈쿠도 코우키도 류타로도…… 에리도 살았으면 해."

미간에 깊은 주름을 잡으며 말하는 스즈를 비웃듯 에리는 코웃음 쳤다.

"흥. 나를 가차 없이 날려 버리고 말은 잘해."

"아하하. 그건 그래."

쓴웃음을 짓는 스즈에게 에리는 더더욱 기분이 안 좋아졌다. 그리고 그 기분을 숨기기는커녕 오히려 대놓고 보란 듯이 쏟아내기 시작했다.

"이 세계도 오래 가지 못할 테니까 지금 말해 둘게. 너 진짜 재수 없어."

"……흐응. 예를 들면?"

"어디 보자. 항상 헤실헤실 웃는 점. 누가 뒷담화해도 웃는 점. 속은 변태 아저씨 같은 점. 죽자고 싸우는데 친구가 되고 싶다고 정신 나간 소리 하는 점. 그거 말고도 말하자면 끝이 없지만, 제일 재수 없는 점은 그 나이에 일인칭이 자기 이름[#3]인 점. 아니, 진짜 쪽팔리지도 않나."

스즈의 이마에 핏줄이 울룩불룩 솟았다. 그리고 한 번 숨

[#3] 일인칭이 자기 이름 원문에서 스즈의 일인칭 표현은 「나」가 아니라 「스즈」다.

을 돌린 뒤, 싱긋 웃으며 반격에 나섰다.

"그래? 그래도 에리도 남 말 할 처지는 아니지 않아?"

"뭐?"

"항상 한 발짝 뒤에서 싱글싱글 웃기나 하고. 뒷담화해도 미소만 짓고. 속은 그냥 음침한 인간이고. 안경 쓰고 소극적이고 도서부원이라니, 너무 노렸잖아. 그리고 일인칭으로 걸고넘어질 사람이 따로 있지. 『보쿠』가 뭐야? 보쿠녀 안경 도서부원 캐릭터? 속성을 너무 욱여넣으면 관심병 같아. 게다가 『나는 히로인』이래. 푸풉, 중2병 나을 때도 되지 않았어?"

에리의 이마에 핏줄이 울룩불룩 솟았다. 당연히 싱긋 웃으며 반격에 나섰다.

"중2병? 현실이랑 만화도 구분 못하고 『언니#4~』라고 말하는 오글거리는 인간이 할 말은 아니지 않을까? 스즈는 백합 느낌이 있더라. 나도 몇 번 위험하다고 느꼈어. 상상을 초월하는 변태라니까. 소름 돋아."

"아하하, 그런 건 그냥 장난이지. 첫사랑에 빠져서 혼자 엉뚱한 착각이나 하다가 비뚤어진 사람한테 변태 취급받기는 싫은데. 정말 상상을 초월하는 집착녀라니까. 소름 돋아."

"……"

"……"

""말 다 했어?!""

#4 언니 お姉様(오네사마)는 현실에서 일상적으로 사용하는 호칭이 아니다. 창작물에서도 여성이 존경하거나 사모하는 여성을 부를 때 주로 사용된다.

거기서부터는 진흙탕 싸움이었다.

둘 다 꽃다운 소녀로는 보이지 않을 만큼 양아치 같은 표정으로 폭언을 내뱉었다.

듣는 사람이 있었다면 틀림없이 귀를 틀어막았을 악다구니가 오가며 얼마나 시간이 지났을까.

곧 어휘력이 한계에 달한 두 사람이 헉헉 어깨를 들썩이며 입을 닫은 직후, 하얀 공간에 균열이 가기 시작했다.

"흥, 드디어 이 세상도 끝인가 보네."

"……."

속 시원하다는 표정을 짓는 에리에게 스즈는 대답하지 않았다. 양손을 무릎에 대고 고개를 숙여 얼굴은 보이지 않았다. 하지만 그 아래로 떨어지는 것까지 숨기지는 못했다.

"……왜 울고 난리야? 바보같이."

"이, 씨. 바보라고, 하는 사람이, 바보야……."

스즈는 오열을 참으며 흘러넘친 눈물을 거칠게 닦았다. 정말로 이별이 다가왔음을 느끼고 북받치는 감정을 억누를 수 없었다.

"……방금은 그렇게 말했지만, 너네는 안 죽어. 네가 지켰으니까. 가는 건 나…… 나뿐이야."

"에, 리?"

갑자기 변한, 아니, 돌아온 일인칭 표현에 스즈는 흐르는 눈물도 닦다 말고 고개를 들었다.

에리는 딴 쪽을 본 채로 더더욱 불쾌한 표정을 지었다.

"너도 사실 알지? 그런데 왜 울어?"

"그, 건."

스즈는 말문이 막혔지만, 에리도 정말로 몰라서 묻지는 않았다.

우는 이유 정도는 안다.

"……참 바보라니까. 이런 배신자에 쓰레기 같은 인간이 뭐가 아쉽다고."

하얀 세계가 끄트머리부터 무너져 갔다.

그것을 무심하게 보면서 에리는 말을 흘렸다.

"『함께 있고 싶다』, 『지키겠다』…… 그런 중요한 말을 진심으로 나 같은 인간한테 쓰면 안 되지."

"에리, 스즈는!"

"또또. 재수 없으니까 일인칭 바꿔."

"으, 에리……"

붕괴가 둘 사이를 갈랐다. 스즈와 에리의 발밑을 제외하면 대부분 사라졌고 반짝이는 빛만이 공간을 채워 갔다.

이미 말이 아니면 닿지 않는다. 그래서 적어도 말만이라도 전해야 한다고 생각했을까.

에리는 혼잣말 같은 말을, 하지만 그 순간 분명히 마음에서 우러나온 말을 꾸밈없이 입 밖으로 꺼냈다.

"……그때, 그 다리 위에서 만난 게 스즈였으면 어떻게 됐을까. 아~, 결국 내가 제일 바보구나."

"에리, 스즈는— 나는, 에리랑 친구라서 좋았어! 아무리 거짓말이었어도, 비틀린 관계라도, 즐거웠어! 나는……!"

발판이 사라진다. 두 사람의 몸도 발끝부터 모래가 바람에 날리는 것처럼 사라져 간다.

소리치는 스즈에게로, 다른 곳만 보던 에리가 얼굴을 돌렸다.

표정은 부족하나, 어딘지 모르게 안도한 느낌…… 미아가 집을 찾은 듯한 웃음이 입술 끝자락에 걸려 있었다.

그렇게 나카무라 에리라는 소녀의 진짜 마지막 말이 한때 친구였던, 혹은 지금도 그럴지 모를 타니구치 스즈라는 소녀에게만 전해졌다.

"……바이바이. 너랑 같이 있을 때만은, 그나마 좀 편했어."

"—!"

스즈의 외침은 사라지는 세계에 묻혀 소리가 되지 못했다.

그래도 에리가 마지막 순간 보여준 것이 어이없게 웃는 미소였으니까 틀림없이 전해졌다고, 스즈는 믿었다.

뚝뚝, 마음이 눈물이 되어 볼을 쓰다듬는다.

스즈의 뒤쪽을 제외한 주위 일대가 공터가 된 도시에 오열이 울려 퍼졌다.

스즈는 풀썩 주저앉아 하늘을 보며 눈물을 흘렸다. 양손에서 역할을 마쳤다는 것처럼 쌍철선이 산산이 부서지고 있었다.

아이들은 완벽한 방어로 상처 하나 입지 않았지만, 말은 걸지 못했다.

스즈가 체험한 신비한 현상을 그들은 알지 못했다.

그래도 스즈가 소중한 친구를 생각하며 눈물을 흘리는 것은 알 수 있었다.

그만큼 스즈의 뒷모습은 서글프면서도 신성해 보였다.

그렇게 지켜보며 얼마간의 시간이 지났다.

울 만큼 울었는지, 스즈는 눈물을 벅벅 닦고 새빨갛게 부은 눈두덩이로 힘차게 일어섰다.

괜찮다. 여기서 멈추지는 않을 거다. 앞으로 가자. 그렇게 말하듯 기운차게 돌아섰다.

"시즈쿠, 코우키, 류타로. 앞으로 가자!"

천진난만한 웃음. 언제나 보던, 결계와는 별개로 동료들을 지키던 웃음이 지금은 조금 더 어른스러워 보였다.

지구에 있던 시절보다, 미궁에서 동료를 격려하던 때보다 훨씬 매력적인 웃음이었다.

시즈쿠와 코우키는 눈을 동그랗게 떴고 류타로는 반하기라도 했는지 귀가 빨개질 정도였다.

에리에게는 손이 닿지 않았다. 데리고 오지 못했다.

그 고통과 안타까움은 시즈쿠와 류타로도 느끼는 바였다. 가슴이 아팠지만, 스즈의 웃는 얼굴을 보면 덩달아 웃을 수밖에 없었다.

누구보다 에리를 구하고 싶었던 사람은 스즈니까…….

다만, 코우키는 반대로 후회와 우려에 짓눌린 기색으로 금방 얼굴이 새파래졌다.

하지만 뭐라고 말하려던 코우키는 스즈와 눈이 맞은 순간 말을 삼켰다.

그 눈빛을 어떻게 표현해야 좋을지 코우키는 알지 못했다.

그래도 지금은 아무 말도 해서는 안 된다. 스즈는 어떤 말도 원하지 않는다.

그것만은 알았다.

스즈는 이미 에리를 마음속 보물 상자에 담아 뒀을 것이다. 지금 스즈에게 말을 건다는 것은 그 보물 상자를 억지로 여는 짓이다.

코우키가 아니더라도, 그건 눈치 없는 짓이다.

그래서 코우키는 대신 자기 가슴을 쥐었다. 그리고 에리와 이 가슴속에 후회의 칼날이 박힌 고통을 평생 잊지 않기로 맹세했다.

시즈쿠와 류타로에게 눈을 돌리자 두 사람이 고개를 끄덕였다.

"좋았어! 당장 그 녀석들을 쫓아 볼까!"

"그런데 나나 류타로나 제대로 움직일 수가 없는데……."

"게다가 시계탑도 무너졌어. 공간을 잇는 출입구가 보이지도 않는데 어떻게 한다……."

애써 기운을 차린 척 스즈에게 맞춰 마음의 기수를 앞쪽으로 돌렸다.

"그러고 보니 이 공간에 있는 도시는 이곳만이 아니라고 들은 것 같아. 같은 문명이지만 다른 시대의 도시도 있다고……."

"그럼 다른 도시를 찾자! 스카이 보드로 하늘에서 찾으면 금방일 거야!"

"그러면 이동하면서 회복도 할 수 있겠구나."

"어우, 쉴 시간도 없냐? 뭐, 어쩔 수 없지."

류타로는 재촉하듯 먼저 하늘 높이 올라간 스즈에게 쓴웃음을 지으면서도 스카이 보드를 꺼냈다. 그리고 코우키와 함께 그 위에 주저앉고 하늘로 떠올랐다. 시즈쿠도 뒤를 이었다.

모두 올라온 것을 확인하고 스즈는 한 번 아래를 내려다봤다.

애달픔과 외로움이 사무쳐 입술을 살짝 깨물고 나지막하게 뭐라고 중얼거렸다.

누구도 듣지 못했지만, 틀림없이 이별의 말이었으리라.

스즈는 곧바로 평소처럼 힘차고 활발한 웃음을 지으며 목소리 높여 호령했다.

"전원, **나를** 따르라!"

"스즈도 참."

"하하, 역시 너는 그래야 어울려!"

"스즈한테는 못 이기겠어."

내민 손으로 붙잡은 것, 붙잡지 못한 것.

거기서 온 다양한 감정을 가슴에 품고 조금만 더 마음을 강하게 먹으며 네 사람은 이계의 하늘을 날았다.

검은 폭풍 구름이 깔린 하늘.

천둥과 번개가 끊이지 않고 폭풍우가 몰아치며, 아래로는 성난 바다가 펼쳐졌다.

"으엑. 이 공간이 제일 싫어요."

스카이 보드로 폭풍을 뚫고 가는 시아가 지긋지긋한 표정으로 푸념했다.

일단 티오가 바람 결계로 비바람을 막아줘서 물에 빠진 생쥐 꼴은 면했다.

하지만 지긋지긋한 기분인 건 하지메와 티오도 마찬가지였다.

"이걸로 네 번째 공간이구먼. ……으음, 이건 역시 우리를 농락하는 거라고 의심해야 할까?"

"그럴지도 모르지. 여긴 놈의 영역이야. 어디로 전이시킬지도 자기 마음이겠지."

아이들과 헤어지고 도시 시계탑을 통해 다음 공간으로 전이한 하지메 일행은 이미 세 개의 공간을 돌파했다.

처음에는 대지와 하늘이 반전된 세계. 중력이 국소적으로 뒤틀려 상하좌우로 물체가 날아다니는 곳이었다.

두 번째는 쉽게 말하면 미술관. 미궁처럼 넓고 복잡하게 얽힌 지하 공간에 어마어마한 수의 조각상이 질서 정연하게 장식되어 있었다. 인간, 마인, 아인 외에도 난쟁이와 거인, 본

적도 없는 마물에 거대 생물, 심지어 생물인지조차 의심스러운 기괴한 무언가까지.

세 번째는 도서관이었다. 하늘도 대지도 없는 하얀 공간에서 거대한 책장이 미궁을 이루고 갖가지 언어, 갖가지 표지를 가진 서적이 꽂혀 있었다.

"아하, 이상하게 귀찮아 **보이는** 적만 나온 것도 심술이었나 봐요?"

시아가 이해했다며 양손을 짝 쳤다.

천지 반전 공간에서는 생물보다 기계에 가까우나 재질도 구조도 불명인 사각뿔 물체 무리에게 습격받았다. 중력에 간섭하는 능력을 가진 그것들은 편대 비행을 하는 전투기처럼 공중전을 걸어 왔다.

하지메가 아그니 오르칸으로 전부 격추했지만, 조각상 지하 공간에서는 아니나 다를까 조각상이 움직여 공격하려고 했다.

그래서 하지메가 아그니 오르칸으로 전부 박살 냈다.

도서관 미궁 공간에서는 서적 자체가 마법이나 생물 소환으로 공격해 왔다.

그래서 하지메가 아그니 오르칸으로 전부 분서했다.

"전혀 심술이 통하지 않았지만."

"아그니가 대활약이네요. 그리고 우리는 도움이 안 되구요……."

"너희 힘을 빼기보다 탄약을 소비하는 편이 낫잖아? 내가 생각해도 과하다 싶을 정도로 준비해 왔으니까."

하지메가 나침반으로 목적지를 확인하며 어깨를 으쓱였다.

참고로 하지메 일행이 구름 위로 가지 않는 이유는 이 공간의 **귀찮아 보이는 적**이 우글거리기 때문이었다. 구름 아래로는 오지 않아서 폭풍우와 낙뢰에만 주의하면 오히려 폭풍 속을 나아가는 편이 편했다.

그러나 무슨 일에나 예외가 있는 법.

시아의 토끼 귀가 쫑긋 반응했다. 그리고 약간 늦게 하지메와 티오가 위를 올려다봤다.

그 직후, 유리를 긁는 듯한 울음소리가 쩌렁쩌렁하게 울려 퍼졌다.

구름을 밀어내며 거대한 익룡이 떨어졌다. 날개를 접고 포탄처럼 구름을 뚫어 하지메 일행을 강습했다.

그래서 하지메가 당장 아그니 오르칸을 꺼내는— 그 직전.

"그렇겐 안 되죠!"

시아가 외쳤다. 『보물고』에서 한 아름이나 되는 쇠공을 허공에서 꺼내더니 빌레 드뤼켄을 들고 상반신을 한계까지 틀어서 풀스윙을 날렸다.

압축 연성으로 겉보기보다 훨씬 큰 질량을 보유한 쇠공이 수직으로 솟구쳤다. 때렸을 때의 소리도 그렇고 속도도 그렇고, 대포가 따로 없었다.

그 현실감 없는 인력 대포는 독수리가 사냥감을 낚아채는 것처럼 날개를 펼치고 다리를 앞으로 내민 습격자의 배에 정확히 직격했다.

살이 뭉개지는 끔찍한 소리와 꾸에에에엑, 이라는 비명이 울려 퍼졌다.

몸길이 40미터. 두 날개를 포함하면 250미터는 될 거대한 익룡이라도 쇠공은 아팠나 보다.

휘청거리더니 그대로 하늘을 보며 바다로 추락했다.

"후훗, 이번에는 제가 더 빨랐네요!"

"그렇겐 안 된다는 게, 나 보고 한 소리였어?"

"그치만 몸이 근질근질한 걸 어떡해요."

"전투광이냐."

"치트 메이트 때문에 몸이 막 달아올라요."

"그런 효과 없어."

그렇게 농담을 주고받는 두 사람 옆에서 티오는 아래로 손을 쑥 내밀고 무심하게 『용의 포효』를 쐈다.

익룡이 바다에 삼켜진 순간, 먹이에 몰려든 잉어 떼처럼 해양 마물들이 모였고 그중 한 마리가 습격한 탓이었다.

해면에서 발생한 용오름을 타고 올라온 30미터는 될 거대 상어의 머리를 팔 굵기만 한 브레스가 두부라도 뚫듯이 관통했다.

이어서 옆으로 휘두른 팔을 따라 브레스가 꼬리 쪽으로 뻗으며 거구를 두 쪽으로 갈라 버렸다.

거대 상어는 열로 지진 절단면을 보여주며, 사라진 용오름의 물과 함께 바다로 돌아갔다. 다른 마물이 두 쪽으로 나뉜 고깃덩이에 몰리는 가운데, 아무 일도 없었던 것처럼 티오가 말했다.

"실제로 손 풀기도 필요하지 않느냐?"

승화 목걸이와 치트 메이트로 스펙이 배가 된 상태에서 싸우거나, 그 상태에서 가능한 신기술을 실전에서 시험하고 싶다는 의견에는 분명히 일리가 있었다.

"빨리 가고 싶은 마음은 나도 이해한다만."

"딱히 초조해서 그런 건 아니야."

"그런가? 하지만 이공간을 뱅뱅 돌고 있지 않은가. 주인님이라면 영원히 돌게 될 가능성도 생각해 봤을 테지?"

하지메 본인이 한 말이었다.

이곳은 【신역】. 에히트의 영역. 전이문을 발견해도 전이 장소를 신이 결정한다면 유에에게 가지 못하게 막을 수도 있을 것이다.

하물며 하지메는 쭉 아워 크리스털 안에 있었다. 현실에서는 불과 사흘이지만, 하지메는 지연된 공간 속에서 거의 한 달을 준비했다.

누구보다 유에를 구하고 싶고, 누구보다 오래 만나지 못한 사람은 하지메였다.

여기까지 왔는데 끝이 보이지 않으니 조바심과 짜증을 느끼지 않을까?

그런 티오의 걱정은 실제로 기우였나 보다.

"걱정해 주는 건 고맙지만, 그럴 가능성은 없어."

"……근거는?"

"에히트한테 필요성이나 합리성 같은 개념은 없어. 있는 건 유열뿐이야."

길을 서두르면서도 하지메의 목소리는 차분했다.

"적이 못 오게 하려면 네 말대로 영원히 길을 헤매게 하는 방법이 합리적이지. 하지만 그 녀석은 절대로 안 그래."

"그게 더 재미있다는 이유로?"

"그래. 전이문 자체를 봉쇄하지 않는 게 그 증거야."

"애시당초 막으려고 작정하면 전이문을 닫아 버리면 그만이긴 하죠."

"그렇구먼. 일리가 있어."

시아가 부아가 치미는지 토끼 귀의 털을 곤두세웠고, 티오가 씁쓸하게 웃었다.

최악의 이상 범죄자인 에히트의 사고방식은 실로 단순명쾌했다. 그 점을 생각지 못한 것을 보면 울분이 쌓인 사람은 자신이 아닌가, 하고 티오는 반성했다.

한 호흡을 두고 머리를 맑게 비웠다.

"그렇다면 주인님이 속전속결로 전부 해결해 버리는 건 『너랑 놀아줄 생각이 없다』라는 의사 표명인 셈이군? 크크, 독하게도 내치는구먼."

"아, 그런 거였어요? 상상하니까 잔인하네요. 비유하면 에히트가 같이 놀자고 장난감을 들고 올 때마다 밟아서 부숴 버리는 거잖아요?"

어떤 이공간으로 불러들여 어떤 적을 준비해도 나침반으로 최단 루트로 돌파하며 장애물은 보이는 즉시 모조리 파괴한다.

이래서야 게임이 안 된다. 만약 에히트가 자신들을 관찰한다면 오히려 짜증이 난 쪽은 에히트일지도 몰랐다.

기다리기만 해도 흥이 식어서 모습을 드러낼 가능성이 크지만, 이 방식이 훨씬 빠르게 그를 끄집어낼 것이다.

수비 따위 하지 않는다. 공격이야말로 최선의 방어라는 마인드가 참으로 하지메다웠다.

"놈은 희망을 품고 발버둥 치는 내가 괴롭게 통곡하며 죽기를 바라고 있어. 상대도 하지 않는다는 선택은 하지 않아. 그런데다가 전초전을 즐길 수 없다면······."

"곧 나오겠구먼."

"그러네요. ······유에 씨······."

폭풍우로 앞이 보이지 않는 이 어두운 세계에서 빛을 찾는 것처럼 시아가 미간에 꾹 힘을 주고 앞을 내다봤다.

아마 유에를 걱정하고 염려해서······.

"나 참, 나락에 사로잡히고 과거에 사로잡히고, 하다 하다 이제는 악신한테 사로잡혀요? 최강 흡혈 공주라면서 히로인 티를 못 내서 안달이에요!"

오히려 화내고 있었다. 한심해! 정신머리를 뜯어고쳐 놓겠어요! 라며 토끼 귀로 분노를 표출했다.

"크크, 시아가 옳다. 구하고 나면 따끔하게 한마디 해줘야겠어."

"아뇨, 티오 씨한테 훈계 들으면 비참해서 죽고 싶으니까 그러지 마세요."

"너무하지 않느냐?!"

두 사람의 대화를 듣고, 쭉 날이 서 있던 하지메가 참지 못하고 입가에 웃음을 지었다.

"그래도 유에라면 몸을 되찾을 방안쯤 스스로 찾아서 우리를 기다릴 거야. 너무 혼내지는 마."

"뭐예요, 그 남편 같은 말은? 괜히 더 화나는데요."

"너야말로 너무 예민한 거 아니냐?"

"자꾸 속삭인다구요, 영혼이. 빨랑 싸우라고!"

"주인님, 치트 메이트에 정말로 위험한 성분은 없겠지?"

빌레 드뤼켄을 부웅부웅 돌리며 전의에 들끓는 시아를 보던 하지메가 슬그머니 나침반으로 눈길을 돌렸다.

불안 섞인 티오의 질문이 들리지 않는 것처럼……

티오가 덜컥 겁먹은 얼굴로 캐물으려는데, 하지메가 날카로운 눈매로 움켜쥔 주먹을 들어 그만 입을 다물었다. 정지 수신호였다.

"……속았군."

"속아? 나침반이 제대로 작동하지 않나?"

"그게 아니야. 이건……."

하지메가 험악한 눈매로 하늘을 쏘아보며 추측을 얘기했다.

"분명 이 폭풍 자체가 결계야. 공간이 루프하는 결계."

분명히 전이문으로 다가가고 있었는데 지금까지 왔던 길이 리셋된 것처럼 갑자기 거리가 멀어졌다.

나락 최하층대보다 강한 마물들이 구름 위에서 내려오지 않는 이유는 분명 이 폭풍이 평범한 기상 현상이 아니기 때문이다.

"어떡하죠?"

"결계라면 중핵이 있을 거야. 그걸 찾으면 돼."

나침반에 다른 장소를 염원한다. 이 폭풍의 원인은 어디에 있는가? 혹은—.

"찾았다."

하지메의 눈이 냉철한 빛을 띠고 아래로 향했다.

"큰 놈이 있군. 분명 그 녀석이 이 폭풍의 원인이야."

"그 말은, 마물이라는 거네요……."

"이 규모로 공간에 간섭하는 폭풍을 일으키는 마물이라……."

시아와 티오가 바닷속에 숨은 존재를 찾으려는 양 눈매가 날카로워지는데, 하지메가 허공에 지름 1미터는 되는 쇠공을 열 개쯤 꺼냈다.

그것을 잡지도 않고 그대로 낙하하도록 됐다.

"시아, 티오. 혹시 모르니까 더 내 쪽으로 붙어."

시아와 티오의 얼굴이 설마 하며 굳어졌다. 그리고 서둘러 스카이 보드를 조종해 곁으로 갔다.

하지메가 『가변식 원월륜 오레스테스』를 스카이 보드 아래로 날려 변형시키고 커다란 『게이트』를 만든 것과 해수면이 분화한 것은 동시였다.

몸속까지 떨리는 폭음이 울리고 거대한 물기둥이 치솟았다.

수증기가 화산 연기처럼 피어올라 폭풍에 날려갔다.

오레스테스의 공간 추방 방어 덕분에 하지메 일행에게 영향은 전혀 없었지만, 마치 해저 화산이 대분화를 일으킨 듯한 상황이었다.

"지금 건 그거지? 나락의 타르를 꽉꽉 눌러 담은 폭탄."

"그…… 수증기 폭발인가 하는 그거예요?"

"맞아. 웬만한 마물은 처리할 만한 파괴력인데……."

아무래도 그러지 못한 모양이었다.

시아와 티오가 믿어지지 않는 것처럼 눈을 크게 뜬 직후, 수면이 갑작스럽게 소용돌이쳤다.

거대한 소용돌이였다. 그것도 터무니없을 만큼. 중심부는 바다에 구멍이 난 것처럼 움푹 들어갔다.

그 외곽으로 길고 웅대한 생물이 헤엄치고 있었다. 1천 미터는 넘을 듯했다. 몸통의 두께도 대형 잠수함 정도는 됐다.

수면 너머로도 온몸을 덮은 금속 느낌이 나는 검은 비늘과 고슴도치 같은 등지느러미가 보였다.

그 직후—.

—쿠오오오오오오오오오옹!

다시 바다가 폭발했다. 살아 있는 모든 것의 생존본능을 근본부터 뒤흔들고 공포의 구렁텅이로 내팽개치는 듯한 압도적인 위력이었다.

산처럼 융기한 해수면이 거대한 폭포처럼 바다로 돌아가는 가운데, 그 안쪽에서 기다란 목을 치켜들며 괴물이 모습을 드러냈다.

용의 머리에 검붉은 용의 눈, 인간 어른 크기의 이빨이 이 중으로 늘어선 턱. 수면에서 300미터는 올라온 거목 같은 체 구. 비늘 하나하나가 하지메의 대형 방패만큼 큼지막하고 단 단해 보이는 검은 빛깔 안에 검붉은 선이 모세혈관처럼 지나 다녔다.

지구의 신화로 전해지는 바다 괴물— 리바이어던이 있다면 이런 모습일까.

하지메 일행의 고도가 높아서 망정이지 만약 신박으로 바 다를 건너고 있었다면 틀림없이 벽이 나타났다고 착각했을 것 이다.

"서쪽 바다에서 싸운 『악식』급, 아니, 그 이상의 압박감이 느껴지네요."

"태고의 괴물이로구나. 신역의 마물이란 점을 고려하면……『신수』라고 불러야 할까?"

지금까지 습격해 온 것들과는 존재 자체의 격이 달랐다. 어 쩌면 하늘의 마물들이 내려오지 않은 이유는 폭풍권이 신수 의 영역이기 때문이었을까?

이유야 뭐가 됐든 그 신수의 눈은 분명히 하지메 일행에게 고정되어 있었다.

"앗, 화가 많이 났나 본데요?"

"태평한 소리나 할 때냐! 공격이 온다!"

티오의 경고가 떨어지기 무섭게 신수의 입이 쩍 벌어졌다.

중심에서 막대한 질량의 바닷물이 믿어지지 않는 속도로 압축되고—.

"뭐가 나오든 똑같아. 놀아줄 생각 없어."

그보다 빠르게 진홍색 스파크가 일었다.

시아와 티오가 화들짝 놀라서 옆을 보자 길고 거대한 병기를 오른쪽 겨드랑이에 끼우고, 왼손으로 상부 손잡이를 잡고 지탱하는 하지메가 있었다.

4미터를 넘는 총신, 아니, 그 전차포 같은 구경에는 포신이라는 표현이 맞을 것이다.

형태는 『전자 가속식 대물 저격총 슈라겐』과 흡사하지만, 모든 것이 갑절 이상 거대했다.

게다가 뒤쪽에는 네 개의 암이 펼쳐져 진홍색 파문을 일으키며 공간 고정까지.

—전자 가속식 저격포 『슈라겐 A·A_{아흐트 아흐트}』.

하지메의 로망과 혼이 담긴 꿈의 무기. 88밀리미터 철갑 포탄을 쓰고 최대 10킬로미터 거리의 표적도 정밀 사격하는 레일 캐넌이었다.

잠시 후—.

모든 것을 꿰뚫고 깨부수는 『신수의 포효』가 발사됐다.

그것을 진홍 섬광이 맞받는다. 방아쇠를 당긴 순간, 시아와 티오가 스카이 보드 위에서 균형을 잃을 수준의 충격이 발생했다.

멀리서 보면 양쪽 다 거대한 레이저였다. 그것이 정면에서 충돌했다.

과연 신수와 병기의 일격은 어느 쪽이 우세를 점할 것인가……
그런 의문이 들 여유도 없었다.

한순간이었다. 진홍이 브레스를 삼켰다. 탄도가 틀어지지도
않고 강철마저 뚫는 브레스를 갈라 버리며, 심지어 위력조차
감퇴되지 않은 채. 포탄은 그대로 신수의 입 안에 직격해 목
안을 관통했고, 내부에서 뒤통수 비늘을 부수며 튀어나왔다.

절규가 공간을 흔들었다. 그것은 위압감 없는, 의심의 여지
없이 고통에 찬 비명.

신수가 피와 살점을 쏟아내며 격렬하게 몸부림쳤다.

지지직지지직, 강력한 스파크가 꺼질 줄 모르는 『A·A』의 위
력에 시아와 티오가 살짝 기겁한 표정이었다.

하지메가 왼손으로 잡은 손잡이를 당겼다.

덜컹, 하며 88밀리미터 철갑 포탄의 탄피가 배출되고 『보물
고』에서 직접 다음 탄이 송탄된다.

손잡이를 앞으로 돌려 장전. 미친 듯 날뛰는 스파크로 순
식간에 충전.

두 번째 굉음. 하늘을 찢는 두 번째 섬광은 격렬하게 날뛰
는 머리를 노리지는 못했으나 정확히 수면 가까이 있던 몸통
에 직격했다.

그리고 신수의 아잔티움급 비늘을 외부에서도 파괴할 수
있다고 완벽하게 증명했다.

비늘이 깨지는 소리와 동시에 몸통에 커다란 구멍이 뚫리

고 그대로 등에서 어마어마한 피와 살을 뿌리며 진홍 섬광이 튀어나왔다.

두 번째 비명이 울리고 신수는 마침내 바다 아래로 가라앉았다.

"또 나설 기회가 없었네요……."

"아니, 시아. 아직 끝은 아닌 것 같구나."

"흠, 이래도 안 죽나……."

신수는 아직 움직이고 있었다. 자세히 보니 입과 상처 부위로 바닷물을 빨아들였고, 그 때문인지 역재생이라도 한 것처럼 상처가 아물어 갔다.

"혹시 바닷물이 있으면 무한히 재생하는 걸까요?"

"그렇다면 마석을 파괴하는 게 가장 빠른 방법일 테지……. 주인님, 보이는가?"

티오의 질문에 하지메는 왠지 물건을 감정하듯 묘하게 힘이 들어간 눈으로 신수를 보며 고개를 저었다.

"아니, 마석은 안 보여. 악식과 똑같이 전체가 검붉게 물들어 보여."

"역시 그러가. 태고의 괴물은 하나같이 마물과는 완전히 다른 생물이구먼. 그렇다면 머리를 노리는 게 정석이겠지만……."

"좀처럼 가만히 있지를 않네요. 하지메 씨가 저격할 수 있게 저랑 티오 씨가 움직임을 막을까요!"

이건 어떠냐고, 시아가 하지메에게 작전의 최종 판단을 맡겼다. 드디어 조금이라도 도움이 될 기회가 생겨 의욕이 넘쳤다. 하지만 정작 하지메는 뭔가를 집어 던지느라 눈길도 주지 않았다.

"······하지메 씨? 지금 뭐 던졌어요?"

"그런 생각이 들더라고. 악식은 도저히 먹을 수 없었지만, 이 뱀은 좋은 영양분이 될 것 같다고."

맥락 없이 대화 내용이 튀어 시아와 티오가 깜짝 놀라지만, 잘못 들은 건 아닌 모양이었다.

세 번째 포탄을 장전하면서도 하지메는 입맛을 다시고 있었다.

아, 이해했다.

조금 전부터 이상하게 신수를 뚫어지게 쳐다본다 싶더니······.

다시 말해 신수를 한 끼 식사로 써서 막판 스퍼트로 파워 업을 하고 싶으시다, 뭐 그런 뜻이다.

그야 웬만한 마물로는 이제 하지메의 식량이 되지 못한다. 방금 익룡 수준이면 의미는 있겠지만, 그래도 시간을 들일 가 치가 있을 만큼 힘이 상승하지는 않으리라.

하지만 저 신수는 별개다. 기후와 공간, 재생의 힘까지 다 루는 태고의 괴물이라면······.

"맛있어 보이는데, 너."

깜짝 놀란 건 시아와 티오만이 아니었다.

마침 70퍼센트는 재생을 마치고 부상한 신수의 분노 어린 눈이 하지메의 눈과 마주친 순간, 눈빛이 변했다.

잠깐만, 왜 그런 식으로 쳐다봐? 나, 살면서 지금까지 그런 눈으로 보인 적 없는데? ······라고 생각하지는 않겠지만, 미지의 눈빛과 마주하고 당혹감이 앞선 것도 사실이었다.

그 틈에 『A·A』가 다시 불을 뿜었다. 이번 탄은 신수의 머리—가 아니라 해수면 가까이 똬리를 튼 몸통 일부에 명중했다.

역시 비늘은 견디지 못하고 커다란 구멍이 나지만, 고통에도 어느 정도 익숙해졌는지 이번에는 절규하지도 몸부림치지도 않고 오히려 눈이 번쩍 뜨인 듯 분노를 되살려 입을 벌렸다.

설마 지금 뚫린 구멍에 방금 하지메가 던진 물건이 들어갔을 줄은 생각지도 못한 채. 물줄기 브레스가 발사됐다. 그것을 오레스테스의 『게이트』로 삼키며 다른 『게이트』로 방출해 고스란히 돌려줬다.

자신의 창과 방패에서는 방패가 우수한지, 신수의 머리에 명중해도 별다른 피해가 없었다.

그런 사이에도 첫 발과 두 발째에 난 상처도 완전히 아물었다. 몸을 따라서 기어올라 전체를 감싸던 바닷물이 역할을 마치고 도로 바다로 쏟아졌다.

그 직후였다.

신수의 몸통 일부가 안쪽에서 폭발한 것은…….

—크아아아아아아아아아아앙?!

신수의 절규가 울려 퍼졌다. 머리를 꼿꼿이 하늘로 뻗고 입으로 불길을 토했다.

결코 새로운 고유 마법은 아니었다.

"주인님, 뭘 한 겐가?"

"이런 거대 바다생물은 몸 안으로 들어가서 안쪽에서 공격하는 게 정석 아니겠어? 그래서 아라크네를 상처로 침투시켰지."

그리고 내장된『보물고』에서 대량의 타르를 쏟아 불을 붙였다.

섭씨 3,000도의 겁화가 퍼진 체내에 바닷물이 흘러들면 어떻게 되는가.

결과는 아래에서 괴로워 날뛰는 신수가 보여줬다.

"바닷속으로 도망치고 물을 전혀 안 빨아들일 수 있을까? 불가능하면 이제 잠수는 못 하지. 몸 안에서 수증기 폭발이 일어날 테니까."

"재생하려고 바닷물을 흡수할 수도 없겠군. 오히려 폭발한 곳으로 들어간 바닷물로 연쇄 폭발이 일어나겠어."

실제로 아래에서 그 꼴이 나고 있었다.

연속한 체내 폭발로 경련하듯 거구가 튀고 절규하며 날뛰었다.

물론 숨통을 끊기 위해서『A·A』도 계속해서 때려 박았다.

머리는 기적적으로 계속 피하지만, 이미 몸이 구멍투성이였다. 가급적 바다 위로 거구를 내놓으려고 하고 그쪽 상처에서 불길이 치솟았다.

"잔인하네요."

시아가 무심코 토끼 귀를 부르르 떨 정도로 비참한 광경이었다.

"처음 공격으로 아라크네까지 날아가지 않을까 걱정했는데, 몸 안쪽으로 타르를 뿌리면서 신나게 뛰어다니나 보네."

"신수로 장어구이를 하려고? 어쩜 이리도 멋진— 어흠, 무서운 짓을."

"야, 본심 나온다. 대체 어떤 경지까지 가고 싶은 거야?"

조만간 나도 몸속부터 괴롭혀다오! 라는 말을 꺼내지 않을까 걱정하는데 시아가 앗, 하고 소리쳤다.

신수가 꼬리 쪽 몸통 일부를 바다 위로 내놓고 스스로 물어뜯고 있었다.

그리고 크게 뜯긴 부위를 물고 거칠게 흔들더니 수류 브레스로 날려 버렸다.

"저 자식, 자기 살을 아라크네랑 같이 절제했어."

아직 남은 불길로 몸속은 타오르고 폭발도 일어났다. 이미 빈사 상태라고 해도 과언은 아니었다.

그러나 이대로 끝날 것 같지가 않았다.

서쪽 바다의 악식이 보여준 끈질김을 생각하면 더더욱—

"쳇, 어쩔 수 없지. 몸속 폭발이 이어지는 동안 처치하자! 너희가 최대한 못 움직이게 막아줘. 머리를 저격할게."

"아, 듣고 계셨네요. 우리 작전."

"먹을 수만 있으면 뭐든 상관없어."

제2 라운드다. 어차피 죽이고 폭풍을 멈추지 않으면 목적지에 도착할 수 없다.

그렇다면 맛있게 먹혀서 거름이나 되어다오.

그런 욕망과 살의를 채운 눈빛으로 신수를 쏘아봤다.

아마 신수도 자신에게 굴욕을 준 우리들에게 무시무시한 분노를 보일 것이라고 생각하고— 삐꺄.

묘하게 귀여운 울음소리가 들렸다. 세 사람의 눈이 동그래졌다.

신수가 쏴아쏴아 파도 소리를 내며 거리를 두고 있었다. 착각이 아니라면 그토록 위압감을 내뿜던 눈이 이리저리 굴러다니는 것처럼 보였다.

마치 야생 곰을 만난 사람이 신중하게 거리를 두는 것처럼…….

"야."

하지메가 무심결에 불러 세우자 신수가 흠칫했다. 착각이 아니었다. 틀림없이 흠칫했다.

신수도 자기 감정과 행동에 어딘지 모르게 당황한 눈치로 쭈뼛쭈뼛 하늘을 보다가 하지메와 눈이 맞았다.

그 순간 신수는 이해했다.

저 조그만 존재의 눈, 이상하게 자기 본능을 자극하는 번뜩이는 눈이 나타내는 것은 적개심이나 살의처럼 알기 쉬운 감정이 아닌 식욕이라고…….

상대는 적이 아니다. 포식자다!

신수는 확신했다. 계속 싸우면 자신은 무조건 잡아먹힌다고…….

실제로 지금 극한 상황까지 내몰렸으니까 의심의 여지도 없었다.

태어나서 처음 느낀 감정—『공포』. 먹이사슬의 정점에 군림하는 신수가 지금까지 받아본 적 없는 시선에 마음이 뚝 부러졌다.

완전히 전의 상실.

반응은 극적이었다. 그리고 놀랄 정도로 민첩했다.

거구에서는 상상할 수 없는 속도로 몸을 돌리고 머리부터 바닷속으로 뛰어들었다.

몸속을 태우는 열이나 폭발, 바람구멍이 숭숭 뚫린 몸의 격통을 깡그리 무시하고 죽기 살기로 도망쳤다.

어느 때보다 빠르게. 겁먹은 토끼처럼 오직 앞만 보면서.

최강급 마물의 신속한 태세 전환에 하지메조차 한순간 머리가 멍해졌다. 그만큼 추한 도주였다. 쌩~, 이라는 효과음을 붙여도 될 만큼…….

"야! 거기 서, 고기! 도망치지 마! 신수라는 놈이 자존심도 없냐!"

한순간 신수가 돌아봤다. 바닷속에서 하지메를 봤다.

그리고 고기를 노리는 포식자의 충혈된 눈을 보고는…….

─뻬갸아아아아아아?!

마치 봐서는 안 될 것을 본 것처럼 소스라치더니 다시 머리를 돌렸다. 자존심은 없었나 보다.

사실 이 신수는 먼 옛날 서쪽 바다에서 세계 제일 짜증 나는 천재 미소녀 마법사에게 죽기 직전까지 내몰려 가라앉은 것을 에히트가 아깝다며 【신역】의 수집품 겸 전이문 문지기로 거두어들인 과거가 있었다.

작은 존재에게 두 번이나 죽을 뻔하고, 이번에는 먹힐 뻔했다.

─뻬이이이이~!

마치 「인간 무서워! 이제 집 밖으로 안 나가!」라고 말하는 듯 한심한 울음소리를 내며 신수는 기어코 심해의 어둠 속으로 모습을 감추고 말았다.

이제 안 막을 테니까 갈 길이나 가라는 것처럼 폭풍과 구름을 거두고서……

"젠장! 저 수준의 마물이 뒤도 안 돌아보고 도망가는 게 말이 돼?! 막판 스퍼트로 대폭 강화할 기회였는데!"

하지메가 스카이 보드 위에서 발을 동동 굴렀다. 그 모습을 보는 시아와 티오의 눈살은 오묘했다.

"폭풍 결계는 풀렸으니까 됐지 않나."

"결과적으로 시간도 얼마 안 걸렸으니까 넘어가요. 봐요, 저 섬 아닐까요? 이 공간 전이문이 있는 곳은."

시아가 가리킨 곳, 7~8킬로미터 앞에 큰 섬이 보였다.

마안석과 신체 강화 마법으로 높아진 시력으로 확인한 결과, 면적은 넓지만 산이 없는 평지에 전체가 숲으로 덮인 것 같았다.

못마땅한 표정으로 하지메는 『A·A』를 어깨에 올려 한 손으로 지탱하고, 다른 손으로 나침반을 확인했다.

"맞군. 저 섬 중심이야."

"으음, 거리가 있어서 단언하기 어렵지만, 그래도 마물이 보이네요. 엄청 큰 거 아닌가요?"

"대형…… 원숭이인가? 그리고 뱀에 용, 거미…… 스무 마리는 되는구먼."

아무래도 이곳은 초대형 괴물들을 수집해 놓은 공간 같았다.

숲의 나무 위로 튀어나온 거대 생물들이 오가는 모습이 보였다.

거리는 멀어도 느껴지는 힘이 보통 마물과는 현저히 달랐다. 신수 정도는 아니어도 거기에 가까운 위압감이 있었다.

구름이 걷혀서 하늘을 날던 익룡 무리도 일행을 의식하기 시작했다.

"시아, 티오. 손 풀고 싶다고 했지? 1분이면 돼. 나를 날벌레들한테서 지켜줘."

"아…… 하지메 씨, 설마 여기서……."

"하긴, 저런 덩치들과 가까운 곳에서 싸우는 건 현명하지 못하지."

익룡 몇 마리가 찢어지는 울음소리를 내며 강하하는 와중에 시아와 티오가 어깨를 으쓱였다.

저 많은 준신수급 괴물이 어떤 힘을 가졌는지 모르는 이상, 일일이 싸우려면 시간이 걸릴지도 몰랐다. 원거리에서 일방적으로 솎아낼 수 있다면 그것이 최선이다.

시아와 티오가 이해하고 강습하는 익룡들을 맞받아치러 나간 동시에 하지메는 『A·A』를 다시 조준했다.

마력을 부여하자 포신 중간 지점의 아래쪽에 달린 지지대— 접이식 역V자형 양각대가 나왔다. 양각대 끝에는 공중 장벽이 펼쳐졌고, 『연성』으로 길이도 조절됐다.

그동안에도 하지메는 스코프를 들여다보며 승화 마법 『정보 간파」 기능으로 목표의 정확한 거리와 마석 위치를 확인하며 충전을 개시했다.

"인식 범위 밖에서 날아오는 전자 가속 정밀 포격…… 반응하지 마라."

그 우려는 금방 사라졌다. 호흡을 가다듬고, 잠시 후…….

스파크, 굉음, 진홍 섬광.

그리고 머리가 사라지는 거대한 용. 공중에서 쏘는 각도상 숲에 착탄해 주위 나무들과 땅까지 날려 버리고 크레이터가 생겨났다.

덜컹, 재빠르게 차탄 장전. 착탄의 충격으로 괴물들이 술렁거리기 시작하지만, 움직이기 전에 두 마리의 머리가 더 날아갔다.

그다음부터는 거의 단순 작업이었다.

약 7킬로미터 앞에서 인식 불가능한 속도로 날아드는 죽음의 빛에 전이문 근처를 어슬렁거리던 괴물들이 물풍선처럼 터지며 사체를 땅에 흩뿌렸다.

섬광의 사선으로 하지메가 있는 위치를 알아내도 사격 도중 깔아둔 오레스테스가 공간 도약 포격으로 허를 찔러 폭사했다.

신비로운 기운마저 감돌던 숲은 도처에 구멍이 나고 괴물의 사체가 사방에 튀어 참상을 빚어냈다.

"음, 이건 에히트도 격분할 것 같구먼."

"원래는 신수를 쓰러뜨렸더니 추가로 괴물이 바글바글! 광대한 숲 중심에 어떻게 도착할 것인가?! 같은 기획이었겠죠."

익룡을 몇 마리 격추한 시아와 티오가 서로를 돌아봤다.

그리고 서로의 미묘한 표정을 보고 같은 예상을 했다고 알아챘다.

틀림없이 다음 공간에서 큰 변화가 생긴다고.

정확히 1분 후…….

괴물들을 일방적으로 학살한 하지메는 방해를 받지도, 길을 헤매지도 않고 똑바로 섬 중심에 선 흰 오벨리스크에 도착했다.

"간다?"

새삼스럽게 확인한 이유는 하지메도 다음에 뭔가 있을 거라고 예감했기 때문이리라.

세 사람의 직감은, 맞았다.

전이문을 넘어 다음 이공간으로 건너갔다.

펼쳐진 광경은 여전히 특이하고 신기하며 쓸데없이 웅장했다.

다양한 크기의 섬이 부유하는 천공 세계. 그것이 다섯 번째 이공간이었다.

작은 섬은 직경 수십 미터. 큰 섬은 어림짐작으로 십수 킬로미터.

무슨 원리인지 끊이지 않고 강물이 흘러내리는 부유섬도 있었다.

높이 때문에 폭포는 도중에 단순한 물보라로 변해 흰 물안개가 떠도는 광경은 제법 환상적이었다.

부유섬은 어디에나 녹음이 짙었고 초원이 있는가 하면 숲도 있었다. 단순한 바윗덩어리인 부유섬은 하나도 없었다.

아래로는 새하얀 운해가 펼쳐져 대지가 보이지 않았다.

그 운해에서 기포 같은 구름덩이가 둥실둥실 떠올라 제각각 다른 높이에서 떠도는 탓에 공간 전체가 솜사탕이 깔린 것처럼도 보였다.

떠도는 구름 사이를 누비듯 빛기둥— 흔히 『천사의 사다리』라고 부르는 현상이 곳곳에서 내려오지만, 기괴하게도 새파란 하늘에는 태양이 보이지 않았다.

수많은 부유섬과 흰 구름의 대지, 그리고 쏟아지는 태양 없는 빛기둥.

무척 장엄하고 신비로웠다. 아무것도 모르면 이곳이 천상세계라고 말해도 무조건 믿어 버릴 것이다.

물론 하지메는 눈곱만큼도 감동하지 않은 눈치지만.

"……저게 제일 큰 섬이군."

잠깐 눈길을 빼앗겼던 시아와 티오가 머쓱하게 웃으며, 앞서가는 하지메를 스카이 보드로 뒤쫓았다.

그렇게 조금 다가가자 모두 느낄 수 있었다.

목적지에 누군가 있다. 그것도 강대한 기운을 숨기지도 않는 존재가…….

역시 직감은 옳았다.

세 사람은 부유섬 상공에 도착했다. 초원과 숲, 갈라지는 시냇물, 푸른 산.

이 이공간에서 최대 규모를 자랑하는 부유섬은 자연도 한층 더 아름다웠다.

다만, 그곳에 이질적인 물체가 하나…….

섬 중심에 높이 50미터는 되는 유백색 오벨리스크가 버티고 서 있었다.

그리고 그 오벨리스크 위에는 빛나는 마법진이 있고, 그 위에 명상을 하듯 앉은 흰 존재가 있었다.

그자가 바로 강대한 존재감의 정체였다.

바람에 나부끼는 긴 머리, 등에 난 날개, 사제복을 닮은 전투복이 모두 순백이었다. 피부도 안이 비칠 듯 희고 눈동자까지 순백으로 빛났다.

"오리라 확신했다, 나구모 하지메."

"……또 너냐."

모든 것이 하얗게 물든 이색적인 모습임에도 그 남자의 얼굴은 낯이 익었다.

잊어버리기에는 다소 원한이 있는 남자.

【마국 가란드】총대장이자 신대 마법 사용자— 프리드 바그어.

몇 번이나 싸운 마인 사내는 예전과 비교가 되지 않는 힘을 받고 다시 하지메 일행 앞에 나타났다.

신성한 빛과 살을 찌르는 위압감은 『신의 사도』보다 더하면 더했지 덜하지는 않았다.

그도 아마 『완전 사도화』를 받았을 것이다. 다만, 그 빛, 색, 위압감으로 보아 에리보다 훨씬 높이 승화한 것 같았다.

길바닥의 돌멩이를 보는 듯한 하지메의 차가운 눈과 폭풍전야의 고요함을 채운 듯한 프리드의 눈이 몇 초 교차했다. 그 직후.

"방해돼. 죽어."

"─『계천』."

두 사람의 손이 동시에 튀어 올랐다.

뽑는 손도 보이지 않는 돈나 속사.

주문 없이 발동하는『게이트』마법.

"……?! 끄으응!"

"꾸엑?!"

시아의 용쓰는 소리와 티오의 돼지 멱따는 소리가 한순간 늦게 들렸다.

"……시아, 무사해?"

하지메가 돈나의 총구를 프리드에게 조준한 채 눈도 떼지 않으며 묻자 다행히 대답이 바로 돌아왔다.

"네! 깜짝 놀랐지만요."

"쿨럭. 시아, 고맙기는 하다만 평범하게 팔만 당겨도 되지 않느냐?"

모았던 숨을 내쉬는 시아에게 티오가 눈물을 머금고 목을 문지르며 감사와 항의를 동시에 했다.

무슨 일이 일어났는가. 쉽게 말하면 보복이었다.

프리드는 탄환을『게이트』로 추방했다. 그것도 왕도 침공 때 유에에게 당해서 많은 동포를 스스로 해했을 때처럼, 시아와 티오의 사선이 겹치는 옆으로 『게이트』 출구를 연 것이다.

고유 마법 『미래시』로 그 광경을 일보 직전에 본 시아가 퍼뜩 옆에 있던 티오의 목에 래리어트를 날리며 회피했다.

그나저나 유에에 버금가는 속도로 『게이트』를 전개한다면 원거리 공격에는 신중해져야 했다.

그것을 지켜보던 프리드는 태연자약한 태도로 담담하게 말했다.

"예전의 나와 똑같다고 생각하면 큰 오산이다."

"그렇긴 하네. 새하얘. 스트레스 때문이냐?"

뒤쪽에서 시아와 티오가 웃음을 품 터뜨리는 소리가 들렸다.

프리드는 딱히 반응하지 않고 하지메의 모습을 눈에 새기듯 가만히 바라봤다.

"알브헤이트 님이 돌아가지 않았을 때, 나는 확신했다. 나의 주인께서는 네놈이 신역에 올 **가능성을** 시사하셨지만, 나는 **확신**했다. 네놈이 거머리 같은 집념으로 필시 신역으로 다다르는 길을 찾아내리라고."

"나를 잘 아는 것처럼 말하는군."

"대체 몇 번 고배를 마셨다고 생각하는 거지?"

하지메와 가장 많이 상대했고, 설령 운이 강하게 작용했다고는 하나 마지막까지 살아남은 자다웠다.

그래서 지금 속사에도 **뽑기 전에** 대응한 것이다.

하지메라면 그럴 줄 알았으니까.

"그래서? 이 대화에 무슨 의미가 있지?"

너에 관해서는 빠삭히 알고 있다. 그러니까 승산은 없다. 그렇게 말하고 싶은 것이라면 아직 이해가 부족하다고 뼈저리게 알려줄 뿐. 시시한 대화로 시간을 낭비할 생각은 없었다.

그 뜻을 냉랭한 눈빛으로 전하는 하지메에게 프리드는 마침내 표정을 바꿨다. 그 입꼬리가 미세하게 올라간다.

"단순한 선언이다. 이번 생에는 더 볼 일이 없을 테니까."

"선전포고치고는 장황한데."

"아니. 아쉽지만 주인님의 명이다. 나는 너에게 손을 대지 않는다."

프리드는 미심쩍어하는 하지메에게서 처음으로 시선을 돌려 시아와 티오를 봤다.

"그 둘을 두고 네놈은 혼자서 가라. 이 앞으로. 신이 계신 곳으로. 사랑하는 여인의 모습을 한 그분에게 신벌을 받고, 비탄과 절망 속에서 멸해라."

즉, 하지메는 싸우지 않고 에히트에게 갈 수 있지만, 시아와 티오는 남아야 한다는 뜻이었다.

"하, 너희 시답잖은 대본에 맞춰줄 생각 없어. 앞을 막는 건 전부 짓밟고 부숴주겠어."

하지메가 사납게 웃었다. 지금까지 그랬던 것처럼 신이 준비한 놀이판 자체를 파괴할 생각으로 『보물고』를 빛냈다. 시아와 티오도 프리드를 반포위하도록 하지메 좌우로 퍼져 전투 태세에 들어갔다.

『게이트』로 추방 방어를 써도 여러 방향에서 동시에 공격해 처리하려고 빈틈을 노렸다.

프리드가 일어섰다. 흰 날개를 펼치고 흰 깃털을 날리며 하늘로 떠올랐다.

"너를 사모하는 여인들을 지키지도 못하고 고통 속에서 죽어 갈 것이다. 가장 사랑하는 여인을 지키지 못했던 것처럼. 그게 네 운명이다."

"과거형으로 말하지 마. 지금 공수 역전된 거 안 보여? 이번 2라운드로 너나 네 주임님이나 같이 죽는 거야."

"그렇다면 시험해 봐라!"

오벨리스크가 강렬한 빛을 뿜었다. 섬광 수류탄이라도 터진 것처럼 폭력적인 광량이었다.

프리드의 모습은커녕 주위 일대가 빛으로 덧칠되어 한 치 앞도 보이지 않았다.

그렇지만 위치는 알고 있다. 이제 와서 섬광만으로 우두망찰 서 있을 귀염성 있는 자는 이곳에 없었다.

아무것도 못 하게 하겠다. 그렇게 생각한 일행은 속공으로 프리드를 공격하려고 했지만, 그 직전에 시아의 경고가 날아왔다.

"『진천』이 와요!"

"─『진천』."

한 박자 느리게 들린 마법명을 듣고 하지메는 반사적으로 **슈라크를** 속사로 쐈다.

장전한 탄환은 『공간 작렬탄』. 당연히 돈나와 동시에 발사했다.

목표는 시아와 프리드, 그리고 티오와 프리드 사이의 공간.

초인적 기량으로 탄환이 서로 공중에서 접촉해 공간 진동이 발생했다.

그것이 정면에서 해일처럼 밀려온 프리드의 『진천』을 어느 정도 감쇄시켰다.

그래도 신대 마법. 여전히 강렬한 충격이 몸을 때리지만, 세 사람 모두 신체 방어력이 높아서 다소 후퇴할 뿐 아무런 피해도 입지 않았다.

하지만 빈틈은 내주고 말았다.

그 결과, 그 마왕성에서 있었던 상황이 재현됐다.

섬광이 사라지며 2천 마리 가까운 마물이 하지메 일행을 포위한 것이었다.

대부분 익숙한 마물이지만, 프리드처럼 비약적으로 진화해 있었다.

눈이 네 개인 검은 늑대는 케르베로스처럼 머리가 두 개 늘어났고 털이 희게 변했다. 촉수를 가진 검은 고양이였던 마물도 흰 촉수가 털처럼 온몸을 덮는 표범 같은 체형으로 변했다.

말 머리 마물 아하트르드는 10미터가 넘게 거대화했고, 마법을 먹는 거북이 앱소드는 꼬리가 있던 곳에 머리가 자랐으며, 키메라는 그것들을 전부 조합한 모습이 되었다.

느껴지는 힘으로 보아 **최소** 나락 하층 수준이었다. 더군다나 종족을 불문하고 모두 공중에 서 있었다.

그런 마물 중에서도 가장 수가 많은 회룡도 하나하나가 설원 경계에서 대치했을 때의 우라노스와 동등한, 나락 최하층 수준의 힘을 보유한 듯했다. 그것을 증명하듯 회색 비늘은 더욱 밝아져 거의 흰색에 가까워졌다. 이제는 회백룡이라고 불러야 할까.

그리고 당연히…… 프리드 바그어 최강의 종마는 더욱 압도적이었다.

압박감은 다른 마물과 비교를 불허했다. 이미 다른 생물이라고 말해도 과언이 아닐 것이다. 전의 세 배 가까이 커져 약 20미터의 체격에 두 쌍 네 개의 날개, 비늘은 눈길을 빼앗을 만큼 아름다운 순백이며 몸 전체에 흰 스파크를 두르고 있었다.

마치 신화에 등장하는 흰 용신─ 백신룡이라는 이름이 어울릴까?

신수 리바이어던조차 초월하는 존재감은 이미 신성하다고 표현할 수밖에 없었다.

살의의 폭풍이 하지메 일행에게 불어닥치는 가운데, 백신룡 우라노스가 그 거체로는 믿어지지 않을 만큼 매끄럽게 하늘을 날아 프리드 곁으로 머리를 내밀고 체공했다.

프리드가 무대 배우처럼 유려하게 두 팔을 벌렸다.

"나구모 하지메, 가라! 이 절망 속에 네놈을 사모하는 여인들을 두고!"

무슨 바보 같은 소리인가. 시아와 티오는 들을 가치도 없다고 생각했다.

셋이 힘을 합치는 편이 확실하고 안전하다는 점은 변함이 없으니까.

하지만 정작 하지메는 반격이나 반론을 하지 않았다.

"……! 하지메 씨?!"

"그 빛은, 아뿔싸! 태양이 없는 세계에 비치는 빛기둥! 주의를 기울여야 했건만!"

하지메는 빛기둥 속에 갇혀 있었다.

세계 곳곳에 내려오는 『천사의 사다리』와 같은 빛이었다. 환상 세계를 비추는 아름다운 빛은 사실 전부 신의 위광이었다.

마왕성 때와는 색이 다르지만, 시아와 티오도 유에가 잡혔을 때 일을 떠올렸을 것이다. 조금 초조하고 걱정스러운 눈으로 하지메를 봤다.

그대로 달려가려는 두 사람을, 하지메는 눈빛으로 제지했다. 대책이라면 있다. 의수 전완 바깥 부분에 달아 둔 파일 벙커였다.

활시위처럼 뒤로 팽팽하게 당겨지자 의수 전체에 진홍색으로 빛나는 선이 생기고 어깻죽지에 스파크가 일기 시작했다.

하지만 그것을 쏘기 직전—

"그 빛은 전이의 빛. 네놈이 『가장 사랑하는 자』에게로 통한다."

하지메의 손이 멈췄다. 그 말대로 지금 쏟아지는 빛은 어떤 공간과 이어진 듯하며, 자신에게 해를 끼치는 영향은 전혀 없는 것 같았다.

"그래? 그럼 기다리라고 하지 뭐."

신의 초대를 받았으면서 오만불손의 극치였다.

아무리 프리드라도 눈가가 움찔하지만, 하지메에게는 아무래도 상관없는 일이었다.

하지만 그런 하지메를 말린 사람은 다름 아닌 시아와 티오였다.

"하지메 씨, 가세요."

"그래. 기왕 초대해 준다지 않느냐. 이곳은 우리만으로 충분해."

하지메가 살짝 눈을 크게 뜨지만, 무슨 말을 하기도 전에 두 사람이 말꼬리를 이었다.

"여긴 우리한테 맡기고 가라! 이 말, 한 번 해보고 싶었어요!"

"걱정 마, 금방 처리하고 따라갈게, 였나? 후후후."

찡긋 윙크까지 하며 사망 플래그를 세운 토끼와 잡룡에게 하지메는 어이가 없기도 하고, 재수 없는 소리에 화가 나기도 하고……. 뭐라고 말하기 힘든 표정을 지었으나, 농담을 하면서도 두 사람의 눈빛과 목소리에는 진심 어린 호소가 담겨 있었다.

그것은 하나의 우려. 이 초대를 거부했을 때, 마침내 직접 간섭해 온 신이 어떻게 나올지 알 수 없다는 걱정.

혹은 소망. 유에에게 갈 기회를 놓치지 말아 달라는 바람.

그리고 자신들이라면 문제없다는 자신감과 하지메라면 혼자서도 유에를 반드시 되찾을 것이라는 신뢰.

그래서 하지메는 두 사람의 의지와 마음을 받아들이기로 결단했다.

빛기둥 안이 강렬한 백금색을 띠었다. 하지메의 모습이 흐릿해져 갔다.

"시아, 티오."

"네."

"말하거라."

전폭적인 신뢰를 담은 눈빛을 두 사람에게 돌려주며 하지메는 몸 대신 말을 남겼다.

"힘을 아낄 필요 없어. 유린해 버려. 나도 그럴게."

"아이아이 서~, 예요!"

"후훗, 우리만 믿게!"

돌아온 것은 맹수처럼 흉악한 웃음이었다.

그 후, 빛기둥이 한층 밝게 빛나더니— 하지메의 모습과 함께 하늘로 올라가 사라졌다.

그것을 배웅한 두 사람은 스카이 보드를 넣고 저마다 『공력』과 『용익』을 전개했다.

시아가 빌레 드뤼켄으로 어깨를 톡톡 두드리며 토끼 귀를 세운다.

티오가 목을 우두둑 꺾으며 요염한 웃음을 짓는다.

"우리를 고통 주다가 죽인다고 하시던데…… 헛소리 집어치워. 예요."

"오히려 지금까지도, 앞으로도 고통받는 건 자네겠지. 학습 능력이 없는 사내로구면."

도저히 2천 가까운 강력한 마물 대군에게 포위됐다고는 생각할 수 없는 호전적인 웃음과 패기였다.

그 오만하다고도 할 수 있는 언동에 프리드의 눈이 조용히 가늘어졌다.

"끈질기게 저항해다오. 나구모 하지메가 죽기 전에 쓰러져서는 안 된다. 단말마 비명은 안간힘을 다해 외쳐라. 온 신역에 퍼지도록. 주인님의 무료함을 달래기 위해 네놈들이 할 수 있는 유일무이한 행동이니."

"잔말 말고 덤벼요. 압살, 박살, 타살, 폭살, 격살. 다 비슷한 말이지만, 애완동물들이랑 같이 마음에 드는 방법으로 몰살해 드릴게요."

"벼룩이 황소 뿔을 꺾으려 드는구나. 수준 차이를 보여주마."

서로 큰소리로 응수한다.

공기가 떨리고 극한의 살의와 작열하는 투기가 양 진영에서 피어올랐다.

그리고…….

"도륙하라!"

"쳐 죽일 거예요!"

"멸살해주마!"

싸움의 신호탄이 쏘아졌다.

첫수는 역시 전방위에서 날아드는 치사성 공격이었다.

하늘에서는 회백룡의 광염 폭우가 퍼붓고 뒤에서는 삼두 늑대가 화염 해일을 쏟아내고 옆에서는 아하트드 집단의 마력 충격파가 벽이 되어 밀려왔다.

그리고 정면에는 프리드. 이쪽에서도 넓은 면을 제압하는 흰 분해 깃털이 유성우처럼 쇄도한다.

시야 전체가 죽음으로 채워지는 와중에도 두 사람에게 초 조함은 일절 없었다.

시아의 머리 위에 직경 3미터 크기의 붉은 구슬이 출현했 다. 중력을 따라서 떨어지는 그것을, 몸을 옆으로 비틀며 빌 레 드뤼켄을 수평으로 들고—.

"으랏차아아아아아!"

때렸다. 금속과 금속이 충돌하는 요란한 소리가 울리고 붉은 구슬— 죽방울이 포탄이 되었다.

봉인석으로 코팅한 압축 아잔티움 초질량 금속덩어리.

그것이 시속 200킬로미터 가까운 속도로 충돌하는 파괴력은 상상을 초월한다.

마력 충격파 벽은 일부분이 흙벽처럼 뚫리고 직선상에 있던 말 머리 거인 몇 마리도 함께 종잇장처럼 찢어지고 말았다.

시아는 충격파 벽에 생긴 구멍을 빠져나가 당연히 아무런 피해도 없었다.

동시에 티오도 화염 해일로 스스로 다이브했다.

"미적지근하구먼."

작열하는 불길이 티오를 삼키지만, 옷소매로 얼굴을 덮고 강행 돌파했다. 원래 불과 바람을 다루며 용인 중에서도 최고의 내구력을 자랑하는 흑룡이다.

아무리 인간 형태라도 불 내성은 굉장히 높고, 스펙이 오른 지금은 더 말할 것도 없다.

거기에 하지메 수제 전투복, 손톱 크기 흑린을 체인 메일처럼 엮은 기모노가 있으면 이 정도 화염쯤은 뜨겁다는 느낌조차 안 왔다.

붉은 해일을 빠져나온 티오는 그대로 다섯 손가락을 펼쳐 전방으로 뻗었다.

그 손에서 날아간 것은 다섯 줄기의 검은 레이저. 손끝에서 불을 뿜은 『압축 브레스』는 포위망 뒤쪽까지 관통했고, 손가락 한 번 까딱이자 궤도에 있는 마물까지 그 열로 절단해 버렸다.

그렇기에 붙은 이 기술의 이름은 용의 발톱—『용조』.

그런데 그때— 오른쪽으로 두 걸음, 조금 떨어져서 앞으로 세 걸음.

"음, 고맙구먼."

문득 머릿속에 떠오른 이미지를 따라서 반사적으로 움직이며 감사의 말을 입에 담았다.

직전까지 있던 곳에 광염이 쏟아지고, 고도를 떨어뜨리자 무수한 촉수가 머리 위를 통과하고, 앞으로 걸음을 내디딘 순간 순백의 포격이 등을 스쳤다.

시아도 빌레 드뤼켄에 이어진 죽방울 사슬을 잡고 마구 돌리며 공중에서 춤추듯 스텝을 밟았다.

붕붕 돌 때마다 마물의 공격은 물리, 마법을 불문하고 허무하게 허공을 가르고, 가속한 죽방울은 닿는 이를 박살 내는 회오리가 되어 차례차례 주위 마물을 으깼다.

흰 깃털도 날아오지만, 마치 깃털이 시아를 피하는 것처럼 맞지 않았다.

—고유 마법 『미래시』의 파생, 천계시.

자기 뜻대로 몇 초 앞 미래를 내다보는 능력. 시아는 자신의 이 능력으로 공격 궤도를 예지하고 누구보다 먼저 안전지대를 찾아냈다.

아울러 머릿속 이미지 공유가 가능해진 개량형 『염화석』으로 티오의 미래도 예지해 전달하고 있었다.

물론 공격 밀도가 워낙 높아 피할 장소는 없다시피 했다.

그것을 반격으로 억지로 뚫어서 아슬아슬하게 안전지대를 옮겨 다녔다.

"하찮군."

그 냉혹한 목소리는 두 사람 귀에는 들리지 않았다. 하지만 시아의 예지가 결과를 보여줬다.

"티오 씨! 게이트예요!"

살짝 당황한 시아가 자기도 모르게 구두로 경고했다.

그 찰나, 티오의 시야 전체가 광염으로 뒤덮였다.

하늘로부터 발사된 회백룡의 브레스가 도중에 사라지고 티오를 중심으로 사방팔방, 상하에서 빈틈없이 쇄도했다.

프리드의 『계천』이었다. 티오를 『게이트』로 완전 포위하여 회백룡 브레스를 전이시킨 것이었다.

안전지대 따위 없었다. 회피 불가능한 포화 공격 속으로 티오의 모습이 사라졌다.

하지만—.

"……역시 단단하군."

"크으. 제법 따끔하구먼. 그래도 주인님의 포상에 비하면 간지럽지."

광염 브레스가 사라지고 그 안쪽에서 조금 전과는 달라진 모습이 나타났다. 부드럽고 매끈한 피부가 모두 검은 비늘로 뒤덮이고, 전신이 검게 물든 가운데 황금색 눈만 형형히 빛나는 모습. 인간형 용으로 보이는 그것은— 용화 변성 혼합 마법 『용린 적층 장갑』.

사람의 체형을 유지한 채 흑린을 두르고, 심지어 중첩하여 방어력을 올리는 마법이었다.

몸 전체에서 흰 연기가 피어오르는 것을 보면 조금은 타격을 입은 모양이지만, 그래도 큰 피해라고 부르기에는 부족해 보였다.

한때 대화산 분화구에서 하지메조차 일격에 만신창이가 된 광염 브레스 집중포화를 받고도 거뜬히 버텨낸 모습에서 그 높은 방어력을 짐작할 수 있었다.

"내 차례다!"

티오가 상체를 휙 젖혔다. 하늘을 올려다보는 자세 때문에 프리드는 회백룡을 공격한다고 예상하고 티오의 브레스가 티오 자신에게 돌아가도록 『게이트』를 만들었다.

하지만 예상은 크게 빗나갔다.

티오의 흉부가 확 부풀었다. 공기가 소리를 내며 빨려든다. 그리고…….

─크아아아아아아아아아아아!

사람의 몸을 가졌으면서도 그것은 틀림없이 용의 포효였다. 브레스는 아니었다. 하지만 엄연한 공격이었다.

─혼백 마법 『충혼』.

혼백에 직접 충격을 가해 의식 상실 혹은 혼란을 불러오는 마법이었다.

그것을 포효에 실어 육체와 혼 양쪽을 뒤흔드는 불가시 음속 공격으로 완성한 것이다.

국소적인 『게이트』 따위 아무런 의미도 없었다.

소리와 검은 마력 파도가 하늘로 전파되고 위쪽 가로세로 200미터 내에 있던 회백룡이 감전된 것처럼 경련했다. 그러더니 눈을 뒤집고 힘없이 추락했다.

그 이름하여 『용위(龍威)』.

그 영향은 상공을 비행하는 회백룡뿐 아니라 티오 주위에 날아들던 흰 표범과 삼두 늑대, 키메라에게도 미쳤고, 직격하지 않고도 몸이 얼어붙어 발이 멈출 정도였다.

그 틈을 티오가 놓칠 리 없었다. 두 팔을 좌우로 펼치고 짧은 찰나에『압축 나선 브레스』를 쐈다.

검은 섬광 두 줄기가 사선상의 마물을 후방 수백 미터까지 관통하며 멸했고, 티오는 그것을 확인하지도 않고 춤췄다.

하늘하늘 우아하게 돌며 아름답게 소매를 나부끼고 윤기 있는 흑발이 뒤따랐다.

전장에 있으면서 전통 무용 같은 우아함을 보여주며 내놓은 결과는 가혹하기 그지없었다.

검은 섬광은 깔끔한 원을 그리고 주위 마물 백 수십 마리를 한꺼번에 썰어 버렸다.

"쳇, 우라노스! 일전의 굴욕을 씻을 때가 왔다!"

은근슬쩍 자신까지 절단하려고 한 티오에게 혀를 차며, 프리드는『공간 차단 결계』로 브레스를 막고 자신의 짝에게 외쳤다.

우라노스는 그 말을 기다렸다는 것처럼 환희와 투지로 눈을 빛냈다.

방금 티오를 흉내 내듯, 아니, 실제로 경쟁심으로 크게 몸을 젖히고 막대한 양의 공기를 들이마셨다. 그리고……

―콰아아아아아아아아아아아!

초대형 포효를 터뜨렸다.

물론 거기에 혼백에 충격을 주는 마법은 없었다.

그 대신 부여된 것은 공간 마법이었다. 아마 어느 정도는 다룰 수 있게 진화시켰으리라.

소리 충격파와 함께 공간 격진이 지향성을 가지고 전장을 유린했다.

우연히 사이에 있던 앱소드는 견고한 등껍질이 깨지고 주위에 있던 마물들도 일제히 부스러졌다. 사선상에는 없어도 근처에 있던 마물조차 눈과 코, 귀에서 피를 흘리며 쓰러질 정도였다.

먼 하늘에 뜬 회백룡 일부도 위축되어 왕에게 머리를 조아리는 것처럼 고개를 움츠렸다.

그저 울부짖는 소리만으로 일대를 파괴하고 다른 생물을 부복시킨다.

그야말로 신룡의 포효였다.

힘이 너무 강대하여 아군이 말려들까 봐 첫 공격에 참여하지 않았나 보지만, 희생을 마다하지 않는다면…….

"우웃?!"

"끄악?! 내내, 내 토끼 귀가!"

비교적 가까이 있던 티오는 충격에 날아가서 공중을 빙빙 돌며 낙하했다.

꽤 높은 곳에서 죽방울 무쌍을 펼치던 시아는 타고난 청력 때문에 도리어 화를 입고 살짝 휘청거렸다.

그 탓에 이다음 벌어질 일을 미처 티오에게 전달하지 못했다.

운석처럼 지상으로 떨어지던 티오는 속도를 줄이지 못한 채 땅에 추락했다. 지진을 일으키며 크레이터가 생기고, 흙먼지가 피어올라 모습을 감추었다.

거기에 다시 무자비한 공격이 이루어졌다.

쩍 벌어진 입 앞에 흰 스파크가 응축되어— 발사됐다.

키이이잉, 하고 이명 같은 소리와 함께 주변 일대가 강렬한 빛으로 가득 찼다.

광염— 진정한 『백신룡의 포효』가 부유섬의 대지에, 흙먼지 아래 누워 있을 티오에게 떨어졌다.

작은 부유섬이라면 통째로 삼켰을 규모였다. 하지만 그 규모에 반해 대지를 뚫린 부유섬의 진동은 그다지 크지 않았다.

이유는 단순했다. 부유섬에 충격을 전파할 정도의 내구력이 없었을 뿐.

충격이 발생하는 것보다 먼저 직격한 부분이 소멸했고 그대로 부유섬 밑바닥까지 관통해 운해에 태풍의 눈 같은 구멍을 뚫었다.

무시무시한 위력. 그것은 흡사 신벌의 빛. 앞을 가로막는 모든 것을 파괴하는 파멸의 숨결.

섬광이 허공으로 사라졌다. 대지에는 그저 거대한 구멍만이 남았다.

"티오 씨!"

시아의 절규하듯 이름을 불렀다. 하지만 반응은 없었고 『염화』로 불러 보아도 결과는 똑같았다.

"……실수했군. 고통을 주다가 죽일 생각이었는데 한 번에 끝나다니······. 죽이지 않는 것도 쉽지 않아."

김샜다는 투로 말하며 구멍을 내려다보는 프리드에게 시아가 광분했다.

빌레 드뤼켄을 포격 모드로 바꿔 부정하는 말과 함께 포탄을 쏘려는데, 그 전에—.

"그런 일이 있을 리가—."

몸 전체로 퍼진 오한에 입과 손끝이 멈췄다.

머릿속에 떠오르는 죽음의 비전에 말을 멈추고 거의 무의식으로 몸을 비틀었다.

그 찰나, 시아 주위 공간이 파문을 일으키며 대검이 찌르고 들어왔다.

공격하려는 순간, 절묘한 타이밍에 이루어진 공간 도약 공격— 시아의 경험이 완전히 피할 수는 없다고 경고했다.

"으익!"

적어도 치명상을 피하려고 공중에서 옆 돌기를 하는 시아의 팔다리에 대검 네 자루가 스쳤다.

피가 튀지만, 통증으로 멈추는 순간 죽음이 따라잡는다.

한순간도 멈추지 않고 머리를 흔들어 허공에서 뒤통수로 치고 들어오는 대검을 피한다.

폭이 넓은 대검이라서 볼을 베였지만, 개의치 않고 좌우에서 오는 공격에 대응했다.

오른쪽에서 내리치는 공격을 빌레 드뤼켄으로 막고 왼쪽 횡베기를 죽방울 사슬을 팽팽하게 당겨 받아냈다.

더불어 하단에서 치고 올라온 대검은 부츠 뒤꿈치로 밟았다.

그 힘을 이용해 뒤로 공중제비를 돌며 빌레 드뤼켄의 방아쇠를 당겨서 격발 충격을 발생시켰다.

그렇게 위아래가 반전된 상태에서 옆으로 미끄러지는 곡예를 실현했다.

대검 세 자루가 조금 전까지 머리, 가슴, 배가 있던 곳을 찌르지만, 가까스로 피했다. 완전하지 않아서 어깻죽지와 위팔이 베였지만, 간신히 첫 공격의 포위에서 벗어나는 데는 성공했다.

고양이처럼 몸을 돌려 『공력』 발판을 밟고 미끄러져 착지했다.

하지만 적은 숨 돌릴 틈도 주지 않았다.

파문을 일으키는 머리 위 허공에서 튀어나온 **백금색 머리카락과 날개**를 휘날리는 사도 하나가 쌍대검으로 강렬한 참격을 날렸다.

"……?! 크으으윽!"

대검 두 자루가 동시에 정수리로 떨어졌다. 그것을 빌레 드뤼켄 자루 '부분으로 막으나.' 상상 이상의 힘에 시아의 눈이 번쩍 뜨였다.

엄청난 충격과 압력 때문에 『공력』 발판이 버티지 못하고 깨졌고 대검을 막은 채로 지상까지 밀려 나갔다.

대검과 전투 망치가 불똥을 튀기는 가운데, 맹렬한 속도로 떨어지는 시아의 코앞에서 괴력을 휘두르는 백금의 사도가 입을 열었다.

"제1 사도 에르스트. 신적에게 단죄를."

대검이 백금색으로 빛났다. 그러자 힘의 파동이 폭발적으로 팽창했다.

이건 모른다. 시아의 지식에 없다. 극채색 공간에서 습격한 사도들과 비교를 불허하는 압박감에 눈이 파르르 떨렸다.

에르스트라고 이름을 댄 사도는 곧장 쌍대검을 휘둘렀다.

"우왁?!"

돌멩이가 된 기분이었다. 그만큼 무력하게 날아갔다.

강렬한 충격과 관성으로 몸을 가누지도 못한 채 시아는 땅에 격돌했다.

조금 전 티오와 똑같았다.

흙먼지가 뭉게뭉게 퍼지는 크레이터 중심에 누워 격하게 기침했다.

"제2 사도 츠바이트. 신적에게 단죄를."

"제3 사도 드리트. 신적에게 단죄를."

"제4 사도 피어트. 신적에게 단죄를."

"제5 사도 핀프트. 신적에게 단죄를."

하늘에서 무감정한 목소리가 내려왔다. 새롭게 출현한 네 사도의 이름과 선언을 들으면서도 의식은 머리에 떠오른 죽음의 비전에 못 박혀 있었다.

"으윽, 죽으려고 작정했나!"

필사적으로 물러나려고 하지만, 사도가 더 빨랐다.

백금색 섬광 다섯 개가 일제히 떨어졌다. 크레이터를 더욱 넓히고 손쉽게 심연을 만들어 낼 수준의 분해 포격이……

잽싸게 빌레 드뤼켄을 우산처럼 내밀었다. 꼭지 부분이 슬라이드해 면적을 넓히고 시아 한 명은 충분히 숨을 만한 방패가 되었다.

하지만 과연 막을 수 있을까. 시아는 비장의 수 하나를 꺼내야 하나 생각하지만…….

"그렇겐 안 된다!"

그 전에 토끼 귀가 환희의 댄스를 출 만한 소리를 포착했다.

초대형 검은 섬광이 백금의 사도를 아래쪽에서 저격했다.

동시에 바람 가르는 소리를 내며 검은 채찍이 시아의 몸에 착 감기더니 엄청난 속도로 잡아당겼다.

백금의 사도는 피하지도 않고 날개로 방어하지만, 충격으로 살짝 조준이 어긋났다.

그렇게 생긴 포격의 틈새로 흑편(黑鞭)에 감긴 시아가 빠져나갔다.

잠시 후, 흙먼지조차 날려버린 백금 포격이 대지를 꿰뚫었다.

역시 평범한 사도와는 비교가 되지 않았다. 보통 분해 포격으로도 같은 결과가 나오겠지만, 걸리는 시간이 현격히 달랐다.

"시아, 무사한가?"

"티오 씨야말로!"

공중에서 티오에게 안긴 시아가 흑편이 풀리자마자 자력으로 공중에 섰다.

그리고 티오의 모습을 보고 반대로 걱정해 소리쳤다.

기모노의 왼쪽 소매가 사라졌고 팔에서는 피가 맺혀 떨어졌다. 다른 곳도 여기저기 『용린 적층 장갑』이 깨져서 붉게 부은 살갗이 드러나 있었다.

"걱정 말거라, 시아. 그냥 좀 긁힌 거니까."

"아니, 아무리 봐도 긁힌 게 아닌데……?"

목소리는 힘이 있었고 낯빛도 나쁘지 않았다. 시험관형 용기를 터프하게 입에 물고 씩 웃는 모습이 허세로 보이지는 않았다. 정말로 문제는 없는 듯했다.

안도의 숨을 내쉬면서 시아도 치트 메이트를 추가로 꺼냈다. 그리고 백금의 사도들을 경계하면서 고속으로 갈갈갈갈 씹어 먹는데 코웃음 치는 소리가 들렸다.

"……도망쳤었나. 요행이라면 요행이지만, 그 남자의 여자답게 끈질긴 모습을 보면 역겨움에 치가 떨리는군."

프리드가 눈살을 찌푸리며 악담했다.

옆에 체공하는 우라노스는 노골적으로 불만스럽게 티오를 노려봤다.

티오는 비어 버린 용기를 또 터프하게 퉷 뱉으며 어깨를 으쓱했다.

"하마터면 죽는 줄 알았어. 꽤나 진화시켰구먼."

"여유로운 척할 필요 없다. 네 피해가 얼마나 심각한지 안다."

"딱히 척은 아니다만?"

"……주인님의 힘을 받은 건 나만이 아니다. 지금 우라노스는 틀림없이 신역의 존재다. 브레스의 위력은 물론이고, 치유

방해 능력도 신룡에 어울리게 진화했지. ……재생 마법이 제 효과를 못 내지 않나?"

"흠, 그건 그렇구면."

실제로 이미 시험해 보았지만, 효과가 없진 않으나 매우 약했다.

카오리라면 그마저도 무시하고 재생할 테지만, 천직이 『치유사』인 카오리만큼 티오의 재생 마법 적성은 높지 않았다.

자기 뜻대로 되었다고 프리드의 입매가 비틀어졌다.

"방해 효과만이 아니다. 시간이 지날수록 악화하지. 지금도 격통이 퍼지고 있지? 머지않아 온몸을 좀먹고 죽음에 이를 것이다."

프리드는 처음 목적대로 고통 속에서 죽일 수 있다는 희열로 웃음 지었다. 하지만…….

"신났는데 미안하지만, 아픈 게 고통스럽지도 않고 죽지도 않아."

"센 척해 봤자 추해질— 뭐야?"

비웃는 프리드의 얼굴이 곧 미심쩍게, 그리고 경악으로 변했다.

눈앞에서 티오의 상처가 서서히 아물고 있었으니까.

"그럴 리가! 재생 마법마저 방해할 터인데! 말도 안 된다!"

"말이 안 될 게 뭔가? 광염 본래의 방해 효과도 무효화하면 평범한 회복 마법과 약품은 통하네."

재생 마법 치유는 시간 간섭을 통한 『복원』이다. 그에 비해 광염의 회복 방해 효과는 마력 활성화를 막아 회복 효과를 떨어뜨리는 것이다. 이 둘은 완전히 별개다.

"주인님이 대체 몇 번이나 그 빛을 맞았다고 생각하나? 대책 하나도 마련하지 않았을 줄 알았나?"

"……설마, 방금 그 액체인가?"

"잘 아는구먼."

광염 대책 마법약 『치트 메이트 Dr(드링크)』.

【오르크스 대미궁】 최하층 최종 시련 『히드라』는 미공략자가 은신처 앞 공간에 들어가면 출현한다.

공략자가 함께 있으면 멈출 수 있으며, 이를 이용하면 우라노스의 광염과 같은 힘을 지닌 은색 머리의 광염을 분석할 수도 있다.

그 결과, 자신이 광염의 영향을 받지 않게 은색 머리의 이빨과 비늘에 광염 대책 성분이 함유된 사실을 규명한 하지메가 그것을 추출했다.

그리고 회복 효과를 부여한 무해한 금속 분말과 혼합해 광염 차단 효과를 지닌 회복약을 만든 것이었다.

참고로 티오가 우라노스의 광염 브레스를 맞고 살아 있는 이유도 기모노의 흑린에 그 성분을 넣은 덕분이었다.

그렇게 잠깐 버티는 사이에 구멍 옆에 브레스를 쏴서 대피 장소를 만들어 숨어 있었다. 상상을 초월하는 파괴력에 하마터면 왼쪽 반신이 사라질 뻔했다.

재생 마법 효과가 현저히 감쇄한 점은 분명히 위험하지만,

그래도 **지금** 티오에게는 특별한 문제가 되지 못했다.

프리드가 벌레 씹은 표정을 지었고 우라노스까지 불쾌하게 으르렁거린 직후, 인내심이 바닥난 것처럼 백금 포격이 날아들었다.

시아와 티오가 당장 좌우로 퍼져서 피했다.

그사이에 에르스트가 프리드 곁으로 이동했다.

"프리드 님. 놈들은 그 이레귤러의 동료입니다. 방심하지 마시기 바랍니다."

"알고 있다."

말투가 역전됐다. 아마도 프리드의 지위가 더 높아졌나 보다.

사도는 역시나 신의 인형일 뿐.

같은 위계에 오르면 『사람』이 상위에 서는 것일까?

프리드와 에르스트의 시선이 멸해야 할 신적 두 명에게 꽂혔다.

""모든 것은 주인님의 뜻대로.""

이 상황에 별격의 존재가 다섯 명이나 추가된 것은 절망적이었다.

그런데도 시아와 티오의 얼굴에 떠오르는 것은 호전적인 웃음뿐이었다.

"지금부터 진짜 시작이에요."

"함께 첫선을 보이자꾸나."

이 이상의 『강화』는 시아의 육체로도 단계를 거치지 않으면 버티지 못할 가능성이 있었기에—.

티오가 그 패를 지금에야 꺼내든 이유는 포위 중에 쓰면 악수지만, 지금은 대면한 위치에 서 있기에—.

"갑니다~! —신체 강화 『레벨Ⅳ』!"

"자, 오너라. 나의 권속이여. —『용군 소환』!"

시아와 티오의 패가 한 장, 판 위에 올라왔다.

시아가 두른 신체 강화의 증거— 하늘색 마력이 더욱 빛이 강해졌다.

그리고 티오의 선언과 함께 기모노 오비[#5]를 묶는 장신구, 붉은 구슬이 빛을 발했다. 그리고 주변 일대에 100마리나 되는 흑룡이 출현했다.

믿기지 않게도 모두 아티팩트로 무장한 흑룡 군단이었다.

사도가 쌍대검을 한 차례 휘두르고 프리드가 한 손을 들자 마물 군단이 함성을 질러 응답했고 우라노스가 스파크를 튀기며 신음했다.

그리하여—.

제2 라운드의 시작은 쌍방의 용 군단이 내지른 우렁찬 외침과 브레스였다.

광염과 흑섬이 유성우가 되어 쌍방의 진영으로 쇄도했다.

그것은 마치 우주 SF 영화에서 레이저포를 주고받는 함대전 같았다.

난무하는 치사성 섬광 사이로 다섯 줄기 백금색 빛과 하늘색 빛이 빠져나갔다.

[#5] **오비** 기모노의 허리에 매는 긴 띠.

광염과 흑섬 일부가 정면에서 격돌해 흑백의 충격파를 퍼뜨리는 와중에, 시아가 사슬을 돌려 원심력을 잔뜩 실은 죽방울을 투척했다.

"허이차아아아!"

정면에서 날아든 특대 포탄 앞에서 다섯 줄기 섬광이 정면 충돌─하기 직전, 흩어졌다.

그렇게 보인 것은 사도의 속도가 시아의 지각 능력을 초월한 증거.

잔상조차 남기지 않는 압도적 속도는 순간이동이나 마찬가지였다. 찰나도 되지 않는 순간, 시아의 정면에 에르스트가 출현했다.

"쳐 날아가! 예요!"

"겨우 이 정도인가요?"

당황하지 않고 돌진의 기세를 실어 빌레 드뤼켄을 풀스윙. 에르스트도 날아온 속도를 실어 첫 번째 대검을 사선으로 휘둘렀다.

엄청난 굉음과 충격이 발생하지만, 승리한 것은 대검이었다.

시아의 팔이 잠깐의 힘 싸움도 용납받지 못하고 강제로 만세라도 하는 양 튕겨 나갔다.

눈을 크게 뜨는 시아의 몸으로 거의 동시에 두 번째 대검이 옆에서 치고 들어왔다.

집중하여 느려진 시야 한쪽에서 백신룡의 브레스가 후방으로 날아가고, 두 사도가 그 옆으로 시아를 무시하고 지나가는 모습이 보였다. 그렇다면, 남은 둘은?

답은 시아의 좌우 후방이었다. 츠바이트와 피어트가 놓치지 않겠다는 듯 나타났다. 완전히 싱크로한 움직임으로 상하단에 횡 베기가 날아들었다.

'레벨Ⅳ는 한계의 한계를 넘어선 건데!'

보이지 않았다. 물리적으로는. 그래도 죽음의 비전은 보였다.

소리 없는 비명을 지르며 방아쇠를 당겼다. 격발 충격으로 몸이 앞으로 튕긴다.

"이아익!"

목소리가 샌 것은 옆구리를 파고든 대검 때문이었다. 하지만 절단되기에는 한참 부족했다. 에르스트에게 안길 수 있을 만큼 접근한 탓에 대검을 끝까지 휘두르지 못했기 때문이었다.

당연히 후방 좌우에서 날아든 검도 맞지 않았다.

대형 초중량 무기의 약점을 같은 무기를 쓰는 시아가 모를 리 없었다. 그러나 필사즉생의 마음가짐으로 망설임 없이 앞으로 파고든 시아의 용기는 감탄할 만했다.

그 용기로 또 필살의 포위 공격을 빠져나온 시아는 그대로 머리를 거세게 숙여─ 박치기를 날렸다.

쾅, 하고 머리와 머리가 부딪쳤다고는 생각할 수 없는 소리를 내며 에르스트의 머리를 뒤로 튕겨 냈다. 하지만 에르스트는 낯빛 하나 바뀌지 않고 몸을 젖힌 채 시선은 시아를 계속 바라보고 있었다.

'망했다, 안 통해요!'

허둥지둥 도약하자 마침 발뒤꿈치 아래로 츠바이트와 피어트의 두 번째 대검이 통과했다.

공중제비를 돌면서 시아는 생각했다. 파워도 스피드도 턱없이 부족하다고.

—시아류 신체 강화 레벨Ⅳ.

원래 시아의 신체 강화술은 마력 조작의 파생 기능『신체 강화』와『변환 효율 상승Ⅱ』로 이루어지며, 능력치로 따지면 마력 1당 모든 신체 능력을 2 상승시키는 능력이었다.

그것을 아티팩트로 강화해『변환 효율 상승Ⅲ』— 즉,『신체 강화 레벨Ⅲ』로 한계를 넘어서 끌어올렸다.

하지만 그래서는 부족하니까 더 위로.

시아에게 맞춰 커스터마이즈한 치트 메이트를 추가 복용함으로써 평소에는 육체 보호를 위해서 무의식중에 걸리는 뇌의 리미터를 해제하고 몸과 혼의 부담을 무시해 억지로 적성 없는 혼백 마법과 승화 마법을 발동한다. 그렇게 한계의 한계를 넘어선 힘—『레벨Ⅳ』에 도달했다.

그런데도 대등한 싸움조차 용납되지 않는 스펙이라니…….

"생각할 여유가 있으신가 보군요."

또 인식하지 못했다. 순식간에 머리 위를 빼앗기고 첫 공격 때처럼 압도적 힘과 쌍대검으로 찍어 누른다.

"그럼요! 여유롭고말고요!"

강한 척하면서 빌레 드뤼켄 끝에 연결된 사슬로 공격을 막았다.

힘을 조절해 얽히게 만들고 스스로 회전하여 두 자루를 하나로 묶었다.

당연히 대검은 분해 마력을 띠고 있지만, 하지메가 제작한 장비는 하나같이 초고밀도 특수 합금으로 이루어졌다. 아무리 백금의 사도가 상상 이상으로 강화됐어도 몇 초 정도는 충분히 견딜 수 있었다.

그래서 곧바로 분해되지 않고 포격 모드 빌레 드뤼켄을 들이밀 시간도 확보했다. 방아쇠를 당기자 발사된 것은 『공간 작렬 철갑탄』. 명중한 순간이 아니라 대상을 관통한 직후에 공간 격진을 일으키는 포탄이었다.

이 공격에는 에르스트도 눈빛이 변하고 얼른 쌍대검에서 손을 떼고 양팔로 방어를 시도했다.

폭음과 함께 지근거리에서 관통 폭발하는 포탄을 맞은 에르스트가 날아갔다.

"이젠 내 차례예요!"

곧장 뒤로 돌아온 츠바이트에게 힘껏 돌린 사슬을 줄팔매처럼 이용해 쌍대검을 던졌다. 게다가 그 사슬 앞쪽에는 당연히 죽방울도 있었다.

사슬을 밟자 죽방울은 진자처럼 궤도를 바꿔 아래에서 분해 포격을 쏘려던 피어트를 무서운 속도로 엄습했다.

피어트는 조준이 어긋나지 않게 하려고 최소한의 거리만 물러나서 회피했다.

하지만 그것은 악수였다. 처음에 그랬던 것처럼 크게 우회

해 피해야만 했다.

그곳은 엄연히 죽방울의 인력 범위 안이었으니까.

"……?! 끌려가?!"

신기능 『인천』이었다. 피하려고 해도 거대 질량의 쇠공이 가진 인력은 막대했고 시즈쿠의 흑도와는 비교가 되지 않았다.

그 결과, 피어트는 피하지 못하고 덤프트럭에 치인 사람처럼 날아갔다. 하지만 쌍대검을 투척해 츠바이트까지 막았느냐면, 그건 지나친 기대일 것이다.

"으아아악?!"

지근거리에서 분해 포격과 분해 깃털 난사를 허용하고 말았다.

퍼뜩 빌레 드뤼켄을 방패 삼아 급소를 지켰다. 타격면에 봉인석이 코팅되어 분해 포격이라도 튕겨낼 수 있었다.

하지만 노출된 팔다리까지 지키지는 못했다. 포격은 막아도 차마 깃털까지 대응하지 못하고 시아의 팔다리는 순식간에 벌집이 됐다.

허둥지둥 자유낙하로 사선에서 벗어났지만, 그 순간 쌍대검이 비래했다.

'무기를 던졌어?! 아니야! 이건 에르스트의―'

몸을 비틀어 회피한 직후, 등 뒤에서 착 하고 붙잡는 소리가 났다.

어깨 너머로 돌아봤다. 눈에 보이는 현실은 건틀릿이 부서졌을 뿐 별다른 피해도 없어 보이는 에르스트가 자기 쌍대검을 되찾은 모습이었다.

그 팔다리로 더 대응할 수 있겠느냐고 냉혹한 눈이 말했다.

쌍대검이 교차되어 거대한 가위처럼 시아의 목을 노렸다.

완벽한 연계였다. 분명히 구멍 난 치즈처럼 된 팔다리로는 에르스트의 공격을 어찌할 수 없다—.

"뭐, 사실 문제없지만요!"

"……! 상처가!"

교차한 쌍대검이 시아의 목을 낀 채 닫히려고 하나, 빌레 드뤼켄이 그것을 막았다. 공중에서 몸을 돌려 막은 것이었다. 상처 없는 몸으로 힘껏 힘을 실어서—.

밤하늘처럼 아름다운 검은 빛이 어느샌가 시아를 감싸고 있었다.

그것은 재생 마법의 증거.

상공에서 고속 낙하한 츠바이트가 시아에게 수직으로 첫 번째 대검을 내리친다. 그 손목을 흑편이 감아 잡아당겼다.

그로 인해 대검뿐 아니라 츠바이트 본인의 낙하 궤도가 어긋나며 허무하게 시아 옆을 지나쳐 버렸다.

"티오 클라루스인가요?"

"정답! 이네욧!"

철컹 소리를 내며 빌레 드뤼켄의 타격면이 옆으로 밀려 열렸다. 시아가 힘 싸움으로 밀릴 것을 예상하고 그 전에 수를 쓴 것이다.

손잡이 부분의 방아쇠를 당겨 『공간 작렬탄』을 에르스트의 안면에 갈겼다.

관통이 목적인 철갑탄이 아닌 범위 공격이 목적인 작렬탄이었다. 이건 에르스트도 견디지 못하고 잔상을 두고 즉시 자리에서 이탈했다.

그때, 돌아온 피어트가 분해 포격을 시아에게 발사하지만…….

"그렇겐 안 된다고 하지 않았더냐아아아아!"

끼어든 티오가 눈물을 찔끔 흘리며 『용린 적층 장갑』으로 막아냈다.

"티오 씨! 나이스!"

시아가 그 어깻죽지로 총구를 내밀고 피어트를 향해 『공간 작렬 철갑탄』을 쐈다.

고기 방패가 되어준 동료를 칭찬하고 주저 없이 이용해 먹는 짐승 같은 전법에 허를 찔렸는지, 피어트는 몸을 비틀었으나 어깨를 당해 추락했다.

합류한 시아와 티오는 말을 주고받을 여유도 없었다.

공중에서 초근접 전투의 연속이었던 시아와 달리 티오는 마물에게도 공격받았을 것이다.

티오와 싸우던 드리트와 핀프트가 백금색 빛의 꼬리를 그리며 급속도로 접근해 오지만, 회백룡의 광염과 흰 표범&삼두 늑대의 돌격이 도주를 방해했다.

자연스럽게 등을 맞대고 티오가 『용조』로 회백룡을 한꺼번에 찢고 시아가 『공간 작렬탄』을 옆으로 휘두르며 연사해 흰 표범과 삼두 늑대를 날려 버리지만…….

그때는 이미 드리트와 핀프트가 협공 태세에 들어가 있었다. 드리트는 시아, 핀프트는 티오의 정면에서—.

　말은 나누지 않아도 그게 당연한 일인 양 시아와 티오는 회전문처럼 돌아 위치를 바꿨다.

　그보다 살짝 늦게 드리트에게서 분해 깃털이, 핀프트에게서는 분해 포격이 날아들었다.

　"가벼운 깃털이구나!"

　"단발이라면 터뜨리면 그만!"

　티오는 분해 깃털을 맞아도 장갑으로 버티고, 그 사이에 『압축 나선 브레스』로 받아쳤다.

　시아는 사슬을 꽉 당겨 되돌린 죽방울을 빌레 드뤼켄으로 쳐서 쾌속으로 사출했고, 그 질량과 속도로 분해 포격을 정면에서 날려 버렸다.

　이어서 두 사람이 동시에 도약했다. 그곳으로 눈에 보이지 않는 참격— 공간 절단 『일섬』이 지나친다.

　"큭, 역시 예지를 공유하는군!"

　프리드가 넌더리를 내며 외친 직후, 우라노스의 초대형 광염이 뛰어오른 두 사람을 덮쳤으나, 미리 아는 것처럼 좌우로 갈라져 역시나 맞지 않았다.

　시아의 위와 옆에서 핀프트와 츠바이트가 깃털을 난사했다. 도망칠 곳을 잃고 피해가 축적되지만, 곧 검은 마력이 감싸 상처를 말끔히 걷어냈다.

　그것을 알기 때문에 상처 따위 개의치 않고 인력이 발생하는 죽방울을 휘둘러 티오에게 육박하던 드리트와 피어트를 날려 버렸다.

에르스트가 순간의 빈틈을 찔러서 고속 회전하는 죽방울과 사슬을 피해 쌍대검을 휘두르나, 역시 시아를 지키려고 티오가 끼어들었다.

설령 흑린이 깎여 나가더라도 시간은 벌었다.

그 틈에 시아가 에르스트에게 바짝 파고들며 『진동 파쇄』 기능을 발동한 빌레 드뤼켄을 후렸다.

에르스트가 빛 입자를 남기며 위로 피했을 때는 이미, 이번에도 그럴 줄 알았던 것처럼 티오가 흑편을 휘두르고 있었다.

목표는 급속도로 접근하며 『진천』을 쏜 프리드였다.

티오는 방어하는 척도 하지 않았고, 심지어 피하지도 않았다.

공격하고 싶으면 마음대로 하라고 두고 오히려 공격에 나서는 광기의 소행은 프리드의 반응을 순간적으로 늦췄다.

이해할 수 없을 만큼 길게 늘어난 흑편이 채찍 특유의 파악하기 힘든 궤도로 날아왔다. 끝부분의 속도는 원심력으로 휘며 초음속에 달했다.

아울러 그 옆을 따르는 우라노스에게는 관통 특화 브레스도 동시에 발사됐다.

그 결과, 우라노스는 그것을 받아치는 데 정신을 빼앗겨 주인을 지키지 못했고…….

"으으윽?!"

한순간 의식이 끊어질 정도의 충격. 퍼뜩 날개로 몸을 감쌌는데도 그것을 찢으며 가슴에 일자 상처를 새겼다.

—티오 전용 무구『흑례편(黑隷鞭)』.

손잡이 부분에 붙은 극소형 보물고를 응용하여 최대 길이 3킬로미터까지 자유롭게 늘어나는 채찍. 흑린 조각을 넣어서 줄칼처럼 대상의 표면을 갈아 버리고, 변성 마법을 쓰면 자기 팔다리처럼 다룰 수 있다. 거기다가 혼백에 충격을 주는 기능과 공간 절단 능력도 부여되었다.

그 일격을 맞고『진천』제어가 흐트러졌고, 티오는 고통 어린 소리를 흘리면서도 표면의 흑린이 깨지는 것만으로 공격을 버텨 냈다.

시아를 계속해서 공격하려던 에르스트가 튕겨 나간 것처럼 전선을 이탈했다.

그리고 낙하한 프리드 곁으로 순식간에 달려가서 어깨를 부축했다.

"프리드 님."

"큭, 문제없다!"

프리드가 에르스트의 부축을 뿌리치며 자력으로 체공했다.

다른 사도들도 일시적으로 행동을 멈췄다. 역시 사도들은 프리드의 존재를 무시할 수 없는 듯했다. 어쩌면 알브헤이트에 가까운 입장인지도 모른다.

"티오 씨, 무사……하진 않네요. 고마워요, 고기 방패!"

"으응♪ 동료가 부르는 모욕적인 호칭! 불타는구나. 역시 가까운 자의 포상이 아니면 기분이 좋아지지 않아! 내가 이 맛에 살아!"

평소처럼 황홀한 얼굴로 몸을 꼬지만, 실제로 티오의 상태는 제법 심각했다.

재생 마법이 거의 통하지 않는 탓에 상처가 바로 치유되지 않았다.

『용린 적층 장갑』은 『용화』의 파생 기능이라서 자력으로 수복이 가능하지만, 그 속도가 쫓아가지 못할 만큼 곳곳이 엉망이었다. 아마 장갑 안쪽은 더 심각하리라.

당연히 방어구인 기모노도 상당히 파손됐다. 지금 장갑을 해제하면 거의 나체가 드러나 보일 정도로…….

"그래도 이 이상은……."

"아니, 괜찮다. 이거면 돼."

"앗, 그렇군요."

의미심장하게 눈을 흘기는 티오에게 시아가 이해했다는 투로 고개를 끄덕였다.

"그보다 너는 어떠냐?"

"티오 씨가 지켜줘서 이제 괜찮아요!"

"그거 좋구나. 『수호자』에겐 더할 나위 없는 찬사야."

포위망을 치는 사도를 돌아보면서 둘은 자신만만하게 쿡쿡 웃었다. 거기에 절망은 없었고 전의는 점점 더 강해져 갔다.

한편, 프리드는 두 사람이 숙덕거리는 것을 기회로 자신에게 회복 마법을 쓰며, 동시에 군단의 장군으로서 흑룡들이 어떻게 됐는지 전황을 확인했다.

시아와 티오에게 합류하지 못하게 막으며 섬멸하라고 명령해 두었다.

전력 차이는 압도적이었다. 시아와 티오의 첫 공격으로 많은 수를 잃었으나, 그래도 원래 자릿수가 달랐다.

당연히 물량 공세로 밀어붙이면 이미 섬멸했으리라고 생각했지만…….

'어떻게 된 거지? 수가 거의 줄지 않았어. 아니, 오히려…….'

아군 마물이 상당수 줄어 있었다.

흑룡군이 십수 마리 정도인데 비해 아군은 100마리 이상 전투 불능에 빠진 게 아닌가.

단순히 개체의 성능 차이만으로는 설명되지 않았다.

그렇다면 이런 결과가 나온 이유는 하나다.

'저 장비, 이레귤러의 아티팩트인가!'

프리드가 바라보는 곳에서 흑룡이 투구를 빛내더니 검은 브레스를 쐈다.

정면에서 회백룡도 광염을 토하지만, 투구의 힘으로 『압축 나선화』하고 갑옷의 『승화 기능』으로 스펙이 상승한 흑섬은 그대로 광염을 검게 뒤덮어 삼켜 버렸다.

광염을 토한 회백룡은 당연히 관통당했고, 그 뒤에 있던 다른 마물까지 몇 마리나 바람구멍이 뚫렸다.

브레스 발사 시의 경직을 노리고 아하트드가 몸통으로 거대한 주먹을 내질렀다. 검붉은 마력 충격파를 동반한 그것은 보통은 생물을 산산이 폭파하고도 남을 위력.

하지만 흑룡이 입은 갑옷에 직격한 순간, 주먹이 부서지고 말았다.

갑옷에 들어간, 충격에 반응해 자동으로 『마충파』를 돌려주는 『충격 반응 장갑』 덕분이었다.

별다른 피해도 없이 흑룡이 아무렇게나 꼬리를 휘두르자 끝에 달린 『공간 절단 기능』을 가진 두꺼운 칼날이 아하트드를 버터처럼 양단했다.

당연하지만 발톱에도 외장형 금속 발톱을 덧쓰고 있었다. 공간 절단 기능 외에도 바람 참격을 날리는 『바람의 손톱』도 부여해, 둘러싸려고 몰려든 키메라들이 한꺼번에 찢겨나갔다.

피바람이 부는 위쪽에서는 다른 흑룡이 곡예비행을 하고 있었다.

배럴 롤에 공중제비, 스파이럴 다이브에서 급상승.

이 기동 또한 갑옷의 기능 『중력 완화』를 이용한 것이었다. 그 거구와 장비의 무게에 반해 흑룡이 느끼는 무게는 약 절반밖에 되지 않았다.

그 가벼운 몸으로 사방에서 공격하는 흰 표범의 촉수나 광염을 마치 시아처럼, 공격이 어디서 올지 아는 것처럼 피하고, 피하고, 또 피한다.

투구에 들어간 두 번째 기능 『예측』을 병용한 결과였다. 시아만큼 명확한 비전이 보이지는 않아도 승화 마법으로 끌어올린 효과는 확실하게 공격의 궤적을 감지했다.

동시에 브레스까지 난사하자 흑섬은 마검이 되어 마물을 베어 떨어뜨렸다.

"가증스러운 것. 그 남자는 전장을 달리해도 재앙을 초래하는가!"

"주인님만이 아니야. 동료들과 공동 작업을 한 성과지. 마음껏 맛보아라!"

티오가 호쾌하게 웃었다. 실제로 시아와 카오리가 나락 최하층대의 익룡을 구속해 마보주에 넣고, 하지메가 먼저 무장을 제작해, 은신처에서 귀환한 뒤 티오가 종마로 부리는 공동 작업의 성과였다.

아워 크리스털의 지연 공간에서 시간을 최대한 활용해 강화한 흑룡은 『용』이라는 점에서 티오와 상성이 좋았는지 상상 이상으로 힘이 강해졌다. 거기에 아티팩트 무장이 더해진 결과, 나락 최하층대 마물조차 초월한 흉악한 흑룡 군단이 탄생한 것이다.

참고로 색이 검은 이유는 단순히 티오의 취향이었다. 마왕의 여자가 거느린 용이라고 하면 악룡. 악룡이라고 하면 흑룡이다! 라는 이유로 싱글벙글 색을 넣었다.

"진정하십시오, 프리드 님. 외람되오나, 드릴 말씀이 있습니다."

"큭…… 뭐냐?"

에르스트가 무감정하게 말을 걸어 프리드는 하지메에 대한 분노를 간신히 목구멍으로 삼켰다. 상처가 아무는 것을 확인하고 에르스트는 산토끼를 노리는 사냥꾼처럼 눈을 가늘게 뜨고 시아를 쳐다봤다.

"저들의 연계가 성가십니다. 저희가 떨어뜨려 놓겠습니다,

시아 하우리아를."

"……뭔가 의미가 있나?"

"티오 클라루스는 우라노스의 브레스가 직격했을 때 사전 행동을 보이지 않았습니다. 연계가 가능한 이유는 티오 클라루스의 회복과 방어로 시아 하우리아에게 여유가 있기 때문입니다."

친절하게도 시아가 「아차차~, 들켰네요」라고 자백했다.

"……좋다. 나와 우라노스도 저 용인에게는 화산에서 진 빚이 있다."

"알겠습니다."

연계를 해도 성가신 정도. 연계를 못 하면 쉽게 처리 가능하다.

들으라는 식으로 말한 에르스트에게 시아는 입꼬리를 끌어올렸다.

"티오 씨."

"흠, 괜찮겠나?"

"문제없어요. 고작해야 신의 꼭두각시인걸요. 게다가 티오 씨도 저를 지키지 않는 편이 움직이기 쉽잖아요?"

이번에는 시아가 의미심장한 눈빛을 보냈고 티오는 반박하지 못하며 어깨를 으쓱였다.

제삼자가 보면 고기 방패가 되지 않아도 된다는 의미로밖에 해석되지 않지만…….

뭔가 불길한 예감이라도 들었는지 프리드가 의심스럽게 미간을 모았다.

하지만 캐묻기 전에 에르스트가 쌍대검을 휘둘렀다.

"토인 주제에 큰소리를 치는군요. 분수를 알려드리죠."

묘하게 감정적으로 들리는 말을 뱉고 백금 가루를 뿌려 한 줄기 광선으로 만들었다.

"하, 웃기시네! 할 수 있으면 해 보든가, 예요!"

자신만만하게 소리친 시아도 돌진해 왔다.

뒤를 쫓지 않고 보기만 하는 티오에게 순백의 마력을 두른 프리드가 말했다.

"용화는 쓰지 않나?"

"표적만 될 뿐이잖나."

"동료를 지킬 필요는 없어졌다. 그렇다면 진심을 다했으면 좋겠군. 그리고 나서 쓰러뜨려야 비로소 우리의 설욕이 이루어진다. 주인님 앞에서 당당할 수 있다."

"내 알 아니라고 말하고 싶지만…… 일단 말해 둘까."

『용린 적층 장갑』을 완전히 수복해 순흑의 마력을 두른 티오는 고압적으로 응했다.

"어린놈이 입만 살았구나. 내 진짜 힘을 보고 싶거든 직접 끌어내 봐라."

씩 웃으며 어디까지나 너는 내 아래라고 말하는 티오에게 프리드는 한순간 표정을 지우고……

"우라노오오스!"

초대형 광염으로 대답을 대신했다.

티오는 그것을 피하며 접근하려고 하지만, 그 전에 사선상에 『게이트』가 열렸다. 마치 티오를 지키듯이―.

물론 그게 아니란 것은 곧바로 밝혀졌다.

티오가 아차 싶어 위를 보자 『게이트』로 전송된 광염이 쏟아지는 참이었다. 가까스로 옆으로 뛰어 피하자 지나친 광염이 또 다른 『게이트』로 들어가 티오의 옆에서 출현한 『게이트』로 방출됐다.

마치 광염 브레스의 난반사 같았다. 아니면 감옥이라고 불러야 할까?

단 한 발의 브레스가 하지메의 기술처럼 『공간 도약 공격』으로 티오를 계속해서 덮쳤다.

경악스럽게도 프리드는 그 틈을 찔러 또 신대 마법을 발동했다.

마력을 정제하고 또 정제하고, 이미 필요 없어진 주문까지 외어 위력을 높인 뒤―.

"―『대진천』!"

마물 군단과 흑룡 군단의 전장 한가운데 그것을 발동했다.

지금까지와는 비견되지 않는 공간 폭쇄가 구형으로 퍼져나갔다.

피아도 구분하지 않았다. 그곳에 존재하는 모든 것을 분쇄하려고 발동한 마법이 눈 깜짝할 사이에 전장을 유린했다.

지금 공격으로 적 3분의 1이 사라졌지만, 흑룡군의 피해는 더 막심했다. 아마 80퍼센트는 격추됐을 것이다.

많은 흑룡이 아티팩트 장비로 목숨은 보전한 모양이지만, 대부분은 의식을 잃거나 온몸이 부서져 괴롭게 발버둥 쳤다.

동시에 광염 브레스 감옥도 효과가 끊겼다. 티오는 가까스로 버텨냈으나, 완전히 피하지는 못하고 몸 오른쪽의 장갑이 벗겨져 피와 용린이 뚝뚝 떨어졌다.

그래도 티오는 자기 상처를 돌아보기보다 눈을 크게 뜨고 괴멸한 흑룡들을 확인했다.

"이거 참……."

그런 티오에게 프리드가 코웃음 쳤다.

"진심이 된다는 건, 이런 뜻이다."

신명을 받고 반드시 승리하겠노라 결심했다면 자신이 키운 종마의 목숨도 희생한다.

아니, 틀림없이 더한 것도 희생하리라.

"네놈에게는 무엇을 희생해서라도 이기겠다는 기개가 있나?"

그것이 설령 같은 마인― 동포라고 할지라도 지금 프리드라면 주저하지 않는다.

야차의 마음인가. 아니면 맹신인가.

그러나 질문을 받은 티오는 대답하지 않고 연민 섞인 한숨을 쉬고 기적을 일으켰다. 프리드의 『기개』라는 것을 부정하듯이―

"―『용왕의 은총』."

검은 파문이 전장으로 퍼졌다. 아니, 쏟아졌다고 표현이 어울릴까?

그것은 그야말로 흑룡들에게 내려진 왕의 은총이었다.

혼백 마법 『선정』으로 종마만 골라서 『혼백 고정과 정착』 및 『재생』을 사용하는 혼백, 재생 복합 마법. 흑룡만 몇 번이고 치유하고, 몇 분 내라면 소생으로 완전 부활도 실현하는 마법이었다.

전장에 쓰러진 흑룡들이 왕의 축복을 받고 환희로 포효했다.

몸을 일으키고 날갯짓하여 다시 하늘로 날아오른다. 용왕의 가호를 받고 죽음과 그 공포마저 극복한 흑룡 무리는 짐승이 본능으로 기피하는 위험한 상황에도 망설임 없이 뛰어들고, 동귀어진할 각오로 적을 물어뜯었다. 적에게는 그 광경이 악몽 그 자체일 것이다.

그래서 프리드는 잠시 넋을 놓고 그 후의 행동을 허용하고 말았다.

휙, 바람을 가르고 흑례편이 날아들었다.

그것이 가장 가까운 곳에 있던 삼두 늑대를 감아 구속했다.

그리고…….

"나의 권속이 되어 탄생의 울음을 터뜨려—『용왕의 위광』!"

왕의 위엄과 상위 존재 특유의 공포마저 느껴지는 티오의 목소리가 울렸다. 그와 동시에…….

—키아아아아아아아악!

삼두 늑대가 절규했다. 늑대가 낸다고는 생각하기 어려운 피가 얼어붙는 외침이었다.

"뭐, 뭐냐! 무슨 짓을 하는 것이냐?!"

프리드가 무심코 동요하는 것도 당연했다.

흑례편에 감긴 삼두 늑대가 살이 찢어지고 뼈가 부러지는 끔찍한 소리를 내며 빠르게 모습을 바꾸었으니까.

걸린 시간은 약 3초.

고작 3초 만에 삼두 늑대가 검은 비늘로 덮이고 우람한 사지와 꼬리, 날카로운 이빨과 발톱, 그리고 날개를 가진 마물— 흑룡으로 변모했다.

자기 혼백에서『용화』의 정보—『용화 인자』를 특정해 추출하고, 그것을 강제로 대상의 혼에 집어넣는 티오의 오리지널 마법『용인침화(龍因浸化)』.

여기에 변성 마법『천마전변』을 조합해 다른 마물을 강제로 흑룡화 및 종마화, 다시 말해『권속화』하는 혼백, 변성 복합 마법이었다.

보통은 타인이 지배하는 마물을 불과 몇 초 만에 권속으로 삼기는 불가능하다.

그 불가능을 뒤집는 것이『흑례편』.

흑례편의 진가는 이 강제 용화의 보조라고 할 수 있었다.

용화 한정이기는 하나, 높은 적성과 흑례편으로 티오는 웬만한 상대는 강제로 권속으로 삼을 수 있게 됐다.

채찍으로 때린 상대를 복종시킨다…….

마조 변태에게는 어울리지 않지만, 변태라는 큰 테두리로 보면 이보다 어울리는 무기가 또 있으랴.

동료들이 티오에게 흑례편을 준 하지메에게 여러모로 회의

적인 눈길을 보낸 것도 당연하다면 당연했다.

"지금 나라면 조금 더 가능하겠구먼!"

프리드가 아직 망연자실한 채 정신을 차리지 못하는 사이, 티오는 계속해서 흑례편을 휘둘렀다.

이번에는 도중부터 갈라진 채찍이 한 번에 마물 세 마리를 잡아서 순식간에 권속으로 만들었다.

"우오오오오옹!"

그때, 우라노스가 맑은 포효 소리를 냈다. 주인의 정신을 깨우는 소리에 프리드가 뺨이라도 맞은 것처럼 현실로 돌아왔다.

"더는 안 된다!"

프리드에게서 폭풍 같은 분해 포격과 깃털이 날아들었다. 우라노스에게서도 광염 브레스가 불을 뿜었다.

넓게 퍼지는 분해 깃털이 도망칠 곳을 막듯 곡선을 그렸다.

티오는 부상을 두려워하지 않고 분해 깃털이 날아오는 한곳으로 거침없이 뛰어들었다.

어차피 피할 수 없다면 프리드의 공격을 맞는 게 낫다는 생각에서였다. 용기 있는 결단……이라기에는 지나치게 무모한 회피였다.

물론 우라노스의 브레스는 더 강력하니까 올바른 선택이라고 할 수 있으나, 분해 깃털도 상식 따위 통하지 않는 위력이란 점에서는 다를 바가 없었다.

아니나 다를까, 견디기는 했으나 적잖은 피해를 입었다. 또 흑린 조각과 피가 땅으로 떨어진다.

"요 녀석, 잡았다!"

사실 흑룡군 쪽, 즉, 후방으로 도망치면 아군이 말려들 위험은 있으나 높은 확률로 피했을 것이다. 그러지 않고 굳이 강행 돌파를 한 이유는 군단이 맞붙는 전장에서 조금 떨어져 있던 마물을 붙잡기 위함이었다.

조금 전보다 더 많이 갈라져 마치 촉수처럼 뻗은 흑례편이 이번에는 한 번에 마물 다섯 마리를 권속으로 삼았다.

흑룡은 계속 늘어나지만, 냉정함을 되찾은 프리드는 얼굴에 조소를 띠었다.

"꼴사납군. 용인의 강인한 몸에 기댄 싸움법, 눈 뜨고 못 봐줄 수준이다."

"이것도 훌륭한 전술인 것을 모르느냐?"

"미련하긴. 능력만 믿고 날뛸 뿐이지 않은가. 내 마물을 빼앗는 변성 마법에는 놀랐지만, 본인이 이 모양이면 금방 결판이 나겠군."

프리드는 자기 몸을 아끼지 않는 티오의 싸움법을 비웃었다.

그리고 다시 마법과 분해 능력으로 포위망을 펼치며 우라노스에게 광염 브레스를 명했다.

티오도 똑같이 피해를 받으면서도 착실하게 흑룡의 수를 불려 나갔다.

그것을 보고 프리드는 이해했다. 전력 역전이 먼저인가, 체력의 한계가 먼저인가. 티오는 그런 치킨 레이스를 할 생각이라고…….

　그 추측은 틀리지 않았다. 틀림없이 이는 티오의 작전이었다.

　다만, 어디까지나 작전의 1단계일 뿐. 가능하면 꺼내고 싶지 않은 진짜 패를 숨길 연막이라는 사실을 프리드는 상상하지 못했다.

"스스로 분단되기를 택하다니…… 감정에 휩쓸렸나요."

티오와 프리드의 전장에서 상당히 떨어진 곳에서 에르스트가 다소 어이없는 목소리로 말했다.

"감정적으로 보이는 건 그쪽 같은데요?"

시아는 부츠의 상태를 확인하는 것처럼 땅을 툭툭 차면서 반론했다.

공중에서는 아무리 발버둥 쳐도 사도가 유리했다. 아래쪽도 신경 써야 했다.

그래서 전장을 이탈하자마자 싸우는 척하며 지상으로 급강하해서 여기까지 달려온 것인데…….

빨리 올라오라고 분해 포격으로 폭격이라도 할 줄 알았으나, 시아가 바라는 무대로 사도들이 내려와 줬다.

정오각형 꼭짓점에 서서 시아를 둘러싸고 굳이 말까지 걸었다.

그 행동을 기묘하게 여기면서도 죽방울을 『보물고』에 넣으며 빛 뒤에 숨어서 손잡이 끝에 달린 마정석으로 마력을 최대치까지 보충했다.

"포기하세요, 시아 하우리아. 무릎을 꿇고 머리를 조아리세요."

오만한 항복 권고로는 들리지 않았다.

마치 제발 싸우다 죽지 말고 절망하다 죽어주기를 바라는, 그런 감정이 느껴지는 것은 기분 탓일까.

진실이 뭐건 일소에 부칠 말이었다. 그런데…… 왠지 시아는 바로 대답할 수 없었다.

머리에 안개가 낀 것처럼 멍해지고 막연히 「그게 더 나을지도 몰라……」라는 품을 리도 없는 마음이 스멀스멀 올라왔다.

"──읏."

이상함을 깨닫고 바로 입술을 깨물었다. 따끔한 통증에 잠 기운이 가시는 것처럼 제정신으로 돌아왔을 때, 백금 포격이 눈앞까지 다가와 있었고──.

"우습게 보지 마, 예요오!"

빌레 드뤼켄을 머리 위쪽까지 들어서 내리쳤다. 봉인석 코팅과 마력 충격, 순수한 힘을 통한 충격으로 분해 포격이 흩어졌다.

바로 어깨에 짊어지고 자세를 낮춰 경계하듯 토끼 귀를 파닥파닥 흔들었다. 그리고 벌레 씹은 표정으로 내씹었다.

"여기까지 와서 『매료』에 걸릴 뻔하다니, 제 실수네요."

"오히려 그 짧은 순간에 풀어 버린 게 놀라운걸요? 매료 효과도 강화되었는데."

에르스트는 한마디도 지지 않고 대꾸했다. 더불어 그 의도까지 말해줬다.

"하지만 설령 한순간이라도, 매료 중에는 『죽음의 미래』가 보이지 않는 모양이네요?"

아무래도 실험이었나 보다. 토끼 귀가 움찔거렸다.

"그게 왜요?"

"아뇨. 힘 차이로 압도하는가, 『미래시』과잉 사용으로 마력을 고갈시키는가. 신벌을 내릴 방법을 정하지 못했을 뿐입니다."

"괘, 괜히 열받네요."

이번에는 토끼 귀가 쫑긋 섰다. 털이 확 곤두서고 입가도 경련했다.

미래가 보여도 대응하지 못할 공격으로 처치할까, 조금씩 힘을 깎아내며 서서히 죽일까. 마치 취미로 토끼 사냥을 하는 귀족이 오늘의 유흥을 고민하듯, 자기가 토끼에게 물릴 거라고는 추호도 생각하지 않는 분위기였다.

설마 이 자식 정말로 정신적으로 몰아붙이려고 이러나, 하는 의심이 들었다.

물론 움직이지 않는 표정과 공허한 눈동자는 여전하며, 그저 냉정히 분석한 결과 승리를 확신했을 뿐이겠지만.

실제로 시아와 이 사도들의 능력 차이는 역력했다. 한계의 한계를 넘어선 『신체 강화 레벨Ⅳ』상태에서도 몇 배는 차이가 날 것이다.

그런데도 불구하고 이렇게 아슬아슬하게 버틸 수 있는 이유가 『미래시』때문인 것은 엄연한 사실이었다.

시아의 본디 능력인 신체 강화는 어디까지나 체내 마력을 신체 능력으로 변환하는 방식이므로 마력을 소비하지는 않는다.

마력이 많을 때 신체 능력이 자연스럽게 높아지는 이유는 무의식중에 체내 마력을 신체 강화에 사용하기 때문인데, 그런다고 일상생활에서 마력이 고갈되지 않는 것도 같은 원리다.

하지만 『미래시』는 다르다. 쓰면 쓸수록 마력을 소비한다. 그것도 꽤 방대한 양을…….

마정석에 채워 온 마력에도 한도가 있었다. 지금까지 싸우면서 벌써 절반은 써 버렸다.

확실히 이대로 가면 말라 죽는다. 생사여탈권을 넘어 여탈 방법을 선택할 권리까지 있다고 생각하는 건 자연스러운 추론이다.

그렇지만…….

화가 난다. 속이 부글거릴 만큼.

그만큼 여유를 부리는 이유는 사도가 강화됐기 때문이니까.

그리고 그 강화는, 백금의 사도가 얻은 힘의 근원은—.

"그거, 유에 씨 마력이죠?"

틀렸을 리 없다.

사도의 원래 마력광은 은색— 거기에 금색 마력이 섞여 백금이 됐다.

그리고 그 황금색 마력광은 여행 중에 수도 없이 보고 느낀 언니이자 스승이자 은인, 그리고 둘도 없는 친구…… 유에의 마력이었다.

물론 유에의 몸을 조종하는 에히트의 수작임은 알고 있었다.

하지만 그래도 소중한 사람의 마력을 마음대로 쓰고, 그 힘으로 하필이면 자신들을 해치려하다니.

"자기 분수를 알아야죠, 꼭두각시야."

사실은 훨씬 전부터 화가 나 있었다. 그류엔의 마그마보다 뜨겁게 끓는 감정을 쭉 억누르고 있었다.

다른 누구도 아니다. 싸움의 스승이기도 한 유에가 머리만은 언제나 얼음처럼 차갑고 유지하라고, 그렇게 가르쳤으니까.

에르스트의 표정이 미세하게 변했다. 또 왠지 반론하는 것처럼 말을 받았다.

"불경하네요, 토인. 그 소체는 이미 주인님의 새로운 육체로 정착됐습니다. 당연히 그 마력도 주인님의 것이죠. 당신이 아는 흡혈 공주는 이미 존재하지 않습니다."

"……."

공기가 압착되듯 팽팽해지고 차가운 투지가 마음속 깊은 곳을 들쑤시며 휘몰아쳤다.

입이 열렸다. 가족이나 동료에게는 절대로 들려주지 않는 절대영도의 음성이 시아의 입에서 흘러나왔다.

"개자식들아, 잘 들어요."

빌레 드뤼켄을 휘둘러 폭풍을 동반해 에르스트에게 뻗었다.

"유에 씨의 모든 것, 하나부터 열까지, 받아도 되는 사람은 이 세상에 단 한 명. 너희가 이레귤러라고 부른 나락의 괴물뿐이에요."

주변 공기를 압박하는 기운을 내는 동시에 현자처럼 엄숙한 기운까지 두른 시아가 선언했다.

"미래를 엿보는 천직 『점술사』인 제가 단언할게요. 너희한테도, 너희 망할 주인님한테도—『미래는 없다』고요."

뭔가 정체를 알 수 없는, 운명 같은 것에 사로잡힌 기분이

들어 에르스트는 말문이 막혔다. 티오와 프리드의 격전으로 꽁음이 들리건만, 어째선지 스산할 정도로 조용하다는 느낌이 들었다.

그 느낌을 뿌리치려고 에르스트는 더 냉엄하게 받아쳤다.

"……헛소리. 주인님은 절대적 존재입니다. 실제로 이레귤러는 마왕성에서 주인님께 반항조차 하지 못했죠. 게다가 보십시오, 시아 하우리아. 티오 클라루스도 프리드 님에게 내몰려 이미 만신창이입니다. 당신도 우리에게는 한참 못 미치죠. 이해가 안 되나요? 아니면 현실을 인정할 수 없나요? 미래가 없는 건, 당신들 쪽입니다."

실로 객관적인 지적이었다. 에르스트의 말을 부정할 수 있는 근거는 어디에도 없었다.

지금까지는.

시아가 보는 이에게 소름을 일으키는 표정으로 웃었다.

"제 힘이 이게 끝이라고, 언제 말했죠?"

"……? 무슨—."

에르스트가 의문을 입에 담으려고 하다가, 다물었다. 아니, 다물어야 했다.

자기 쪽으로 뻗었던 빌레 드뤼켄을 어깨에 올린 시아의 힘이…….

"—『레벨V』!"

폭발적으로 팽창한 탓에.

대기가 쿵 흔들렸다. 하늘색 마력이 나선을 그리며 솟구쳤다.

에르스트의 눈이 커졌다.

"아직 더 키울 수 있었나요……."

대지에 금이 가는 발 구르기로 시아가 전투의 시작을 알렸다.

정면에서 내리찍은 빌레 드뤼켄을 첫 번째 대검으로 막는다. 굉음과 함께 주위 지면이 거미줄처럼 깨지지만, 대검을 받치는 팔은 꿈쩍도 하지 않았다.

"그래도 우리에게는 못 미칩니다."

자기 말을 증명하려고 에르스트는 단순한 힘으로 시아를 튕겨 냈다.

냉혹하기까지 한 현실이었다.

추가로 먹은 치트 메이트가 몸에 스며들고 『레벨Ⅳ』 강화에 몸이 익숙해져 그 위로 올라갈 기반을 다진 시아는 또 새로운 패를 꺼내 들었다. 그러나 여전히 백금의 사도에게는 손끝조차 닿지 않았다.

만약 지금 둘의 스테이터스를 확인한다면 이렇게 표시되리라.

근력: 22000 ⇒ [강화 한계 66000]

체력: 22000 ⇒ [강화 한계 66000]

내성: 22000 ⇒ [강화 한계 66000]

민첩: 22000 ⇒ [강화 한계 66000]

마력: 22000 ⇒ [강화 한계 66000]

마력 내성: 22000 ⇒ [강화 한계 66000]

보통 사도가 모든 능력치 12000, 유사 한계 돌파 상태에서 36000. 즉, 백금의 사도는 두 배에 가까운 능력치를 자랑한다. 그에 비해 시아의 신체 강화 『레벨V』는…….

근력: 100 ⇒ [AF(아티팩트): CM(치트 메이트)&승화 목걸이 200] ⇒ [신체 강화V 38200]
체력: 120 ⇒ [AF 240] ⇒ [신체 강화V 38240]
내성: 100 ⇒ [AF 200] ⇒ [신체 강화V 38200]
민첩: 130 ⇒ [AF 260] ⇒ [신체 강화V 38260]
마력: 3800 ⇒ [AF 7600]
마력 내성: 4000 ⇒ [AF 8000]

보통 사도라면 살짝 뛰어넘을 능력치지만, 백금의 사도에게는 한참 미치지 못한다.

에르스트의 견해는 옳았다. 하지만 결정적으로 틀리기도 했다.

튕겨 나간 시아가 땅과 수평으로 날아갔다.

하지만 그 표정에서 공격이 통하지 않은 절망은 찾아볼 수 없었다. 여전히 그곳에 자리한 것은 사나운 웃음이었다.

좌우에서 백금 섬광이 날아들었다.

빌레 드뤼켄을 격발해 날아가는 속도에 가속을 붙여 그것을 피하고, 공중에서 빙글 몸을 돌려 후방에서 기다리던 츠바이트에게 풀스윙을 날린다.

백금의 사도들이 무심결에 눈을 크게 뜰 함성과 함께—.

"—『레벨Ⅵ』!"

"아니?!"

쌍대검과 전투 망치가 격돌하고 백금과 하늘색 마력이 방사형으로 튀었다.

그렇다, 츠바이트는 쌍대검을 교차해 **양손으로** 빌레 드뤼켄의 일격을 막고 있었다. 백금의 사도마저 간과할 수 없는 파괴력을 느낀 탓이었다.

그 위기감은 정확했다. 츠바이트의 발밑에 홈이 파였다. 뿌리내린 듯 꼼짝하지 않던 백금의 사도가 아주 조금이지만 뒤로 밀린 것이다.

그러나 아직 멀었다. 아직 시아의 능력은 백금의 사도보다 부족했다.

근력: 100 ⇒ [AF 200] ⇒ [신체 강화Ⅵ 45800]

체력: 120 ⇒ [AF 240] ⇒ [신체 강화Ⅵ 45840]

내성: 100 ⇒ [AF 200] ⇒ [신체 강화Ⅵ 45800]

민첩: 130 ⇒ [AF 260] ⇒ [신체 강화Ⅵ 45860]

마력: 3800 ⇒ [AF 7600]

마력 내성: 4000 ⇒ [AF 8000]

그 부족한 부분을 하지메의 아티팩트와 신대 마법이 보충한다.

십자로 겹친 쌍대검. 그 중심을 때린 빌레 드뤼켄에 마력이 부여된다. 그러자 장치가 발동해 무기를 맞댄 상태에서 타격면이 옆으로 미끄러져 열린다.

하늘색 스파크를 튀기며 고속 회전하는 그것에 츠바이트의 눈이 커진 직후.

"뚫어 버려, 예요!"

손잡이를 쥔 손가락이 방아쇠를 당겼다.

콰아아앙! 울려 퍼진 소리는 쌍대검이 박살나는 소리였다. 칠흑의 말뚝— 내장형 파일 벙커가 사도의 무기를 뚫고 들어가 머리를 산산조각 내려고 엄습한다.

"—!"

목소리를 낼 여유도 없이 츠바이트가 눈살을 찌푸리며 머리를 꺾었다.

머리 방어구인 서클릿이 깨져 날아가고 관자놀이가 파이며 피가 튀었다. 예술적인 백금색 머리카락도 뭉텅이로 찢겨 허공으로 날렸다.

그때 하늘에서 드리트가, 좌우에서 피어트와 핀프트가 백금 깃털을 산탄처럼 쐈다.

이어서 츠바이트는 지근거리에서 분해 포격을 쏘려고 팔을 내밀고, 그 사선을 피해 후방에서 에르스트가 백금색으로 빛나는 쌍대검을 치켜들고 빠르게 접근했다.

도망칠 곳은 없다.

시아의 신체 강화를 조금은 위협적이라고 생각한 탓일까.

신벌 수행 방법을 『능력 차이로 압도한다』로 결정한 모양이었다. 츠바이트를 같이 죽이는 한이 있어도 처치하겠다는 의지가 느껴졌다.

그리고 실제로 피할 방법이 없어진 시아는…… 조용히 눈을 감았다.

"포기했나요!"

에르스트의 목소리가 들렸다. 당연한 추측이었다. 이 상황에서 눈을 감는 이유라면 체념 말고 무엇이 있겠는가.

하지만 눈앞의 괴물 토끼가 그렇게 포기가 빠를 리가 없었다.

다음 순간, 모든 공격이 허공을 갈랐다.

""""""……?!""""""

무감정한 얼굴이 완전히 무너졌다. 사도들의 표정이 혼란과 경악으로 점철됐다.

당연했다. 왜냐하면 시아는 한 발짝도 안 움직였으니까.

미동도 하지 않았건만, 모든 공격이 시아의 몸을 허무하게 통과해 버렸다. 그 원인은 어떤 이상 현상으로 나타났다. 시아가 **반투명**해지는 이상 현상으로—

—시아류 공간 마법 『반(半)전이』.

자신의 육체를 절반 다른 위상 공간에 두는 마법이었다. 이를 사용하면 원래 공간의 간섭을 받지 않게 된다. 대신 시아 본인도 공격은커녕 움직이지도 못하게 되지만, 어떻게 보면 절대 방어라 할 수 있었다.

마법 적성이 낮은 시아가 만든 전이 마법의 실패작. 강화에 강화를 거듭한 시아가 아니면 몸이 분해될지도 모를 굉장히 위험한 결함 마법이었다.

더불어 소비 마력은 방대하다는 말로도 부족했다. 신체 강화 최대치를 유지하려면 마력을 소비해서는 안 되는 지금은 마정석이라는 외부 공급원에 의존할 수밖에 없었다.

그래서 이 전투에서 쓸 수 있는 횟수는 지금 이 한 번뿐.

그 단 한 번이 만들어 낸 기회를 시아는 놓치지 않았다.

공격이 투과한 순간, 『반전이』를 풀고 원래 공간으로 돌아와 정면으로 돌진한다.

쌍대검을 잃고 백금 포격을 쏜 츠바이트의 안쪽으로 파고들었다. 경악해서 반응이 한순간 늦은 츠바이트는 불쑥 들어온 시아의 팔을 차마 피하지 못하고…… 그 아름다운 얼굴을 콱 붙잡았다. 관자놀이로 단단히 손가락이 파고들었다.

그리고…….

"—『레벨Ⅶ』!"

근력: 100 ⇒ [AF 200] ⇒ [신체 강화Ⅶ 53400]

체력: 120 ⇒ [AF 240] ⇒ [신체 강화Ⅶ 53440]

내성: 100 ⇒ [AF 200] ⇒ [신체 강화Ⅶ 53400]

민첩: 130 ⇒ [AF 260] ⇒ [신체 강화Ⅶ 53460]

마력: 3800 ⇒ [AF 7600]

마력 내성: 4000 ⇒ [AF 8000]

오른다, 멈추지 않고. 힘의 파동이 비현실적으로 회오리치고, 시아 하우리아라는 최약체 종족 소녀의 능력이 점차 가속을 붙여 올라간다.

이미 평범한 사도를 훨씬 웃도는 능력으로 츠바이트를 잡은 채 계속 돌진해 사도들의 포위망을 돌파했다.

땅을 박찬 한 걸음 만에 경치가 긴 선으로 바뀐다.

두 걸음으로 강력한 관성이 작용해 츠바이트의 자유를 빼앗는다.

세 걸음으로 음속을 돌파했다. 흰 공기막을 찢고 땅에서 솟은 거대한 바위에 츠바이트의 뒤통수를 처박는다.

백금의 사도는 방어력 때문에 머리가 토마토처럼 터지지는 않았다. 반대로 바위가 박살났다.

"이 정도로—"

"시끄러워, 예요! 잠이나 처자!"

시아는 멈추지 않았다. 바위를 부수고도 속도를 줄이지 않고 그대로 머리를 땅에 내려찍었다. 그리고 친절히 발로 밟아서 더 깊이 박아줬다.

지체 없이 쫓아온 사도들에게 『공간 작렬탄』을 쏴서 공간 격진 벽을 만들며 수직으로 높이 뛰었다. 반지가 빛을 냈다. 『보물고』가 허공으로 초대형 쇳덩어리를 토해 냈다.

직경 10미터, 길이 20미터의 원기둥형 물체.

중력에 따라서 떨어지는 그것의 측면 구멍으로 시아는 손잡이를 늘린 빌레 드뤼켄 자체를 꽂아 넣었다.

그러고 나서야 알았다. 그것의 정체를—.

—빌레 드뤼켄 신(新)외장 『100톤 해머』.

자체 부여된 중력 마법으로 무게를 줄이고도 시아가 아니면 다룰 수 없을 거대 초질량 전투 망치가 진자처럼 반원을 그리며 하늘 높이 치켜 올라갔다.

츠바이트가 분해 마력을 방출해 암반에 박힌 머리를 빼냈다. 그리고 자신에게 드리운 그림자를 올려다보며 눈이 동그래지고—.

"피떡이나 돼라, 예요!"

찢어지는 기합과 함께 미티어 임팩트 버금가는 일격이 대지에 꽂혔다.

초인적 힘, 중력 가속, 중량 증가.

부유섬의 대지가 받은 충격은 그야말로 별을 멸망시키는 소행성 충돌 같았다.

츠바이트는 퍼뜩 백금색 날개로 자신을 감싸서 방어에 전력을 쏟지만…….

단순한 질량과 가속 앞에는 너무나도 빈약한 방어였다.

격진―.

부유섬이 살짝 가라앉으며 대지가 파도쳤다.

그 균열 중심에 100톤 해머의 머리가 묘비처럼 섰다.

말 그대로 지축을 흔드는 충격에 사도들의 발이 멈춘 가운데, 쐐기를 박듯 추가타가 발동했다.

키이이이이잉!

고막을 찢는 소리가 울렸다. 100톤 해머의 타격면이 회전하는 증거였다.

"하지메 씨 왈, 드릴은 로망!"

그렇다. 100톤 해머는 그 무게로 대상을 뭉개고 무수한 칼날이 붙은 타격면을 회전시켜 갈아버리는 기능까지 갖췄다.

당연히 표면에는 봉인석 코팅이 되어 분해 마법으로 파괴되지도 않는다. 무서운 속도로 땅을 파고드는 100톤 해머 아래서 츠바이트가 어떻게 되었는지는 굳이 설명할 필요도 없으리라.

그 광경을 보며 동포의 위기 따위 알 바 아니라는 것처럼 다른 사도들은 공세를 이어갔다.

백금색 입자를 뿌리며, 빌레 드뤼켄을 막 분리한 시아 주위로 몰려들었다.

100톤 해머가 막고 있어서 뒤로 물러날 수 없다. 그것을 알고 포위한 것이다.

백금의 사도들은 시아가 『반전이』를 이미 쓸 수 없다는 사실을 모른다. 그래서 원거리 공격을 투과시켜 도망치지 못하게 근접전을 시도했다.

"끝내죠! 투과가 풀릴 때까지 찔러드리겠습니다."

에르스트의 선고와 함께 네 쌍, 총 여덟 자루의 대검이 완벽히 동일한 간격으로 날아들었다.

또 회피를 용납하지 않는 상황이었다.

그래서 다른 패를 꺼냈다.

깡, 하고 무거운 금속이 부딪치는 소리가 났다.

대검을 막은 **시아의 몸에서.** 아티팩트 장비로 막은 것도 아니며, 빌레 드뤼켄을 방패로 쓰지도 않았다.

그냥 그 육체 하나로 쌍대검을 막아내고 있었다.

—시아류 변성 마법 『강전의(鋼纏衣)』.

문자 그대로 강철 옷을 두른 것처럼 육체를 단단하게 만드는 변성 마법이었다.

티오의 용린 장갑과 비슷하면서도 다른, 체내 금속을 이용한 이 방어 기술은 『반전이』만큼은 아니더라도 마력을 무식하게 잡아먹는다.

그러나 머리, 목, 어깨, 팔, 몸, 다리까지, 시아를 꼬챙이처럼 꿸 예정이었던 대검을 완전히 막아줬다.

"제 몸은 그렇게 쉽게 못 뚫거든요?"

더는 허풍이라고 말할 수 없었다. 시아의 득의양양한 얼굴을 보고 사도들은 아무 말도 하지 못했다.

분해 마법으로 조금씩 파고들고는 있지만, 생채기가 생기는 정도였다. 돌파하려면 몇 초는 더 걸릴 것이라고 눈앞의 현실이 말해주고 있었다.

그리고 그 몇 초를 시아가 가만히 보고만 있을 리 없었다.

너무나도 특이한 신대 마법 사용법에 저도 모르게 경직된 사도들 앞에서 빌레 드뤼켄의 길어진 자루가 철컹철컹 수축했다.

시아의 입꼬리가 씨익 올라갔다.

그리고 설마, 라고 소리치기 전에 다시 그 외침이 울렸다.

"―『레벨Ⅷ』!"

근력: 100 ⇒ [AF 200] ⇒ [신체 강화Ⅷ 61000]
체력: 120 ⇒ [AF 240] ⇒ [신체 강화Ⅷ 61040]
내성: 100 ⇒ [AF 200] ⇒ [신체 강화Ⅷ 61000]
민첩: 130 ⇒ [AF 260] ⇒ [신체 강화Ⅷ 61060]
마력: 3800 ⇒ [AF 7600]
마력 내성: 4000 ⇒ [AF 8000]

하늘색 마력이 두근 박동했다.

시아의 능력이 또 한 번 뛰어올랐다. 그 수치가 마침내 백금의 사도에 육박할 수준까지 올라왔다. 한계를 모르고 상승하는 힘 앞에 기어코 사도들의 표정이 노골적으로 일그러졌다.

"이럴 리가! 사람의 몸으로는 불가능한 영역입니다!"

"불가능을, 언젠가 반드시 뛰어넘으니까 『사람』인 거예요!"

그 직후, 쌍대검이 동시에 튕겨 나갔다.

처음 시아와 에르스트가 충돌했을 때와는 정반대의 결과가 일어났다. 에르스트의 두 팔이 튕겨 올라가고 무방비한 복부가 드러났다. 그곳으로…….

"으랏차!"

우렁찬 기합, 일심전력. 빙글 돌아 원심력까지 실은 빌레 드뤼켄의 일격이 가해졌다.

"커헉?!"

처음으로 에르스트의 입에서 호흡과 함께 피가 튀어나왔다.

몸은 기역 자로 꺾이고 견딜 수 없는 충격에 첫 번째 대검이 떨어지며 핀 볼처럼 무서운 속도로 날아갔다.

다른 사도들이 공격 직후의 틈을 노리고 대검을 휘두르지만, 시아는 그것을 자유낙하로 피하고 지상에 착지했다. 곧바로 피어트와 핀프트가 백금 섬광과 깃털로 추격하나, 『천계시』로 하늘하늘, 폴짝폴짝 모조리 피해 버렸다.

이제 원거리 공격은 전방위 포화 공격이 아닌 한 스치지도 않는다.

에르스트가 통렬한 일격을 받은 것도, 츠바이트가 아직도 굴착되는 100톤 해머 밑에서 소멸한 것도 『사고 공유』로 알고 있는 그들의 표정이 험악하게 일그러졌다.

사도는 신의 위광을 구현한 존재. 절대성의 상징 중 하나.

강화된 5인의 사도는 그중에서도 특별한 존재였다.

그런데…….

분명히 조금 전까지는 압도하고 있었는데…….

어느새 상대하는 자는 세 명뿐.

시아에게 돌진하는 사이, 문득 조금 전에 들은 선언이 머릿속을 스쳤다.

―너희한테도, 너희 망할 주인님한테도 『미래는 없다』고요.

선두에 있는 드리트가 이를 으득 갈았다. 의미도 없이 헛소리일 뿐이라고 마음속으로 되뇌었다.

"시아 하우리아! 너는, 주인님의 반상에 있어서는 안 됩니다!"

몸에 들러붙어 떨어지지 않는 불길한 예언을 떨쳐내려는 양 외치고 시아에게 돌격했다. 백금색으로 빛나는 입자를 꼬리처럼 끌며 낙하하는 모습은 흡사 유성이었다.

중력 가속도 더해진 일격은 틀림없이 땅을 가를 정도로 강력하리라.

거기에 시아는 빌레 드뤼켄을 하단으로 내리고 반격할 태세에 들어갔다.

위치 에너지도 운동 에너지도 고려하지 않는 자세를 보고 드리트는 내심 승리를 확신했다.

'어리석긴, 자기 힘에 자만해서―.'

그러던 도중, 생각이 흐트러졌다.

시아의 신체 능력은 경이적이지만, 아직 자신들에게는 미치지 못한다. 그렇기에 이 공격은 단순히 능력치 차이로 찍어 누르기 위한 것.

그러니까 막을 수 없고, 반격은 더더욱 불가능하다!

불가능, 할 텐데…….

'─왜, 왜 당신 입이 움직이죠?! 대체 무슨 말을 할 셈인가요?!'

사실은 알고 있었다.

시간의 흐름이 느려진 듯한 이 순간, 사도가 입술의 움직임을 보지 못할 리 없고, 심지어 이미 몇 번이나 본 움직임이니까.

그래서 그 생각은 사도가 할 리 없는 현실 도피였을 것이다.

아인종 돌연변이나 다름없는 초인 토끼.

최약체 종족이면서 용기를 짜내서 싸우면 싸울수록 강해진다.

500년 넘게 산 용인이 용사보다 더 용사 같다고 평가하고, 현대 토토스의 『사람』 중에서는 틀림없이 세계 최강일 토끼 소녀.

조금씩, 조금씩 기어 올라온 손이 마침내 끝자락에 걸쳤다.

지고의 경지에. 백금의 사도가 있는 영역에─.

오싹. 드리트의 몸이 떨렸다. 자기도 모르게 애원했다.

"그만두세요!"

"─『레벨Ⅸ』!!"

근력: 100 ⇒ [AF 200] ⇒ [신체 강화Ⅸ 68600]

체력: 120 ⇒ [AF 240] ⇒ [신체 강화Ⅸ 68640]

내성: 100 ⇒ [AF 200] ⇒ [신체 강화Ⅸ 68600]

민첩: 130 ⇒ [AF 260] ⇒ [신체 강화Ⅸ 68660]

마력: 3800 ⇒ [AF 7600]

마력 내성: 4000 ⇒ [AF 8000]

시아 하우리아는 백금의 사도를 능가했다.

드리트가 내리친 쌍대검과 시아가 올려친 빌레 드뤼켄이 격돌했다.

폭발 같은 충격파가 주위로 퍼지고 시아를 중심으로 땅이 깨져 날아가고 대지가 함몰되어 크레이터가 생겼다.

하지만 그뿐이었다. 위치 에너지로 우세를 가지고도 서로의 힘은 완전히 비등했다. 쌍대검과 빌레 드뤼켄의 접촉면에서 요란하게 불똥이 튀었다.

"신의 사도와 같은 위치에 서려고 하다니, 불손합니다! 사라지세요! 시아 하우리아!"

감정이 없다는 말은 거짓말이다.

저절로 그런 생각이 들 만큼 격앙한 드리트는 등의 날개를 퍼덕여 추진력을 얻으며 기필코 시아를 처단하려고 했다.

그 격앙 안쪽에서 시아는 『공포』를 느꼈다. 그것을 감추려고 무작정 힘을 쏟는 것이라고 알아차렸다.

자연스럽게 토끼답지 않은, 늑대처럼 송곳니를 드러내며 웃음이 떠올랐다.

"하, 표정 볼 만하네요! 『사람』 같아서, 욥!"

드리트의 목에 무언가가 감겼다.

"이건, 머리카락?!"

바로 시아의 긴 머리였다. 마치 생물처럼 움직인 그것이 드리트를 목 졸라 시아 옆까지 잡아당겼다. 동시에 빌레 드뤼켄을 기울이자 드리트는 쌍대검이 미끄러지며 한순간 허점을 드러냈다.

시아의 시야는 이미 좌우에서 협공하는 피어트와 핀프트를 보고 있었다.

"꺼져요!"

"으윽?!"

안정된 자세로 날린 펀치가 드리트의 볼에 명중했다. 예술적인 라이트 스트레이트에 드리트는 물수제비처럼 땅을 튀며 피어트 쪽으로 날아갔다.

그것을 피하느라 두 사도의 협공에 약간 시간차가 발생했다.

시아의 시선이 먼저 도달하는 핀프트를 향했다.

그리고 입이 벌어졌다.

바로 그 형태로—.

"설마, 그럴 리가! 우리를 압도할 수 있을 리가!"

핀프트의 표정이 얼어붙었다.

현실을 부정하듯 외치지만, 시간은 멈춰주지 않았다.

"이게, 마지막이에요! —『레벨X』!!"

근력: 100 ⇒ [AF 200] ⇒ [신체 강화X 76200]

체력: 120 ⇒ [AF 240] ⇒ [신체 강화X 76240]

내성: 100 ⇒ [AF 200] ⇒ [신체 강화X 76200]

민첩: 130 ⇒ [AF 260] ⇒ [신체 강화X 76260]

마력: 3800 ⇒ [AF 7600]

마력 내성: 4000 ⇒ [AF 8000]

시아의 눈동자가 창궁의 빛으로 반짝였다. 폭풍처럼 휘몰아치던 하늘색 마력이 단숨에 응축되어 마치 창궁색 별처럼 시아를 구형으로 감쌌다.

그 상태의 효과는 백금의 사도보다 1만 이상 높은 전대미문, 공전절후의 괴물 같은 신체 능력.

그렇기에 한 걸음을 내디디면 그곳은 이미 시아만의 영역.

핀프트에게는 갑자기 표적이 사라진 것으로밖에 보이지 않았다.

시아의 이동 속도가 마침내 사도의 지각 능력을 넘어선 것이다.

대치하던 적을 놓치는 『신의 사도』에게 일어날 리 없는 사태에 핀프트는 놀라서 눈을 크게 떴고, 그 뒤로 그림자가 드리웠다. 가까스로 고개만 돌려 뒤를 본 그녀의 눈에 비친 것은 시야 전체를 메운 전투 망치의 타격면뿐이었다.

"큭, 이런 일이……."

어느샌가 피어트의 발은 멈춰 있었다.

그 시선이 향한 곳에는 단 일격에 상반신과 머리가 으깨져 대지의 검붉은 자국이 되어 버린 핀프트의 처참한 말로가 있었다.

지금 대책 없이 달려들면 자신도 저렇게 된다고 확신할 수 있었다.

그것은 다시 돌아온 드리트도 마찬가지였다. 옆에 선 동포에게 피어트가 동요해 떨리는 눈동자로 말했다.

"드리트…… 이대로는……."

말이 이어지지 않았다. 그 뒷말을 입에 담고 싶지 않은 심정이 노골적으로 전해졌다.

드리트도 당장은 대답하지 못했지만, 문득 시아의 이변을 알아챘다. 아니, 정확하게는 시아의 단짝인 빌레 드뤼켄의 이변을…….

"저건……."

눈을 가늘게 뜨고 보자 빌레 드뤼켄에 무수한 금이 가 있었다. 생각해 보면 당연했다.

거듭되는 분해 공격과 어마어마한 충격의 연속. 그것을 계속해서 정면으로 받아냈고 지금은 사용자인 시아의 힘도 이 세상의 상식을 초월했다.

재생 마법 부여로 자동 수복 기능은 있지만, 이 격전에 따라오지 못한다는 사실은 쉽게 예상이 됐다. 오히려 아직 원형을 유지하는 게 이상했다.

"피어트, 무기입니다."

"……그렇군요."

그것만으로 의사소통은 끝났다.

그 직후, 시아의 모습이 사라졌다. 그리고 그렇게 인식한 순간 드리트의 등 뒤에 나타났다.

악몽을 꾸는 듯한 신체 능력이었다.

"쿵덕~!"

기운 빠지는 말에 반해서 내리친 빌레 드뤼켄의 위력도 악몽 같았다.

핀프트의 전철을 밟지 않은 것은 사도가 가진 방대한 전투 경험 공유 때문이리라. 시아가 인식에서 벗어난 동시에 돌아보지도 않고 쌍대검을 머리 위로 교차시켰다.

"크으으으으으으윽?!"

그래도 덮쳐 오는 황당무계하기까지 한 충격에 드리트가 악문이 사이로 고통스러운 소리가 흘러나왔다. 도저히 버티지 못하고 한쪽 무릎이 꺾였고, 그대로 땅으로 짜부라질 것 같았다.

쌍대검이 한계를 알리듯 쩌적 불길한 소리를 냈다.

"하아압!"

지금까지 중 가장 힘찬 기합을 지르며 피어트가 분해 능력을 최대로 높였다.

표적은 시아가 아니라 균열이 커져 가는 빌레 드뤼켄. 시아에게서 무기를 빼앗아 맨몸으로 만들면 아직 승기가 있다고 계산했다. 하지만…….

"그럴 줄 알았어요."

고유 마법 『미래시』의 파생 『가정 미래』. 뭐라고 상담하던 두 사도를 의심해 『혹시 드리트에게 공격하면?』이라는 가정을 하고 미래를 엿봤다.

그래서 이 타이밍에 피어트가 어디를 공격할 줄도 알았다.

이번에 사라진 것은 시아의 아름다운 다리였다. 가늘고 긴, 탄탄한 다리가 정확하게 피어트의 목에 꽂혔다.

뼈가 부서지는 소리가 생생하게 울리고 목이 엉뚱한 방향으로 꺾였다.

그 직후, 반대쪽 다리가 번개 같은 공중 돌려 차기로 몸통을 걷어찼고, 피어트는 로켓처럼 하늘을 날아갔다.

대신 드리트가 중압에서 해방됐다.

"이 괴물이!"

"갑자기 칭찬하지 마세요."

점프하다시피 일어나서 거의 영거리 사격으로 백금 섬광을 쐈다.

하지만 당연한 것처럼 맞지 않았다. 모습이 휙 사라지더니 그 후에는 드리트 코앞까지 다가와 있었다. 발구름은 격진. 내지른 팔꿈치의 위력은 부조리 그 자체. 그것이 드리트의 명치에 꽂혔다.

"크악?!"

비명과 동시에 각혈했다. 몸이 자연스럽게 앞으로 굽었다.

거기서 자연스럽게 이어지는 하늘을 찌르는 발차기. 상하 180도로 벌어진 다리는 드리트의 턱을 깨고 하늘로 띄웠다.

하지만 그대로 날아가지는 못했다.

시아의 머리카락이 다리에 묶여 공중에서 한순간 정지한다. 그리고…….

"폭·쇄·예요!"

우렁찬 기합. 누운 자세로 공중에 뜬 드리트의 상반신에 빌레 드뤼켄이 내려찍혔다. 음속을 돌파해 공기를 파열시키는 일격은 이미 궤도를 눈으로 볼 수 없는 수준에 도달했다.

공격 자세를 잡은 뒤, 정신을 차리면 공격이 끝난 상태. 그런 구타였다.

그렇다면 결과는 하나.

드리트의 상반신은 소멸했고 대지에는 또 하나 크레이터와 핏자국이 생겼다.

그런 그때, 붉은 기운을 퍼뜨리며 강렬한 열풍이 시아를 덮쳤다.

백금 깃털로 만들어진 마법진에서 겁화의 해일을 소환한 모양이었다. 화염에 숨어 기습할 속셈일까?

"이딴 건, 지금 나한테는 안 통해요!"

시야를 가득 채운 붉은색 속에서 토끼 귀를 쫑긋거렸다. 그렇게 기척을 감지한 시아는 절묘한 타이밍에 자신을 감싸는 화염 한 곳으로 빌레 드뤼켄을 휘둘렀다.

그곳으로 날아든 것은 **두 개의** 그림자.

"윽?!"

시아가 허를 찔렸다. 기척 감지에 뛰어난 자신이 속았다는 사실에 눈이 살짝 커졌다.

피어트의 기척도, 모습을 감추는 겹화도, 이를 위한 포석.

감지하지 못하는 최대 속도의 기습이었다.

시아의 바로 옆쪽 불길이 걷히며 에르스트가 뛰쳐나왔다.

"깨지세요!"

빌레 드뤼켄이 피어트를 가격한 순간, 두 번째 대검만 가진 에르스트가 머리 위까지 치켜든 일격을 선사했다.

피어트의 목숨과 맞바꾸는 듯한 기습은 확실히 유효했다. 피어트의 상반신이 부서짐과 동시에 빌레 드뤼켄도 함께 부서지고 말았다.

시전자가 사망해 사라지는 불길 속에서 풀스윙을 날린 관성으로 반회전한 시아의 옆을, 에르스트도 기습한 관성으로 스쳐 지나갔다.

등을 마주한 건 한순간이었다.

단짝을 잃은 시아를 마무리하려고 에르스트는 대지를 깎으며 급제동을 걸었다. 그리고 무용수처럼 빙글 돌아 대검을 허리칼 자세로 든 채 전광석화처럼 파고들었다.

시아도 동시에 거울처럼 똑같이 몸을 돌리고 창궁색 섬광이 되어 파고든다.

그 찰나, 시선이 교차했다. 늘어진 시간 속에서 서로 무언의 의지를 주고받는다.

'내게 패배는 없다!'

'이기는 건 나예요!'

이 판국까지 와서 대검의 빛이 더욱 팽창했다. 아무리『강전의』를 써도 시아의 목은 베고 말겠다는 기개가 엿보였다. 그건 인형에게는 어울리지 않는 강렬한 의지의 빛 같았다.

혹은 이 순간에, 신이나 사명보다 단순히 지고 싶지 않다는 에르스트 개인의 긍지만이 마음속을 채웠는지도 모른다.

하지만『지고 싶지 않다』와『이기고 싶다』는 의지에는 간극이 있다. 그 둘이 부딪쳤을 때, 찰나의 틈새에서 이기는 것은…….

후자다.

그것을 증명하는 광경을, 에르스트는 보았다. 보고 말았다.

천천히 흐르는 시간 속에서 시아의 손에 무언가가 탄생하는 것을―.

붉은 액체가 살아 있는 것처럼 움직여 모이는 것을―.

―시아류 변성 마법『붉은 전투 망치』.

『강전의』와 같은 변성 마법을 쓴 신체 조작술 중 하나. 자신의 혈액을 자유자재로 다루는 마법.

에르스트의 경악으로 벌어진 눈이 본 것은, 스스로 낸 손바닥의 상처에서 흐른 피를 모으고 굳혀 만들어 낸 전투 망치였다.

시간의 흐름이 돌아온다. 두 가지 색의 빛줄기가 교차하고 천둥을 닮은 충격음이 울린다―.

시아와 에르스트는 다시 등을 마주한 상태로 움직임을 멈췄다.

피의 전투 망치가 마치 낙화하는 벚꽃처럼 훌훌 흩어졌다.

시간이 멈춘 것 같던 시아의 목에서 피가 뿜어져 나왔다.

그리고 말소리가 들렸다.

"……이, 가슴속에 차오르는 건 뭐죠? 답답하고, 소리치고 싶어지는, 이건? 시아 하우리아. 당신은 알고 있나요?"

"……분한 거 아니에요?"

시아의 말을 듣고 에르스트는 수긍했다.

그리고 하늘에서 떨어진 물건이 두 사람 사이에 꽂혔다.

부러진 대검이었다.

돌아보니 에르스트의 대검은 손잡이 부분만 남았고, 그것을 든 그녀의 가슴은 크게 함몰되어 있었다. 내부가, 그곳에 있는 핵이 부서졌다는 건 보지 않아도 뻔했다.

에르스트는 공격 자세를 풀고 대검 자루를 던졌다.

그리고 같이 자세를 푼 시아를 어깨 너머로 돌아보며 놀랍게도 흔들리는 눈동자와 꽉 깨문 입술을 보여줬다. 그러면서 중대한 비밀을 속삭이는 목소리로 최후의 말을 던졌다.

"난 당신이 싫어요."

그 말에서는 분한 감정이 물씬 묻어났고 더 나아가서는 미련과 질투마저 느껴졌다.

사도답지 않은 표정을 지은 채, 에르스트는 마침내 쓰러졌다.

뒤에서 난 털썩 소리를 듣고 시아도 토끼 귀와 머리를 날리며 돌아봤다. 그리고 똑같이 받아쳤다.

마치 그것이 승리의 요인이라고 말하듯이—.

"저는 『엄청』 싫어요."

득의양양하게 활짝 웃음 지으며—.

잠시 후.

승리를 곱씹은 시아는 대자로 뻗어 쓰러졌다.

바람이 분다.

그리 멀지는 않은 곳에서 격렬하게 싸우는 소리와 포효가 들려온다.

하지만 시아는 토끼 귀를 팔랑팔랑 흔들 뿐 움직이지 않았다. 대신 크게 숨을 내쉬며 아~, 하고 의미 없는 신음 같은 소리를 냈다.

몸이 마비된 것처럼 잘 움직이지 않고 물속에 있는 것처럼 무거웠다. 눈꺼풀은 당장 닫힐 것 같았다.

"여, 역시, 레벨X은 힘드네요~. 붉은 전투 망치를 써서 빈혈도 나고."

마력 자체는 감소하지 않아도 사람의 한계를 벗어난 신체 강화가 불러오는 부담은 막대했다.

몸속에서 체력이 모조리 빠져나간 감각과 휴식을 바라며 당장에라도 꺼지려는 의식에 가까스로 저항하며 『보물고』에서 회복약을 꺼내 복용했다.

그리고 시선을 포효가 울리는 쪽으로 돌렸고—.

"사도들은 정리했는데…… 티오 씨는—."

그 직후.

—우오오오오오오오오오오오오!

하늘이 무너지는 것 같은 어마어마한 수의 포효가 울렸다.

동시에 조금 전까지와는 비교가 되지 않는 마물이 출현했다.

천이나 2천 정도가 아니었다. 만이나 10만으로도 부족한 터무니없는 수의 대군.

"이, 이건 위험하겠네요."

잠이나 잘 상황이 아니었다. 시아는 필사적으로 몸을 일으키려고 하지만, 『레벨X』의 부작용이 심각해서 당장은 움직일 엄두가 나지 않았다.

그러는 사이에 새로운 사건이 발생했다.

하늘을 뒤덮는 섬광이 터지더니 뭔가가 엄청난 속도로 시아 근처에 떨어졌다. 흙먼지가 피어올라 정체는 알 수 없었다.

설마 적의 공격?! 시아가 식은땀을 흘렸지만, 바람이 먼지를 거둔 곳에 있는 것을 보고 얼굴이 창백해졌다.

"……티오, 씨?"

움푹 파인 대지 중심에 힘없이 쓰러져 있던 것은 비참한 모습을 한 티오였다.

시간을 조금 거슬러 오른다.

시아가 백금의 사도들과 사투를 벌이던 무렵, 티오도 한창 격전을 치르고 있었다.

"······쳇, 끈질기군."

무심결에 혀를 찬 사람은 프리드였다.

처음에는 내구력에 기대어 막무가내로 싸우는 티오의 전법에 빨리 결판이 날 줄 알았으나, 상상을 뛰어넘는 맷집 때문에 예측은 빗나가고 말았다.

여전히 티오는 공격을 맞아주면서 싸우고 있었다. 피와 흑린을 전장에 흩뿌리면서도 차근차근, 아니, 오히려 속도를 높이며 흑룡군을 늘려나갔다.

무장 흑룡과 전생 흑룡의 수는 이제 300마리를 넘었다.

그 흑룡군을 통괄해 자신을 중심으로 구형으로 진형을 펼쳐 최대한 난전을 피하며, 티오 본인은 프리드와 우라노스의 공격에 주의해 즉사급 공격만 맞지 않게 피하고 있었다.

심지어 전략 무기급 대규모 공격만은 귀신같이 예측하며 흑례편이나 『용조』로 정확하게 방해했다.

다친 흑룡들은 재빨리 『용왕의 은총』으로 회복했다. 그리고 자신에게도, 비록 꼴은 말이 아니더라도, 행동이 둔해지지 않게 최소한의 치유는 꾸준히 하고 있었다.

눈 뜨고 못 봐줄 싸움법?

현재 상황이 증명하고 있었다.

티오의 싸움법은 교묘하다. 미래 예지가 없어도 지식과 경험으로 프리드의 생각을 읽는 것처럼—

프리드는 인정하고 싶지 않아도 살아온 세월의 차이, 갈고 닦은 발톱의 예리함은 결코 무시할 수준이 아니었다.

물론 티오도 사실 프리드가 생각하는 만큼 여유가 있지는 않았다.

'……곧『광염 대책약』이 떨어지나. 그러면 피해 조절이 힘들어지겠어.'

대규모 공격은 저지해도 기준에 미치지 못하는 공격까지 막지는 않았다.

프리드의『게이트』와 우라노스의『광염 브레스』콤비네이션은 적이지만 훌륭하다고 감탄할 수밖에 없었다.

우라노스가 전이할 때도 있는가 하면 프리드의 분해 포격이나 깃털 난사가 날아들기도 했다. 필요하다면 최상급 속성 마법까지 페이크로 쓰며 광염 브레스를 맞추려고 했다.

완전히 피하기는 어려운 기술. 이것만은 맞고 버티는 수밖에 없었다.

당연히 맞으면 맞을수록 회복 방해 효과가 강해졌고, 대항하려면『치트 메이트 Dr』를 더 많이 복용해 효과를 높여야 했다. 필연적으로 약발이 떨어지면 전세는 단번에 기운다.

마력도 무한은 아니었다.『위광』도『은총』도, 아무리 높은 적성을 가져도 마력 소비가 심각했다. 『브레스』와 『용린 적층 장갑』 유지도 마찬가지였다.

전력이 역전되기 전에 티오의 힘이 먼저 빠진다.

사실 프리드의 예측은 틀리지 않았다. 그래서 마물 약 200마리를 빼앗기고도 프리드는 조바심에 허점을 내주는 실수는 범하지 않았다.

아무리 타격을 줘도, 아무리 고통을 줘도 용의 눈에 깃든 투지가 조금도 흔들리지 않아서 짜증은 난 모양이지만.

티오는 그런 프리드의 내심을 짐작하면서 시선을 통해 공격을 예측하고 공중제비를 돌았다.

직후, 티오가 있던 곳에서 거대한 입이 맹렬하게 닫혔다. 구형 진형을 무시하고 뒤쪽으로 전이한 우라노스였다.

상하가 반전된 세계에서 손가락 총을 겨눴다. 손가락 하나에 압축된 가느다란 브레스가 우라노스에게 발사됐다.

표적을 잡지 못하면 즉시 자신을 쳐다보리라는 예상은 정확하게 적중했다.

일직선으로 하늘을 가른 브레스는 노린 대로 우라노스의 오른쪽 눈에 직격했다.

―크와아아아아앙!

공간 차단 장벽조차 뚫은 압축 브레스의 극치는 마침내 백신룡에게 뼈아픈 상처를 주는 데 성공했다. 하지만 반대로 그것이 우라노스의 쌓일 대로 쌓인 울분이라는 폭탄에 불을 붙인 모양이었다.

점화된 감정이 폭발해 격통과 경직도 저 멀리 던져 버렸다. 고통스러운 울음소리는 그대로 분노의 포효로 변하고 순식간에 광염 브레스가 되어 쏟아졌다.

대기가 쿵 울리며 빛이 벽처럼 밀려왔다.

이번에는 티오도 모골이 송연해졌다. 얼굴에 아차 싶은 조바심이 떠오르고, 필사적으로 날개로 바람을 붙잡아 사선에서 대피했다.

결과는, 무승부라고 봐야 할까.

"크으으으, 짜릿하구먼~."

이미 몇 번째인지 모를 격통에 티오의 목소리가 떨렸다.

직격은 면했지만, 오른쪽 어깨의 비늘과 날개 한쪽이 찢겨 버렸다. 용린 안쪽의 피부가 도려낸 것처럼 파였고 주변은 화상으로 문드러졌다.

그래도 티오는 멈추지 않았다. 『공력』으로 발판을 확보하면서 무장 흑룡 한 마리에게 『염화』로 명령해 뒤쪽 허공으로 흑섬을 쏘게 했다.

"쳇, 정말로 눈치 하나는 빠르군!"

하마터면 전이하자마자 저격당할 뻔한 프리드가 서둘러 공격을 피하고 내씹었다.

"자네가 너무 단순한 게야!"

다음 공격을 용서치 않겠다며 흑례편을 프리드에게 휘둘렀다. 갈라져서 불규칙하게 날아드는 공간 절단에 노림수대로 우라노스가 반응했다.

거구에 어울리지 않는 속도로 날아온 우라노스는 순백의 비늘과 장벽으로 방패가 되었다.

그 틈에 날개와 용린 적층 장갑을 재구성하며 회복 마법도 사용하지만…… 어깨의 치유가 느렸다. 역시 피해가 너무 컸나 보다.

"설마 지금이 되어서야 우라노스의 한쪽 눈을 앗아갈 정도의 힘을 보이다니……."

프리드가 언짢은 표정을 보였다.

방금 티오의 극세 브레스는 지금까지 한 공격 중 가장 정교하고 위력도 높았다. 마력도 체력도, 그리고 정신도 현저히 소모했을 텐데 어디에 그런 힘이 남아 있었는가.

무시무시한 생명력이다. 저 내구력은 용린뿐 아니라 몸 전체에 해당하는 듯하다. 프리드는 우라노스의 눈을 치유하면서 냉정하게 티오를 분석했다.

"그 약품은 얼마나 남았지?"

"글쎄?"

티오는 『치트 메이트 Dr』로 회복하면서 시치미를 뗐다.

어떻게 알려줄 수 있겠는가, 이게 마지막 병이라고.

'에잇! 이렇게 버티고도 아직 **그것**에 도달하지 못하다니. 사용법이 너무 까다롭지 않으냐! 초대님, 자손에게 조금만 아량을 베풀어다오!'

고통을 버티고 또 버틴 끝에 나오는 비장의 카드. 고향으로 돌아가서 뜻하지 않게 얻은 초대 클라루스의 유산. 그것을 발현하는 길이 너무 멀고 험해서 무심코 속으로 푸념이 나왔다.

물론 아무리 불만을 늘어놓아도 현실은 바뀌지 않는다.

시간이 필요했다. 아직 조금 더. **최후의 카드를 쓰지 않고**, 신과 싸우고 있을 하지메를 최고의 상태로 돕기 위해서는—.

그렇게 판단해 티오는 입을 열었다.

"그러고 보면 동포는 어떻게 됐나? 신역으로 넘어오지 않았는가?"

전장에 어울리지 않는 안부 인사 같은 질문이었다.

뜬금없는 이야기에 프리드는 무슨 작전인가 싶어 경계심을 드러냈다.

"무얼 그리 겁내나. 끝이 다가오니 그 전에 잠깐 휴식이나 취하자는 것인데."

서로 회복에 전념하고 마지막 싸움을 시작하자. 그렇게 말하면서도 티오의 눈은 걱정스럽게 주변 전황을 확인했다.

실제로 쭉 궁금했던 사실이었다. 총대장인 프리드가 여기서 싸우는데 마인과 마왕군은 지금 어디서 뭘 하는가.

"원군을 부르지는 않나?"

단순한 의문이었지만, 프리드는 실력을 지적받는 기분이라서 불쾌하게 눈살을 찌푸리면서도 대화에는 응했다.

"나의 동포들이 참전할까 봐 두렵다면, 걱정할 필요는 없다."

"호오? 왜지? 부르면 되지 않느냐?"

"동포는 모두 다른 영역에 잠들어 있다. 신세계에 도착하기 전에 신의 첨병이 될 힘을 받아야 하니까."

"……자네와 같은 강화를 받는단 말인가?"

시간이나 끌 요량으로 꺼낸 화제에서 듣고 싶지 않은 정보를 들었다며 티오가 입매를 비틀었다.

하지만 그것이야말로 괜한 걱정이었다.

"신민으로서 받는 강화다. 나와 같은 신의 권속이 될 자격은 주어지지 않았다."

"권속? 사도가 아니라?"

"황송하게도 나는 알브헤이트 님의 후임이다. ……주인님께서는 한때 주인님을 이교의 신이라고 모멸한 무지몽매한 나를 자비로 용서해주시고 중신으로 맞아주셨다."

"그렇구먼. 그 힘과 강화된 종마…… 사도보다 상위의 힘을 받았나."

"그렇다. 당연히 동포는 권속신의 권속, 다시 말해서 진정으로 선택받은 신의 민족이 되는 것이다."

험악하던 표정이 이때만은 황홀하게 녹아내렸다.

변태의 대명사가 되어 가는 티오조차 인상을 찌푸릴 수준이었다.

하지만 동시에 연민도 느꼈다.

마왕성으로 초대받기 전, 초원의 경계에서 했던 문답이 떠올랐다.

대미궁 공략자로서 해방자의 진실을 알고, 에히트가 역사를 조종해 전쟁을 일으킨 주범이며 그 탓에 많은 동포를 잃었다고 깨달았을 텐데도 이 사내는……

"아무것도 모르고 죽어 간 마인들이 불쌍할 따름이구먼. 자네에게는 이미 동포와 조국을 사랑하는 마음이 남지 않았나?"

『없는가』가 아니라 『남지 않았는가』라고 물은 이유는 프리드의 눈이 티오가 잘 아는 눈과 닮았기 때문이었다.

과거에 나라와 동포, 그리고 부모를 앗아간 자들과 똑같은 광신자의 눈. 그래도 그들은 용인의 좋은 이웃이었다. 신에게 미치기 전까지는…….

그렇다면 혹시 프리드도 한때는 그러지 않았을까.

대미궁은 어지간한 각오와 재능만으로 공략할 수 없다. 하물며 그가 처음 공략한 【빙설 동굴】은 자신의 악한 감정, 약한 마음과 싸우는 곳. 미친 상태로 자기 마음과 마주하지 않는 자에게 쉽게 길을 열어주지 않는다.

그렇게 생각하여 꺼낸 말이었건만…….

"생각이 짧군. 나는 애국자요, 동포의 수호자다. 하지만 신의 의지는 모든 것에 우선한다. 그뿐이다."

프리드는 한 치 망설임도 없이 소중한 것을 버렸다고 담담하게 대답했다. 그 말을 듣고 우라노스의 눈동자가 흔들려 보인 것은 과연 티오의 착각일까.

그런 그때, 프리드와 티오가 동시에 엉뚱한 방향으로 고개를 홱 돌렸다.

"—?!"

"오오, 도달했나 보구먼."

먼 곳으로 보이는 것은 하늘을 찌르는 하늘색 마력광. 그곳에서 느껴지는 것은 소름이 끼치는 힘의 폭풍이었다.

심지어 그 힘은 쿵쿵 강렬한 파동을 일으킬 때마다 껑충 상승했다. 백금의 사도를 따라잡는 것도 시간문제였다.

사력을 다한 사도가 한꺼번에 덤비는데도 단 한 명을 무너뜨리지 못하고 오히려 서서히 밀려나다니, 이 얼마나 현실감 없는 광경인가.

프리드의 황홀한 얼굴이 찬물을 끼얹은 것처럼 변한 것도 이해할 만했다.

"말도 안 돼…… 사도가 밀린다고? 이럴 리가 없다! 제1 사도부터 제5 사도는 주인님께 파격적인 강화를 받았단 말이다!"

"뭐가 그리 놀랍나?"

잠시 티오의 존재를 잊었는지, 프리드가 흠칫하며 정신을 차렸다. 티오는 그에게 마치 상식을 논하는 투로 말했다.

"겁쟁이 최약체 종족. 불과 열여섯 살에, 1년 전에는 아무도 몰랐던 소녀. 그런 아이가 대미궁까지 돌파하고 이 세계의 운명을 정하는 전장에 섰어. 그게 얼마나 비정상적인 일인지 모르지는 않을 테지?"

"그건……."

"마법 재능도, 전투 경험도 없어. 흡혈귀나 용인 같은 선천적 능력도 없어. 그래도 마음과 육체 하나로 역경과 고난을 넘은 소녀. 주인님을 빼면 세계에서 제일가는 괴물이 저 시아 하우리아겠지."

티오는 자기 일처럼 가슴을 펼치며 자랑스럽게 웃어 보였다.

"사람을 농락하고 희열에 잠기는 것 말고는 할 줄 아는 게 없는 자칭 신이 자기 장난감 따위를 강화한다고 감히 대적이나 하겠느냐?"

주인을 능멸하는 말을 듣고 프리드는 순간 격앙할 뻔하지만, 또 다른 전장에서 벌어지는 현실이 티오의 손을 들어주고 있었다.

"……이럴 리가 없다."

그렇게 중얼거릴 수밖에 없었다. 말만으로 이 현실을 부정할 길이 없었으니까. 그렇다면 자신이 힘으로 이 상황을 극복하겠노라고 프리드는 티오를 날카롭게 노려봤다.

"사도를 지원하러 가야 한다. 네놈을 가지고 노는 것도 끝이다. 이제 그만 죽어라."

"야박한 말 말게. 진짜 싸움은 지금부터가 아닌가?"

"듣기 싫다. 네놈의 계획은 어차피 이루어지지 않는다. 전력차이는, 절대로 뒤집어지지 않아."

티오의 노림수라면 꿰뚫고 있다고 말하며 절망을 선사했다.

프리드가 조용히 한쪽 팔을 올렸다. 그 팔을 내렸을 때, 티오의 목을 거둘 사신의 낫도 떨어진다는 양.

분명히 전력 차이는 여전히 세 배 이상이었다.

더군다나 갑작스러운 대화를 나누는 사이, 티오의 회복 속도가 눈에 띄게 떨어진 것도 프리드는 알고 있었다.

파손된 기모노에서는 잘록한 오른쪽 옆구리와 화상을 입은 피부가 보였다. 용린 적층 장갑이 아직 복원되지 않았다는 의

미였다. 어깨 상처도 완치되지 않았고, 태연히 이야기를 나누는 것처럼 보이는 티오의 이마에는 격통을 견디느라 비지땀이 맺혔다.

한계가 다가온 것은 누구의 눈에나 명백했다.

그렇다면 전력이 역전되기 전에 티오를 끝장낼 수 있다고 확신하는 것도 당연한 추론이었다.

눈을 완전히 복구한 우라노스가 신음하면서 마지막 공세에 대비했다.

그런 그들에게 티오는 어쩐지 고혹적인 느낌마저 드는 요염한 미소를 돌려줬다.

"내 흑룡이 이게 전부라고 한 적은 없을 텐데?"

그리고 외쳤다. 용왕의 호령을. 명계까지 닿도록.

"일시의 왕권으로 명한다! 다시 태어나라—『용왕의 패권』!"

검은 마력이 지상 곳곳에서 소용돌이쳤다.

그 마력은 순식간에 부풀어 올라서 마치 범람한 강물처럼 지상을, 더 정확하게는 땅에 떨어져 죽은 마물들을 뒤덮었다.

그 직후, 수많은 마물의 사체가 일제히 꿈틀거렸다.

눈에 익은 변형 과정. 그건 틀림없이 『용왕의 위광』을 통한 흑룡화였다.

"설마……."

"흑룡화에 필요한 건 이 흑례편만이 아니야. 이 전장에서 내가 대체 얼마나 많은 피와 흑룡을 뿌린 줄 아는가?"

"큭, 그렇군. 자기 신체 일부를 매개로 삼아서…… 하지만……."

대상이 달랐다.

사체로 뒤덮인 대지는 피와 살점으로 검붉게 물들어 지옥처럼 변했다. 그곳에서 **죽었을 터인 마물**이 다시 탄생의 울음을 터뜨리며 일어나고 있었다.

검게 물들면서 소리치고 하늘로 목을 빼는 무수한 사체.

말 그대로 지옥의 문이 열린 듯한 광경이었다.

한 마리, 또 한 마리, 시산혈해에서 태어나는 검은 시체룡 무리는 등에 자란 날개를 퍼덕여 왕의 소집에 응하고자 비상했다.

—혼백, 변성 복합 마법 『용왕의 패권』.

『용화 인자』를 바탕으로 용의 유사 혼백을 창조하는 마법 『용혼 복제』와 변성 마법 『천마전변』으로 시체에서 유사 생명체인 흑룡을 만드는 복합 마법이다.

티오의 복제 혼백에 가짜 생명을 가진 골렘 같은 것이라서 마법이 풀리면 그들은 시체로 돌아간다.

그렇지만 자신의 피와 살을 이용해 시체로 새로운 군단을 만들고, 심지어 그것들이 모두 사악한 외모를 가진 흑룡뿐. 모르는 사람이 보면 명계의 군단도 지배하는 듯한 광경이었다. 신의 권속으로서는 외치지 않을 수 없었다.

"신에 대한 모독이다!"

"크크, 새롭게 마왕으로 불릴 남자에게는 이런 여자가 어울리지 않겠느냐?"

한때 마왕을 섬긴 자에게 이런 빈정거림이 또 있을까. 요사하게 입꼬리를 올리며 웃는 모습은 어떻게 이다지도 악독할까.

하지메는 「오, 죽인 적을 이용한다고? 친환경적이고 편리한데?」라며 싫어하기는커녕 부러워하며 칭찬한 탓에 켕기는 구석 따위 전혀 없었고, 오히려 유쾌하기까지 했다.

순백으로 빛나는 프리드와 우라노스와 대비를 이루어, 어느 쪽이 세계 멸망을 꾀하는 자인지 모를 지경이었다.

"자, 태어난 기념이다! 용답게 성대하게 포효해 보아라!"

티오의— 용왕의 칙명이었다.

무장 흑룡, 전생 흑룡, 그리고 흑시룡(黑屍龍) 군단이 일제히 응답했다.

전방위로 뻗은 고밀도의 검은 가시들. 그런 표현이 어울리는 수많은 『흑섬 브레스』가 전장을 순식간에 꿰뚫었다. 단말마가 수없이 겹쳐 메아리쳤다.

이로써 마침내 역전됐다.

마물 군단 약 400마리.

흑룡군 약 800마리.

프리드가 불가능하다고 단언한 전력 차이가 결국 뒤집히고 말았다.

"어떤가? 자네 군단도 꽤 줄어들지 않았나?"

겉보기에는 만신창이지만, 흑룡 무리를 등에 업고 위풍당당하게 하늘에 선 티오의 모습은 용왕이라고 부르기에 부족함이 없는 위용을 갖추었다.

프리드는 한 번 천천히 전장을 돌아봤다.

그리고 마지막으로 티오를 보고 날선 냉소를 지었다.

그것은 날개를 뜯긴 벌레의 몸부림을 보는 듯한, 있지도 않은 희망을 위해 발버둥 치는 자를 비웃는 듯한 몹시 비뚤어지고 추악한 감정의 발로였다.

"네놈의 계획은 이루어지지 않는다. 내가 말했을 텐데?"

프리드가 내렸던 손을 다시 올렸다.

그 직후, 오벨리스크가 찬란히 빛나고 빛의 기둥이 솟아났다.

게다가 이 천공 세계의 곳곳에서 호응하여 순백의 빛이 하늘로 뻗었다. 아무래도 오벨리스크는 하나가 아니었나 보다.

"난감하게 됐구먼……."

티오가 자기도 모르게 씁쓸한 미소를 지었다.

무슨 일이 일어나는가. 그런 생각은 할 필요도 없다. 불길한 추측은 당연히 적중한다.

─쿠오오오오오오오오오오오오오!

천공 세계를 뒤흔드는, 하늘의 별만큼이나 많은 함성과 울음소리.

최악의 광경은 한순간에 펼쳐졌다.

시야를 전부 덮는 마물, 마물, 마물, 마물의 무리.

이 부유섬 상공만이 아니었다. 천공 세계 모든 하늘이 마물로 뒤덮였다. 신수급 마물까지 드문드문 보였다.

대체 몇 마리나 될까. 정말로 별만큼 많아서 헤아릴 엄두도 나지 않았다.

다만, 수천이나 수만 정도가 아니라 수십만으로도 부족하고, 백 수십만 단위에 이를 것이라는 건 알 수 있었다.

"이것들은 신역의 마물. 내 종마가 아니다."

아마 준권속신의 권한으로 【신역】의 공간이나 마물에 어느 정도 간섭할 수 있나 보다. 이 패야말로 프리드가 가진 『절대적』 근거였다.

"내 병력만으로 완수하고 싶었지만, 네놈들을 처단하는 것은 신의 명령이다. 다른 수가 없군. 총력으로 처리해주마."

프리드가 약간의 분함과 희열이 섞인 어둡고 탁한 눈으로 선고했다.

"티오 클라루스. 각오는 됐나? 유린당할 시간이다!"

프리드가 팔을 떨어뜨렸다.

그것을 신호로 정신이 아득해지는 수의 마물이 한꺼번에 티오와 흑룡군에게 덤벼들었다.

용왕을 지키려고 흑룡군이 분투하지만, 상대는 흡사 폭풍우 부는 바다의 거대한 파도와 같았다.

자연재해에 사람이 맨몸으로 저항하는 것처럼 흑룡들도 차례차례 단말마 비명을 질렀다.

'……수가 너무 많아. 『은총』으로 어떻게 될 수준이 아니군.'

우라노스의 광염 브레스를 피하고 흑례편으로 프리드를 견제하며, 티오는 시아의 기척을 살폈다.

백금의 사도에게 승리한 것 같지만, 당장은 움직이지 못하는 분위기였다. 지금 마물에게 공격받았다가는 손도 까딱 못하고 당한다. 그리고 그 미래는 지금 당장 찾아올지도 모른다.

'에잇, 뜻대로 되질 않는구먼! 허나 **총력**이라고 하면 마지막 패를 꺼낼 가치는 있겠지!'

티오는 진짜 비장의 카드를 꺼낼 타이밍은 바로 지금이라고 결단했다.

그러나 아직 힘이 요구치에 도달하려면 아주 조금 부족했다.

'어쩔 수 없지! 여자의 배짱을 보여줘야겠군!'

안전 마진을 챙기는 피해 조절을 포기하고 자칫 잘못하면 즉사할지 모를 위험한 방법을 택했다.

비장의 카드에 필요한 힘을 얻기 위해, 친구를 위해, 망설이지 않는다!

"오너라, 우라노스! 내 최대의 브레스와 자네의 브레스, 어느 쪽이 위인지 결판을 내보자꾸나!"

전장에 당당히 울려 퍼진 도발에 우라노스가 민감하게 반응했다.

티오는 보란 듯이 두 팔을 벌리고 그 앞으로 순흑의 마력을 모았다. 과하게 쏟아지는 마력과 경이적인 압축은 정말로 모든 것을 건 마지막 일격으로 보였다.

이 도전을 어떻게 거부할 수 있으랴.

우라노스가 온몸으로 순백 스파크를 일으켰다. 거구를 덮는 마력의 고리가 출현해 수축하면서 입 앞으로 모여들었다. 그 과정을 반복하기를 일곱 번. 눈을 뜨기 힘들 정도의 거대한 빛이 창조됐다.

공격 개시는 미리 짠 것처럼 동시에 이루어졌다.

한때 대화산에서 격돌한 두 색깔의 섬광이【신역】에서 재현됐다. 하지만 결과는 정반대.

티오의 브레스는 한순간도 우라노스의 빛을 밀어내지 못하고 허무하게 삼켜져 버렸다.

마치 속이 빈 가짜 브레스인 것처럼…….

티오는 두 팔을 교차해 얼굴을 감싸고 무릎도 끌어안아 웅크린 자세를 취했다.

하지만 『백신룡의 포효』를 그런 방어로 막아낼 수 있을 리 없었다.

없어야 하는데…….

"……?! 기다려라, 우라노스—!"

광염이 직격하기 직전, 교차한 팔 사이에 보인 각오와 투지로 빛나는 용안(龍眼)을 보고 프리드의 마음속에 급격히 불길한 예감이 밀려왔다.

무심결에 우라노스를 제지하지만, 이미 멈추기에는 너무 늦었다.

직후, 굉음과 함께 티오의 모습이 빛 속으로 사라졌다.

천공 세계를 똑바로 횡단한 빛의 궤적. 사선상의 마물이 말려들어 소멸하고 여파만으로 주위에 막심한 피해가 퍼졌다.

그 파멸의 빛 속에서…….

"———!"

소리 없는 절규를 지르며 티오는 버티고 있었다.

용인족 최고의 내구력을 자랑하는 『용린 적층 장갑』이 표면에서 소멸하고 맨살을 덮치는 폭풍 같은 격통에 이가 부서지도록 악물었다.

잘못하면 미쳐 버릴지 모를 지옥의 고행.

자기 몸이 끝부분부터 사라지는 것이 느껴진다. 죽음의 그림자가 스멀스멀 기어 오는 모습이 환각처럼 보인다. 하지메에게 받는 감미로운 통증은 조금도 없다. 육체와 본능이 전력을 다해 적색경보를 울렸다.

허용 한계를 아득히 넘은 고통으로 끊어질 것 같은 정신을 간신히 붙잡으며 티오는 죽을 각오로 버텼고―.

'……됐다!'

확신. 동시에 방금 모으고 **쓰지 않은 마력**을 브레스로 바꿔 날리고 그 힘으로 튕겨 나갔다.

광염 격류에서 간신히 탈출했으나, 비행할 여유도 없어서 흰 연기를 내며 그대로 지상으로 추락했다.

대포처럼 땅에 꽂히고 굉음과 흙먼지가 일었다.

"……티오, 씨?"

떨리는 목소리를 듣고 쓴웃음이 떠올랐다. 마물에게 습격받기 전에 완성했다고 안도하면서도 결국 비참한 몰골을 보여 주어 친구에게 걱정을 끼친 자신이 한심해서.

그래서 적어도 목소리는 밝게, 입에도 웃음을 머금고 대답했다.

"그, 래. 켈룩, 전 세계가 사랑하는 변태…… 티오, 씨란다…… 컥, 쿨럭."

"아니, 다 죽어 가면서 무슨 개그를 하려고 해요! 애초에 변태 모드 티오 씨를 좋아하는 사람은 없다구요! 전 인류가 질색할 뿐이에요!"

"조, 좋아하는 사람이, 없어…… 전 인류? 아, 엄청난 힘이, 역시 동료의 매도는 좋구나하아악! 허억, 허억!"

시아가 초조한 기색으로 회복용 마법약을 한 손에 쥐고 필사적으로 기어 왔다.

그에 비해 티오가 격통과는 별개로 신음하는 모습은 이렇게 추할 수 없었다.

시아가 무의식중에 눈살을 찌푸리며 멈춘 것도 불가항력이었다.

하지만 그 덕분에 하마터면 머리를 뚫릴 뻔한 위기를 모면했다.

흰 깃털 하나가 시아의 눈앞에 날아와 꽂혀 있었다. 시아에게서 「아야!」 하는 비명이 들렸다. 마법약을 손과 함께 공격당해서였다. 다행히 손은 찰과상으로 그쳤지만, 마법약이 든 병은 깨지고 말았다.

흰 깃털이 날아온 곳을 보자 백신룡을 탄 프리드가 내려다보고 있었다.

그리고 빛이 막혔다.

모여든 마물 무리로 하늘이 보이지 않았다. 땅으로 내려와 둘러싸는 마물 때문에 수평으로도 마물 벽이 만들어졌다. 꿈틀대는 먹구름에 둘러싸인 기분이었다.

시아와 티오는 완전히 반구형으로 포위되고 말았다.

"네놈의 흑룡들은 도망쳤다. 부하를 묶어 둘 여유도 없나 보군?"

대답하지 않아도 그 꼴을 보면 안다며, 프리드가 길거리의 돌멩이를 보듯 내려다봤다.

"이게 신에게 거역한 어리석은 자의 말로다. 혼에 새기고 죽어라."

거만하게 고한 말에 시아가 뭐라고 반박하려는데, 그 전에—.

"훗, 후하, 흐하하하하하, 커흑, 하하하!"

유쾌한 웃음이 울려서 말을 도로 삼켰다.

시아는 이제야 티오가 스스로 작정하고 이 모양이 됐음을 깨닫고 안도의 한숨을 쉬었다.

그에 반해 프리드는 짜증스럽게 눈을 찌푸렸다.

"……드디어 미쳤나?"

"아니? 정신이라면 말짱……하지. 웃은 건…… 자네가, 우스꽝스러워서야. 후후."

티오가 죽어 간다고는 생각할 수 없는 웃음을 지었다.

얼굴이 상처와 피투성이라서 굉장히 오싹해 보였다.

기이한 박력은 웃음에 그치지 않았다. 문득 자신을 보는 티오의 용안이 더 강하게 빛나는 것을 알아챘다. 세로로 찢어진 황금색 눈동자에 꿰뚫려 프리드는 무의식중에 주눅이 들었다.

광염이 직격하기 직전에 느낀 불길한 예감이 더욱 커지며 정체 모를 무언가가 온몸을 기어 다니는 것처럼 오한이 퍼졌다.

"그런 꼴로 뭘 할 수 있다는 말이지?"

그 질문은 무의식중에 나왔다. 오한의 정체를 알고 싶어 견딜 수 없었던 것일까?

피가 뚝뚝 맺혀 떨어졌다.

티오가 움직일 리 없는 몸으로 일어나 있었다. 넝마 조각이 된 옷은 아직 간신히 몸을 가려줬지만, 팔다리를 전면에 내세운 방어로 맨살이 드러난 사지는 눈을 돌리고 싶어질 만큼 끔찍했다. 살이 일부 사라져 뼈가 드러났다. 몸에서는 뼈가 삐걱대는 소리가 들릴 것만 같았다.

그런데도 티오는 천공의 패자에 어울리는 위엄 있는 웃음을 지었다.

"이 싸움을…… 끝내마. 내가 직접."

그렇게 선언하며…….

그 직후, 천공 세계에 맥동하는 소리가 퍼졌다. 갑자기 드높은 영산(靈山)이 눈앞에 솟아난 느낌을 받으며 모든 생물이 경직했다. 마물은 물론이고 프리드도, 그리고 우라노스조차—.

자기 몸이 움츠러든 사실도 깨닫지 못하고, 서서히 증기 같은 검은 마력광이 피어오르는 티오를 눈도 깜박이지 않고 응시했다.

마치 눈을 뗀 순간 죽는 것처럼, 뱀 앞에 놓인 개구리처럼—.

그곳에 있는 것은— 두려움.

단 한 번의 맥동으로 머릿속이 얼어붙었다.

티오의 존재감이 말도 안 되는 속도, 무지막지한 규모로 커져 갔다.

두 번째 맥동.

일부 마물이 우수수 떨어지고 땅에서도 쓰러지는 마물이 나왔다.

견디지 못한 것이다. 혼까지 압사할 것 같은 중압감에―.

그리고 세 번째.

신역의 마물 중에서도 하위에 속하는 마물들이 일제히 등을 돌려 도망쳤다.

그제야 겨우 프리드의 사고가 다시 돌아갔다.

믿기 어렵고 믿고 싶지 않지만, 팽창하는 존재감과 힘의 파동은 프리드의 힘을 집대성한 백신룡조차 가볍게 능가했다. 그런데도 아직 끝도 없이 상승했다.

숨이 막혔다. 몸이 의지와 관계없이 떨렸다. 본능이 저절로 이해해 버렸다.

저건, 저건 손을 대서는 안 되는 존재라고!

'무슨, 무슨 일이이지?! 죽어 가고 있지 않았던가?! 이건……이건, 마치, 그 괴물과 같지 않은가!'

티오가 움직이지 못하는 시아를 안아서 일으켜 세웠다.

시아의 안심한 표정이, 있을 리 없었던 패배라는 미래를 직감케 했다.

둘의 시선이 가만히 프리드를 향했다.

시아는 악동처럼 비웃으며 가운뎃손가락을 세우고, 티오는 부상 따위 없는 것처럼 위풍당당한 자세를 뽐내며 가슴에 손을 엎었다. 마치 소중한 것을, 혹은 마음을 그곳에 품는 것처럼—.

입술이 나지막이 「초대님」이라고 중얼거리는 것처럼 보였다.

"큭, 공격하라! 저 녀석이 아무것도 못 하게 해! 지금 당장 죽여라!"

자신의 멍청함에 뇌가 익어 버릴 만큼 화가 났다.

끝을 알 수 없는 기묘한 존재감에 압도되어 적에게 잠깐이나마 시간을 주다니.

머리를 굴릴 여유가 있다면 다짜고짜 공격을 퍼부었어야 했는데—.

하지만 이미 엎질러진 물이었다. 혹은 신속하게 과단을 내렸어도 결과는 똑같았을지 모른다.

우라노스와 신수급 마물은 즉시 응했지만, 늦어도 너무 늦었다.

"똑똑히 봐라."

광염 브레스가 발사됐다. 초중력장이, 공간 파쇄가, 또는 천지를 찢는 낙뢰가 쇄도했다.

하지만 그 모든 것이 무의미했다.

검정— 정확히는 별이 반짝이는 밤하늘 같은 색의 마력. 그것이 티오를 중심으로 거대하게 회오리치며 하늘을 찔렀고, 모든 공격을 튕겨 냈기 때문이었다. 게다가 위쪽에 있던 마물까지 한 마리 예외도 없이 소멸해 버렸다.

아연실색했다. 자기도 모르게 몸이 굳었다.

그때, 하늘에서 내려온 듯 장엄한 목소리가 메아리쳤다.

『이것이 내가, 용인 티오 클라루스가 도달한 경지니라.』

밤의 어둠 같은 마력이 하늘 꼭대기에서 파문을 일으켰다.

검은 파도가 먹구름처럼 하늘을 덮어 갔다.

"무슨…… 기후를…… 조종해?"

정확히는 틀렸다. 그건 굳이 따지면 기후 창조였다.

그 후, 폭발이 온 하늘을 태웠다.

붉은 기운을 퍼뜨리는 거대한 불이 어둠색 하늘을 기어가 듯 퍼지며 순식간에 하늘을 붉게 물들였다.

운해가 아닌 염해(炎海).

훅훅 타오르는 붉은 하늘의 바다는 도저히 이 세상의 광경 같지 않았다.

이 하늘의 불바다에 이어서 만뢰가 추가됐다.

불길이 파열하는 폭음과 우렛소리가 청각을 난타했다.

그때마다 불덩이가 비처럼 쏟아졌고 무수한 낙뢰가 발생해 마물 대군을 무작위로, 무심하게, 무자비하게, 벌레를 쫓는 것처럼 멸했다.

마물 일부가 혼란에 빠져 아비규환의 지옥을 연출하지만, 그마저도 시작에 불과했다.

염뢰(炎雷)의 바다에서 무언가가 꿈틀거렸다.

전모는 알 수 없었다. 몸 일부가 염뢰의 바다로 튀어나왔다 가 다시 가라앉았다.

검은 비늘에 쌓인, 믿어지지 않을 만큼 크고 긴 무언가가.

"뭐냐, 뭐냔 말이다, 저건……."

그 혼잣말에 대답한 것은 아니리라. 하지만 그런 생각이 드는 타이밍에 염뢰의 바다를 헤엄치는 그것이 전모와 정체를 드러냈다.

—크으아아아아아아아아아아아아아아아!!

하늘이 무너지는 착각을 일으키는 포효와 함께 모습을 드러낸 것은— 어둠색 용린과 불, 번개를 두른 거대한 『용』이었다.

날개가 자란 도마뱀 같은 서양의 드래곤이 아니라, 거대한 뱀의 모습을 한 동양의 용.

형태는 신수 리바이어던이 가장 가까우나, 그보다도 배는 거대했다. 존재감은 천지를 찍어 누를 정도며 쏟아지는 위압감은 비교 대상조차 되지 못했다.

흑룡— 아니, 신수나 백신룡을 초월하는 이상 흑룡신이라고 불러야 마땅할 존재. 그것의 정체는 두말할 필요도 없이 티오 클라루스 본인이었다.

—티오류 용화 최종오의 『용신 강림』.

이것이 바로, 용인의 마을에 있는 초대 클라루스를 기린 영묘에서 『초대의 용린』에 깃든 원한을 이겨내고 쟁취한 새로운 힘.

그 용린은 접촉하는 자의 이성을 박탈하고 끝없는 파괴 충동을 일으키는 대가로 강제 신룡화라는 파격적인 강화를 가능케 하는 유물이었다.

티오는 정신적인 격전 끝에 『신룡화』 부분만 품는 데 성공했고, 자기에게 맞는 『용신화』라는 형태로 체득했다.

당연히 강제성이 없어진 『용신화』를 발동하려면 방대한 힘이 필요했다.

아티팩트나 승화 마법 강화만으로는 턱없이 모자랐다. 그래서 티오는 계속 견딘 것이다. 티오만이 쓸 수 있는 『용화』의 파생 『통각 변환』으로 발동에 필요한 힘을 모으기 위해서.

거의 죽기 직전까지 버텨서 발동한 『신룡화』의 효과는 막강했다.

『한계 돌파』처럼 순간적으로 발생하는 마력은 자릿수가 달랐고, 모든 능력치가 수십 배로 뛰었다.

그 결과, 초대 클라루스의 번개를 부를 수 있는 역대 최강 전룡의 능력과 본래 적성— 불과 바람 속성 최상급 마법을 무제한 사용하며 반경 5킬로미터에 달하는 광범위 제어가 가능해졌다.

그것을 응용해 『기후 간섭』도 되는가 하면 『용화』로 형상, 크기 변화까지 자유자재. 더군다나 신대 마법과 다른 모든 속성 마법도 경이적인 규모, 정밀도로 다룰 수 있었다.

그야말로 용의 신이라는 이름에 합당한 힘이었다.

물론 아직 수련이 부족한 티오는 발동이 약 1분으로 제한됐다.

그리고 『용신화』가 풀린 뒤에는 시아처럼 당장 싸울 수 없는 상태가 될 것이다.

그래서…….

'이 1분으로 전부 끝내겠다!'

하늘에서 똬리를 틀고 황금색 용안으로 굽어봤다.

그것만으로 대부분 마물이 겁에 질려 물러났다. 우라노스는 자신을 고무하려는 듯 짖었지만, 그 눈에는 숨길 수 없는 공포가 깃들었다.

흑룡신 티오의 포효가 울렸다.

염뢰의 바다에서 다시 불덩이와 만뢰의 폭우가 쏟아졌다.

게다가 이번에는 불타는 회오리가 몇 줄기나 지상으로 뻗어 갔다. 그 강도는 지구의 기준으로 말하면 F5. 도망치려는 마물들을 모조리 빨아들여서 화염 팔로 포옹해 잿더미로 만들었다.

"아니야, 아니야, 아니야, 아니야, 아니야, 아니야, 아니야, 아니야! 이런, 이런 일이 어떻게 현실이냐 말이냐!"

하늘에서 쏟아지는 번개는 신벌. 대지와 하늘을 이어 모든 것을 삼키며 불태우는 회오리는 그야말로 천재지변.

신의 위엄이란 바로 이런 것이 아닌가. 아니, 스스로 마왕의 여자를 자처한 티오의 소행이라면 지옥도라고 불러야 할까.

뭐가 됐든 프리드에게는 견딜 수 없는 광경이었다.

주인의 신성을 자신의 신앙심과 함께 부정하는 것 같아서 미쳐 버릴 것 같았다.

머리를 쥐어뜯으면서도 그 원인을 시야에서 없애 버리고자 자신의 최고 걸작인 백신룡에게 명령했다.

"부정해라, 우라노스! 저것을, 저 존재를 부정해라아아아아!"

—오오오오오오오오오오옹!

백신룡은 주인의 명령에 따랐다.

입을 벌리고 자신이 할 수 있는 최대, 최강의 광염 브레스를 발사했다.

하지만 전심전력을 끌어모아 쏜 그 브레스는—.

『이게 마지막이다, 백룡아.』

대기가 무겁게 흔들리고 흑룡신 티오 앞에 순식간에 모인 어둠색 섬광이 반격에 나섰다.

삼세번에 득한다고 했던가.

하늘과 땅을 사선으로 잇는 두 색깔의 섬광은 공중에서 충돌하고는…… 흑이 백을 덧씌우고 허무하게 백신룡을 집어삼켰다.

단말마 비명도 없었다.

그저 소리마저 없애 버리는 어둠색 섬광이 하늘을 가르고 대지를 뚫어 부유섬 일부를 지워 버리며 공간 아래로 사라졌을 뿐.

그 후에 남은 것은 가슴 위쪽만 남기고 땅에 떨어진 우라노스의 잔해뿐이었다.

"우라……노스?"

정보 처리가 따라가지 못했다. 너무 현실미가 없어서 공중에 있으면서도 땅이 흔들리는 기분마저 들었다.

하지만 아무리 불러도 우라노스는 응답하지 않았고 종마와 하나로 이어진 느낌도 느껴지지 않았다.

아무것도, 느껴지지 않았다.

정신을 차리자 프리드는 절규하고 있었다.

"으아아아아아아아아아아!"

백 수십만 규모의 마물들이 순식간에 쓸려나가지만, 이미 그들은 안중에도 없었다.

그런 건 아무래도 상관없다고, 흰 날개를 퍼덕여 하늘로 날아올랐다.

그 눈에 깃든 것은 분노와 증오. 이때만은 신의 명령조차 머리에서 사라져 있었다.

혼신의 힘으로 분해 포격을 쐈다. 공간 폭쇄와 공간 절단까지, 뇌가 타 버려도 상관없다는 양 연발했다.

『멍청한 것.』

그 한마디에 비웃는 억양은 없었다. 그저 차갑게 내치는 것 같으면서도, 반대로 연민도 느껴지는 신비한 감정이 실려 있었다.

포효 한 방. 그것만으로 프리드의 공격은 흩어지고, 본인도 온몸의 세포를 뒤흔드는 충격에 경직할 수밖에 없었다.

"크악?!"

곧바로 번개가 번쩍이고 표적을 정확하게 꿰뚫었다.

프리드는 흩어진 흰 날개를 재구성하지도 못하고 속절없이 추락했다. 그리고 도달하지도 못한 저 높은 곳으로, 하늘에 군림하는 용신에게로 손을 뻗었다.

땅에 곤두박질치고 몇 번을 튕긴 다음에야 겨우 멈췄다.

하늘을 보며 쓰러진 프리드의 눈에는 그 많던 마물이 이제는 헤아릴 수 있을 정도로 줄어든 광경이 보였다.

인정하고 싶지 않아도 끝났다고 이해했다.

격정은 이미 사라졌고 지금은 왠지 허무함만 남아 있었다.

신에게 간택된 자신이 왜 포기하는가. 마지막 순간까지 적을 길동무로 삼을 각오로 싸워야 하지 않는가.

그렇게 자신을 타일러도 역시 몸은 꼼짝도 하지 않았다.

육체가 망가져서…… 아니다. 움직일 기력이 생기지 않았다.

『남길 말은 있는가?』

중후하고 위엄에 찬 목소리가 하늘에서 내려왔다.

"나는……."

뭐라고 말을 하려고 하나, 결국 하지 못했다.

왠지 굉장히 피곤하고 만사가 귀찮아 그냥 이제 됐다며 고개를 저었다.

티오도 더는 말을 걸지 않았다.

우웅, 공기가 진동했다. 다시 어둠색 마력이 응축하여, 발사됐다.

빛을 삼키는 검은색인데도 역시 별이 빛나는 하늘이 떠올랐다. 그래서일까. 프리드는 막연히 그것을 바라보며—.

『음?』

당황한 목소리가 들리고, 시야로 끼어드는 그림자를 보았다.

—크롸아아아아아아아아아아!!

용신의 브레스가 믿기지 않게도 막히고 있었다.

절규하며 사선상으로 끼어들어 그 몸으로 방패가 된 것은…….

"우라노스!"

이미 숨이 끊어졌을 터인 백신룡 우라노스였다.

상반신만 남은 몸으로 어떻게 움직였는지, 온몸으로 광염을 내뿜으며 어둠색 섬광을 막고 있었다.

몸은 끝부분부터 붕괴해 가지만, 방금은 순식간에 소멸한 것을 생각하면 믿어지지 않는 광경이었다. 광염으로 상쇄하기 때문이겠지만, 그 빛은 마치 생명을 불태우는 것 같았다.

아니, 실제로 불태우고 있으리라. 혼의 마지막 한 방울까지.

우라노스가 고개만 살짝 돌려 프리드를 봤다.

변성 마법을 써도 역시 종마와의 연결은 끊어졌는지 말은 들리지 않았다.

그래도 그때 프리드는 알 수 있었다. 뚜렷하게 전해졌다.

"도망, 치라는 거냐……."

용안이 말해주었다. 자신의 반쪽을 죽게 두지 않겠다고.

그 순간, 프리드의 머릿속의 댐이 무너지듯 기억이 방류되었다.

떠올랐다. 자신이 아직 일개 병사에 불과했을 무렵, 왜 대미궁에 도전했는지…….

'……나는 그저, 구하고 싶어서…… 보답하고 싶어서…… 무엇에도 위협받지 않고 안심하고 살 수 있는 나라…… 동포의 수호자가 되려고…… 그런데도 『신의 의지는 모든 것에 우선한다』고…… 아아, 나는 언제부터…….'

우라노스가 밀렸다. 도망가지 않는 자신의 반쪽에게 비난의 눈초리를 보낸다.

죽을 각오로 대미궁에 도전했고, 실제로 몇 번이나 죽을 뻔하며 얻은 변성 마법으로 가장 처음 따르게 한 특별한 익룡.
그때부터는 쭉 파트너였다.

분명히 죽었을 텐데 자신의 위기에 자연의 법칙까지 깨고
달려온 것은 마법적인 연결이 아니라 확고한 유대가 있었기
때문이다.

그리고 그 유대는 동포들과도 나누었던 것이다.

자신이 신의 의지라며 전쟁으로 이끌어 끊어 버린 유대가
과연 얼마나 되던가.

그래서 프리드는 고개를 저었다. 신의 권속이 아니라 마왕
군 총대장의 얼굴로……

"……미안하다. 함께 가자, 파트너."

—크롸.

그것은 마치 「정 그렇다면」이라고 말하는 것처럼 들렸고…….

『자네들, 설마—.』

"말은 필요 없다, 용인."

프리드의 한쪽 손이 오벨리스크로 뻗었다. 닿을 거리는 아
니라도 반응은 했다.

오벨리스크가 다시 순백색 빛을 띠고—.

『……좋다. 어서 가거라.』

다음 순간, 어둠색 섬광이 모든 것을 집어삼켰다.

그 뒤에는 아무것도 남지 않았고 프리드가 마지막에 무엇을
하려고 했는지, 혹은 이미 했는지 알 수 없었다.

단, 마지막 순간에 지은 표정, 죄인이 자신의 과오를 받아

들인 것 같은, 혹은 지쳐 버린 노인 같은 표정을 보면 최후의
발악을 시도했다는 생각은 들지 않았다.

어쩌면 간과할 수 없는 마지막 행동의 이유는 티오가 봐주
지 않게 하기 위한…….

지나친 생각일까. 내심 생각하면서 티오는 프리드와 우라노
스가 있던 곳을 바라봤다.

『신에게 매료되지 않았다면 좋은 주종, 아니, 친구가 되었겠지.』

결코 뒤끝이 나쁜 결말은 아니었다.

그저 왠지, 그 주종의 결말을 사소한 일로 치부하고 싶지는
않았다.

그래서…….

『자네들의 최후, 티오 클라루스가 기억하마.』

그렇게 추모의 말을 전했다.

『티오 씨~. 시간 다 되지 않았어요~?』

『염화』로 시아의 목소리가 들렸다.

발신처는 목 아래 용린 안쪽이었다. 『용화』할 때 장비를 격납하는 요령으로 보호해 놓고 있었다.

『그래, 슬슬 한계가 오는구나. 단숨에 쓸어버리마!』

용신화 시간이 거의 끝나 갔다. 앞으로 10초는 남았을까?

마물 대군은 처음의 100분의 1 정도— 약 1만 마리가 남았지만…….

문제가 있을 리 없었다. 마지막 일이라고 한층 더 격하게 불덩이와 만뢰 호우, 그리고 화염 회오리로 그들을 포위 섬멸했다.

다시 포효가 울린다. 생물의 혼을 위축시키는 소리가 멀리 도망치려던 마물을 얼어붙게 하고 마력을 모았다.

흑룡신 티오의 머리 위로 거대한 어둠색 고리가 생겼다.

그것이 수축되고, 또 고리가 생겨 수축되며 겹친다. 그것이 반복될 때마다 대기가 부우웅, 하고 벌레 날갯소리 같은 기괴한 진동음으로 채워졌다.

그리고 잠시 후.

소리가 소실되면서 천공 세계가 어둠색으로 물들었다. 전방 위로 퍼진 고리형 브레스가 순식간에 이 공간의 전체로 파문을 일으켰다.

그것은 조용한 파멸이었다. 닿은 자를 반드시 파괴하는 어둠이 한순간에 마물들을 따라붙었고, 마치 어린아이가 장난으로 나무 블록을 무너뜨리는 것처럼 손쉽게 분해했다.

눈으로 보이는 범위에서 생명의 기운이 완전히 사라졌다.

그리고…….

『크윽, 더, 더는 안 되겠다.』

티오가 괴로워하는 소리와 함께 천공을 덮던 염뢰의 바다가 서서히 걷혔다.

화염 회오리가 불티를 뿌리며 흩어졌고, 부유섬을 모조리 태워 버릴 기세로 타오르던 불길도 허깨비처럼 사라졌다.

그 직후, 흑룡신의 몸에서 어둠색 빛이 번쩍하고 터졌다. 그러더니 이번에는 꿈이라도 꾼 것처럼 거구가 온데간데없이 사라지고, 머리가 있던 곳에서 두 사람이 나타났다.

그 후에는, 당연히 중력에 사로잡혀서 추락했다.

"앗, 티오 씨~! 공중이잖아요!"

"아이고, 실수했구먼. 여력이 없어. 시아, 구해다오."

"바보예요?! 저도 그럴 여력 없다구요!"

적어도 지면에 내려가서 『용신화』를 풀어야 했지만…… 티오도 정말로 한계였나 보다. 웬일로 뒷일까지는 생각이 미치지 않은 모양이었다.

"훗, 걱정 말거라. 흑룡들에게 태워달라고 하면 되니까."

"아, 그렇죠! 그 방법이 있었네요!"

"좋아! 자, 흑룡들아~, 구해다오~."

반응은— 없었다. 『용신화』를 하면서 말려들까 봐 부유섬 아래로 대피하도록 명령한 탓에. 프리드가 『흑룡이 도망쳤다』라고 말한 까닭이 여기에 있었다.

그 사실을 이제야 떠올리고 추락하는 티오와 시아가 서로 얼굴을 돌아봤다.

앞으로 10초 정도면 땅에 곤두박질할 타이밍에 벌어진 농담 같은 실수로 두 사람의 얼굴이 창백해졌다. 얼굴 근육도 부르르 경련했다.

"안 돼애앳! 힘들게 이겼는데 이렇게 죽기는 싫어요오!"

"스카이 보드! 시아, 스카이 보드야!"

"잡을 힘이나 있는 줄 아세요?!"

"나도 없다! 허나 조절을 잘해서 정중앙에 탁 걸치면!"

"이제 그거밖에 없네요!"

실제로 티오는 마력도 텅텅 비어 몸에도 힘이 들어가지 않지만, 시아는 몸이 움직이지 않을 뿐 마력은 남아 있었다.

티오를 잡아서 『공력』으로 감속하지는 못해도 스카이 보드를 부르는 정도라면 가능했다.

그렇지만 공중에서 떨어지며 바람에 떠밀리는 상황에서 거리와 속도를 조절해 정확히 올라탈 수 있을까……?

빠르게 가까워지는 지면을 보고 시아가 반쯤 울면서 스카이 보드를 불러냈고…….

스카이 보드가 공기 저항의 차이로 순식간에 나뭇잎처럼 위로 사라졌다.

두 사람이 함께 「아······」 하고 소리를 흘렸다.

"하지메 씨, 유에 씨, 사랑했어요오오오!"

"재수 없게 무슨 유언이냐! 괜찮아, 괜찮아! 우리라면 버틸 수 있어!"

그런 소리를 외친 순간이었다.

"규우!"

한 줄기 섬광 같은 흰 그림자가 두 사람에게 달려온 것은─.

폭신한 감촉이 두 사람의 팔에 감기고, 이어서 연속으로 충격이 발생하더니 공중에 대롱대롱 매달렸다. 어깨가 빠질 것처럼 아팠지만, 아래를 보니 5미터 아래에 땅이 있었다.

구세주처럼 나타난 토끼가 아슬아슬하게 땅에 꼬라박는 사태를 막아준 것이다.

"이나바?! 이나바예요?!"

"이나바라고?! 왜 여기에 있느냐?!"

"규!"

발차기 토끼 이나바가 긴 귀를 두 사람 팔에 감고 『공력』으로 제동을 걸어 구해준 것이었다. 두 사람의 무게로 토끼 귀가 찢어질 것처럼 늘어났고 그 고통에 부들부들 떨며 눈물도 찔끔 흘렸지만, 틀림없이 구세주였다.

이나바는 하늘을 차면서 서서히 고도를 낮췄고 무사히 시아와 티오를 땅에 내려놓았다.

"사, 살았구나. 고맙다, 이나바."

"이나바, 고마워요. 그래도 왜 여기에 있어요?"

"뀨뀨! 뀨?"

이나바는 신경 쓰지 말라는 것처럼 맥없이 늘어진 토끼 귀를 한 손으로 휙 넘겼다. 그리고 시아의 의문에는 토끼 귀를 어떤 방향으로 쭉 뻗는 것으로 답했다.

그곳을 보니 멀리서 스카이 보드를 타고 아이들이 오고 있었다.

빠르게 거리를 좁힌 아이들은 시아와 티오 옆에 내려왔다.

"둘 다 무사……! 하지는 않나 보네."

"멀리서 보기만 해도 심상치 않았지."

"하하…… 신화를 보는 기분이었어. 정말로 너희가 막아줘서 다행이야……."

"이나바 씨가 뛰쳐나갔을 때는 무슨 일인가 했는데…… 못 움직이는 거지? 잠깐만. 바로 회복할게!"

스즈가 회복 마법을 걸고 시즈쿠가 회복약을 먹여주며 힘없이 뻗은 티오와 시아를 각자 무릎에 눕혀 간호했다. 류타로와 코우키는 붕괴하는 부유섬의 참상을 돌아보며 식겁한 표정을 짓고 있었다.

시즈쿠의 무릎베개에 누운 시아는 기쁘게 웃었다.

"시즈쿠 씨도 무사했네요. 저 바보 친구도 조금은 반성한 모양이구요. 다행이에요."

"그러게."

"으……."

시아의 말에 시즈쿠가 피식 웃으며 고개를 끄덕였고 코우키는 할 말이 없는지 신음만 흘렸다.

"헌데 다른 한 명은…… 아니, 내가 경솔했구먼. 열심히 했어."

티오가 자신을 간호하는 스즈의 뺨을 다정하게 매만졌다.

어떤 결과가 됐든, 거기에 납득했건 안 했건, 모든 힘을 쏟았다는 사실에는 의심의 여지가 없었다. 스즈의 각오도 잘 아니까 위로의 말은 하고 싶지 않았다. 대신 마음 아파하며 노력한 그녀를 칭찬했다.

그 마음이 전해졌는지, 스즈는 잠깐 숨을 삼키더니 눈물을 글썽거렸지만…….

그것도 잠깐뿐이었다. 아무 말 없이 그저 미소를 보여줬다. 무척 어른스럽고 아름다운 미소였다.

그런 두 사람의 대화에 덩달아 미소 지으면서 시즈쿠는 다시 입을 열었다.

"그나저나 놀랐어. 공간을 잇는 출입구를 발견해서 뛰어들었는데…… 세상의 종말 같은 광경이 딱 펼쳐지는 거야."

"눈알이 튀어나오는 줄 알았어. 지옥으로 전이했나 싶더라니까."

"그거 티오 씨였지? 동양풍 검은 용."

"그래. 사실은 주인님에게 달려가서 시작과 동시에 용신으로 갈겨버리려고 했는데…… 뭐, 신역의 마물을 거의 전멸시켰다면 그걸로 만족해야지."

【신역】의 마물을 전멸시켰다. 싸움의 수준이 다른 충격 발언에 아이들은 정신이 멍해졌다. 그러는 사이에 조금 움직일

수 있게 된 시아가 몸을 일으켜 토끼 귀를 갸웃했다.

"그보다 꽤 빨리 따라왔네요? 나침반도 없는데."

하지메 일행이 지나온 이공간은 미로 같은 곳이 많았다. 장애물은 대부분 파괴했지만, 그래도 너무 이른 합류라는 생각이 들었다.

시아의 토끼 귀에 맞춘 것처럼 시즈쿠가 고개를 갸웃거리며 이해가 안 된다는 얼굴로 대답했다.

"헤맬 이유가 없었는데? 시계탑이 무너지면서 다른 도시를 찾느라 시간이 걸렸지만, 처음 발견한 곳에서 전이하니까 바로 여기였어."

"흠. 운이 좋았나, 아니면 전이 공간의 순서가 바뀌었나. 아무튼 요행이구나! 안 그랬으면 우리는 피떡이 돼서 짜부라져 있었을 게야!"

"티오 씨, 그거 웃으면서 할 소리는 아닌 거 같아……."

스즈가 어이없어하는 얼굴을 보면서도 티오는 쾌활하게 웃으며 몸을 일으켰다.

"그런데…… 하지메는?"

시즈쿠가 물었다. 가장 처음 묻고 싶었겠지만, 두 사람의 상태를 보고 참았을 의문이었다. 다른 아이들의 표정도 함께 굳었다.

시아와 티오가 심각한 분위기가 아니니까 걱정할 필요는 없을지도 모르지만…….

"아차, 죄송해요. 먼저 말했어야 했는데."

"그랬지. 괜한 걱정을 끼쳤구먼."

시아와 티오가 쓴웃음을 지으면서 사태를 간략하게 설명했다.

"……그래? 그럼 빨리 쫓아가자."

강한 눈빛으로 재촉하는 시즈쿠에게 다들 동의를 표했고, 바로 그때—.

지진 같은 소리가 나며 공간이 흔들렸다.

다들 무슨 일인가 싶어 주위를 경계했다.

그들이 보는 앞에서 공간에 금이 갔다. 천공 세계 자체가 붕괴하는 것처럼 여기저기서 균열이 퍼지고 있었다.

그뿐이 아니었다. 가뜩이나 많은 피해를 입은 지금 이 부유섬이 공간을 덮치는 진동을 견디지 못했는지, 굉음을 내며 갈라져 붕괴하고 있었다.

다들 허둥지둥 스카이 보드에 올라타서 공중으로 피난했다.

그리고 아래를 내려다보고 깨달았다.

"저, 저건…… 설마 지상?!"

스즈가 경악해 외쳤다.

어느샌가 새하얀 운해도 갈라지거나 조각조각 찢어져 아래쪽 공간이 드러났는데, 그곳이 어안 렌즈처럼 둥글게 휘어 있었다.

그리고 그 휘어진 공간 너머로는 아득히 먼 대지와 낯익은 요새, 초원이 보였고 수많은 사람이 싸우고 있었다.

휘어진 공간이 원래대로 돌아가며 그 풍경도 함께 사라졌지만, 대신 다른 공간이 또 휘어졌다. 그것도 여러 곳에서—.

하지메 일행이 지났던 이공간도 보였지만, 전혀 모르는 곳도 있었다.

불길한 진동은 시시각각 강해졌고『다른 공간으로 이어지는 공간 왜곡』도 갈수록 빠르게 생성과 소멸을 반복했다.

"……분명 하지메 씨예요. 하지메 씨가 에히트랑 싸우는 거예요!"

"그렇구먼. 이곳은 신역이야. 그렇다면 창조주인 에히트가 가장 영향을 줄 테지. 이 공간이 불안정하다는 말은 그만큼 에히트가 내몰렸다는 뜻인지도 몰라."

근거 없는 추측이었다. 마침내 세계의 멸망이 최종 단계에 들어섰을 뿐일 수도 있었다. 그래도 아무도 그렇게는 생각하지 않았다. 시아와 티오의 말이 맞다며 웃음마저 지었다.

"그럼 우리도 서둘러야지."

"좋았어! 이런 곳은 빨리 뜨고 나구모랑 합류하자!"

시즈쿠와 스즈의 말에 이의를 제기하는 사람은 없었고 모두 오벨리스크로 향했다.

부유섬이 붕괴한 탓에 오벨리스크는 이미 대지에 있지 않고 단순한 순백색 기둥이 되어 공중에 떠 있었다.

아직 몸을 가누기 힘들어 시즈쿠의 스카이 보드에 동승한 시아가 어깨를 부축받으며 오벨리스크를 손으로 만졌다.

"……?"

하지만 아무 일도 일어나지 않았다. 하지메가 나침반을 썼을 때, 분명히 이 오벨리스크를 가리켰고, 지금까지 지났던 이

공간에서는 전이문 기동에 특별한 조작이 필요하지 않았다.

한 번 더 만졌다. 시즈쿠도, 스즈의 스카이 보드에 동승한 티오도, 류타로와 코우키도 만져 봤지만 역시나 아무 일도 일어나지 않았다.

"왜?!"

시아가 기를 쓰고 여기저기 만져 보지만, 무슨 짓을 해도 오벨리스크는 반응이 없었다.

"……이 불안정한 공간과 관계가 있을지 몰라. 오벨리스크는 다른 부유섬에도 있으니 다른 곳으로 가 보자꾸나."

불길한 예감이 들지만, 티오의 추측에 따라서 서로 나뉘어 다른 오벨리스크를 조사하러 갔다.

하지만 어떤 오벨리스크도 반응하지 않았다.

그리고 천공 세계에 생긴 균열로 기어코 공간 자체가 붕괴하기 시작했다. 무너지는 공간 너머는 그저 어둠뿐이었다. 오싹할 만큼 깊어 보이기도 하고, 반대로 검게 칠했을 뿐인 벽처럼도 보였다.

시험 삼아 시즈쿠가 돌멩이를 던져 보자…….

"……분해된 거 같아."

어둠에 닿은 순간 붕괴해 티끌도 남기지 않고 사라졌다.

"상황이, 좋지 않구먼……."

"붕괴에 말려들어도 우리는 무사하다……라고 생각하는 건 너무 큰 바람이겠죠?"

"우리가 들어온 오벨리스크라면 어때?"

스즈의 제안을 받아들여 서둘러 그곳으로 갔다.

이미 하지메에게 가고 말고 할 상황이 아니었다. 왔던 길을 돌아가더라도 지금은 이 공간에서 탈출하는 게 우선이었다.

이동하는 와중에도 붕괴는 급속하게 진행됐다. 마치 우리를 조금씩 좁히는 것처럼 어둠이 넓어지고 있었다. 지금 이 순간에도 부유섬이 차례대로 소멸해 갔다.

갑자기 진로상에서 공간이 깨지며 어둠이 나타나곤 해서 조금 시간은 걸렸지만, 일행은 무사히 도시로 이어진 오벨리스크에 도착했다.

하지만 역시나…….

"어쩌지…… 돌아갈 수도 없나……."

코우키가 침통한 얼굴로 중얼거렸다. 오벨리스크가 반응하지 않아서였다.

할 말을 잃은 일행 앞에서 절망을 들이밀 듯 왜곡된 공간과 그 너머의 도시 폐허가 보였다. 그곳도 끝자락부터 붕괴하고 있었다.

이곳만이 아니었다. 【신역】의 이공간 전체가 붕괴하기 시작했다.

"여기서…… 끝인가."

코우키의 비관적인 말을 나무라는 사람은 아무도 없었다.

탈출할 수 없다. 아무것도 할 수 없다. 시즈쿠도 스즈도 류타로도 이를 갈 수밖에 없었다.

"희망은 있어요."

모르는 사이에 숙였던 얼굴이 시아의 말을 듣고 튕겨 올라왔다.

시아는 힘찬 눈빛으로 먼 곳을 내다보듯 허공을 보고 있었다.

"암, 유에와 함께 에히트를 해치운 주인님이 데리러 올지도 몰라."

티오도 똑같이 허공을, 분명히 그 앞에 있을 하지메와 유에를 상상하며 믿고 바라보았다.

"그래. 그리고 방법이 없지도 않아. 정 안 된다 싶으면 이판사판으로 지상이 보이는 공간 왜곡으로 다이빙해 보자."

"하, 그거 좋은데! 어차피 가만히 있으면 죽는 거, 안 할 이유가 없지."

"응. 아슬아슬할 때까지 기다리자. 효과가 있을지 모르지만, 결계를 치면 지나갈 수 있을지도 몰라."

"……그래. 포기하면 안 되지. 나도 결계에 힘을 보탤게."

어떤 상황에서도 절망은 하지 않는다. 마지막까지 발버둥을 멈추지 않는다.

그것이 시아와 티오가 반한 남자의 사고방식이며 아이들이 이세계에 소환되고 배운 가장 소중한 삶의 태도였다.

그리하여 일행은 지상이 보이는 공간 왜곡을 찾았고, 붕괴가 진행된 탓인지 사라질 기미가 없는 그것을 보며 얼마간 시간을 보냈다.

그러다 결국 뛰어들 수밖에 없다고 각오했을 때.

구원자가 왔다. 생각하던 인물은 아니었지만……

"음? 뭔가 날아오지 않느냐?!"

지상 쪽에서 뭔가가 날아든다. 그렇게 인식한 직후, 빛이 폭발했다. 반사적으로 팔로 눈을 감쌌다. 팔 틈새로 확인하자 공간 왜곡에 화살 하나가 꽂혀 파문을 일으키고 있었다.

"서, 설마!"

그 추측대로였다. 경계 파괴의 개념 마법이 깃든 화살. 오리지널보다 성능은 떨어지지만, 그것을 가진 인물은 한 명밖에 없었다.

억지로 벌린 공간의 구멍으로 튀어나온 것은 스마일 가면에 로브를 걸친 작은 골렘이었다.

공중에서 오른손을 허리에 대고 한쪽 발을 휙 올리며 옆으로 눕힌 V사인을 눈가에 곁들여 찡긋 윙크. 때와 장소도 고려하지 않고 짜증 날 만큼 완벽하게 포즈를 잡은 그것은…….

"안녕~! 잘 지냈어~? 모두의 인기 스타, 천재 미소녀 마법사 밀레디 라이센! 등☆장!"

최후의 해방자─ 밀레디 라이센이었다.

나락의 바닥처럼 어둠이 깔린 공간.

광원 하나 없는 그곳에 백금의 빛이 쏟아졌다.

허공에서 비친 빛은 어둠에 선을 그으며 땅에서 유백색 원기둥으로 뻗었다.

그러다 꼭대기에 접촉하고 잠시 후.

문득 빛이 흩어졌고, 유백색 원기둥 위에는 한 인물이 한쪽 무릎을 꿇고 있었다.

하지메였다. 돈나&슈라크를 쥐고 서슬 퍼런 눈으로 주위를 돌아봤다.

야시 능력을 쓰지 않아도 신기하게 주변이 또렷하게 보였다.

원기둥에서는 똑바로 유백색 통로가 이어지고 그 앞에는 위로 올라가는 계단이 있었다.

어떤 기운도 느껴지지 않았다. 열원도 마력도 아무것도 감지되지 않았다.

유백색 통로에도 뭔가 장치가 있는 것처럼 보이지는 않았다.

천천히 일어나서 앞으로 걸었다.

빛을 거절하는 어둠에 하지메는 살짝 그리움을 느꼈다.

그녀와 만난 것도 나락의 밑바닥에 깔린 어둠 속이었다. 봉인된 문을 열자 들어간 빛이 하나의 길처럼 황금색 흡혈 공주를 비추었다.

이 암흑과 유난히 선명하게 보이는 유백색 통로는 자연스럽게 그때 일을 상기시켰다.

그러자 마치 제방이 무너진 댐처럼 추억이 범람했다.

오직 한마음으로 바라보는 붉은 보석 같은 눈동자.

억양으로는 드러나지 않아도 흘러넘치는 마음이 담긴 귀여운 목소리.

졸린 것처럼 반쯤 감긴 눈, 촉촉하게 번들거리는 입술, 이름만 불러도 발그레 물들고 입꼬리가 걸리는 볼.

차가워 보여도 의외로 장난기 넘치는 성격.

황금을 두르고 용감하게 싸우는 아름다운 자태, 자신만만하게 가슴을 펼치는 귀여운 행동, 눈길을 뗄 수 없을 만큼 요염한 몸짓. 하지메, 라고 부르는 목소리는 애정이 듬뿍 담겨 몇 번을 들어도 몸이 간질간질했다.

지나치게 조용한 공간을 방심하지 않고 걸으면서도 하지메의 눈동자 깊은 곳에서는 미쳐 버릴 것 같은 충동이 넘실거렸다.

그것은 가장 사랑하는 사람에게 보내는 깊고 무거운 사모의 정이자 적을 향한 명확하고 절대적인 살의였다.

하지메는 계단을 올랐다. 한 단을 밟을 때마다 충동은 강해졌다.

계단 앞쪽은 희미한 빛에 싸여 있었다.

하지메는 주저 없이 그 빛 속으로 나아갔다.

시야가 하얗게 물들었다.

그렇게 착각할 만큼 빛 안쪽은 온통 하얗기만 한 세계였다.

위아래 할 것 없이, 눈에 보이는 주변 모든 것이 하얀 공간에서는 거리감을 파악하기 힘들었다.

바닥을 밟는 감촉은 확실히 전해지는데 아래를 보면 그곳에 바닥이 있다고 인식하기 어려웠다. 한 걸음 내디디면 그대로 끝없이 추락하지 않을까 싶을 만큼…….

그런 흰 공간에 딱 한 점, 검정이 있었다.

"잘 왔어, 내 영역의 최심부에."

아아. 마음이 환희하고 동시에 분노로 뒤덮였다.

그토록 갈구하던 사랑하는 이의 목소리였다. 하지만 너무나도 이질적인 목소리였다.

아름다운 음악에 더러운 잡음이 섞인 감각에 하지메는 눈살을 찌푸렸다.

그 시선 앞에는 높이 10미터 가까운 거대한 층계가 있었다. 그 가장 높은 곳에 옥좌가 있고 목소리의 주인이 있었다.

옥좌에 다리를 꼬고 앉아 볼을 괴고 희미한 웃음을 띤 모습은 『요염』이라는 말을 구현하는 것 같았다.

"환영하마."

검은 드레스, 찰랑거리며 빛나는 금색 머리카락, 옷 위로 드러난 희고 매끄러운 어깨, 크게 파인 가슴 사이로 보이는 풍만한 계곡, 옆트임으로 길게 뻗은 아름다운 다리. 전체적으로는 말랐지만, 묘하게 육감적으로도 보이는 성인 여성.

성장한 모습의 유에가 그곳에 있었다.

【오르크스 대미궁】의 은신처에 있는, 아워 크리스털로 시간 흐름이 느려진 공방.

"……실패야."

그곳에서 하지메의 탄식 섞인 목소리가 울리고 선명한 진홍색 빛이 흩어졌다.

"으으. 미안해, 하지메."

힘이 되어주지 못한 것이 미안해서 나는 시무룩하게 어깨를 늘어뜨렸다. 눈앞에는 구멍 뚫린 작업대가 있었다. 조금 전까지는 하지메 특제 합금 소재가 있던 곳이었다.

내가 먼지로 바꿔 버렸지만. 작업대째로…….

"카오리 때문이 아니야. 분해 마법의 성질상 예상은 했어."

하지메는 씁쓸하게 웃으면서 내 어깨를 탁탁 두드렸다.

사도 대책의 일환. 『분해』를 아티팩트로 막아서 사도 최강의 공격을 무효화하려는 시도는 난항을 겪고 있었다.

나도 출력을 조정하거나 분해 속도를 낮춰서 노력해 보지만, 역시 『분해 마법』에 견디는 소재는 없었다.

봉인석과 신결정이라면 괜찮을 것 같지만, 봉인석은 마력을 튕겨 내는 성질 때문에 마법을 부여해도 실전에서 쓰지 못하고, 신결정은 너무 희귀해서 쓸 수 없었다.

"게다가…… 뭐지? 이 마법 프로젝트의 수는."

"그렇게 많아?"

"그래. 보물 상자가 보이지 않을 만큼 쇠사슬 수십 개를 감고, 그 사슬 고리끼리 하나하나 자물쇠를 채운 모습을 상상해 봐. 딱 그런 느낌이야."

"와아……."

하지메의 설명에 따르면 타인이 분해 마법에 간섭하려고 하면 마법식 자체에 들어간 방해 술식이 넘쳐 나온다고 했다.

나는 경험 공유로 딱히 의식하지 않고도 쓸 수 있으니까 신경 쓰지 않았지만, 분해 마법에는 외부 간섭에 병적인 수준의 보호 장치가 걸린 모양이었다.

하지메 정도의 연성사라면 시간만 있으면 풀 수 있다지만…….

"마치 이런 사태를 상정한 것처럼…… 아니, 이미 일어난 적이 있어서 이런 광기의 프로텍트를 걸었나? 그렇다면 분해 마법의 성질도 옛날보다 개량됐을 가능성이……."

하지메가 또 생각의 바다로 가라앉았다.

그러다가 조용히 눈길을 천장으로 옮겼다. 아무것도 없는데……『결국 같은 생각을 했나?』라며 웃는 것 같기도, 『괜한 짓 하기는』이라며 투덜대는 것 같기도 한, 뭐라고 단정 짓기 어려운 표정이었다.

아마 뭔가 실마리를 찾았을 것이다. 이럴 때 하지메의 생각을 따라갈 수 없는 것이 조금 분했다.

"하지메, 어떻게 할 거야?"

"가성비가 너무 안 좋아. 다른 대항책도 있으니까 이 방법은 포기할래."

깨끗이 포기하고 다음 고찰과 실험으로 넘어갔다.

그런 빠르고 과감한 결단, 나는 좋다고 생각해!

그리고 종이에 글씨를 쓰거나, 선을 긋고 지우거나, 진지한 표정으로 문제에 임하는 하지메의 옆모습도 좋아! 이유도 없이 넋이 나가 멍하게 보고 말았다…….

"……카오리? 왜 그래? 피곤해?"

"응?! 아, 미안. 못 들었어. 뭐야?"

위험하다, 위험해. 하마터면 하지메에게 끌려서 착 달라붙을 뻔했다.

이런 모습을 유에게 보이면 큰일이지…….

……지금은 없지만.

……보이면 『불로 다가가는 나방 같다』라며 심술궂은 웃음을 짓고 놀림받을 거다. 하여간, 허점을 보이면 놀리기 바쁘다니까!

"정말로 괜찮아?"

"앗, 응! 괜찮아! 그래서 뭐라고?"

어느샌가 하지메의 얼굴이 바로 앞까지 와 있어서 깜짝 놀랐다.

"아니, 경험 공유가 가능하면 사도의 기억을 뒤질 수 없느냐고 물었는데…… 잠깐 쉴까?"

하지메가 내 안색을 살폈다. 나를 걱정하는 것이라고 금방 알아차린 나는 머쓱하게 웃으면서 한 번 더 괜찮다고 전했다.

"……그래? 그럼 됐고. 할 수 있겠어?"

"사도의 기억에 접속이라……."

그럴싸한 방법으로 들렸다. 사도는 여러 개체가 생각과 기억을 공유하는 역사 기록 보관소이기도 했다. 그것을 뒤지면 사도와 맞서는 데 유익한 정보가 나올지 모른다.

그렇지만 문제는 있었다.

그 『기억』은 사람처럼 뇌에 보관된 기억과는 다른지, 적어도 나는 지금까지 한 번도 그것을 본 적이 없었다.

사고 능력에 문제는 없으니까 호기심에 의식을 집중해 보았으나, 사도의 기억은 아무것도 떠오르지 않았다.

쌍대검술과 분해 마법, 날개와 깃털 사용법은 몸이 기억해서 그 감각에만 익숙해지면 싸우는 데는 지장이 없었다.

기억 상실에 걸린 사람이 옷 입는 법이나 밥 먹는 법을 기억하는 것과 마찬가지, 라고 하면 가장 적절한 비유일까? 능력만은 인간을 벗어났으니까 정말로 인형 같은 육체였다.

어쨌든 시험해 볼 가치는 있다고 생각했다.

집중하려고 구석에 놓인 오래된 가죽 소파에 앉았다. 하지메가 내 앞에 무릎 꿇었다. 무릎 꿇어……?

무릎 꿇었다! 거기다 손도 잡았어! 반지까지?! 프, 프러포즈?! 이, 이러면 안 되는데! 이거 바람이야! 유에가 있으면서 나를 어떻게 하려고?! 이대로 소파에 눕혀서 그렇고 그런 짓을?! 안 돼 안 돼 너무 야해! 게다가 기왕이면 유에를 데리고 온 뒤에 하는 편이—

"사도의 기억 영역이 어떻게 되어 있을지 몰라. 간섭한 순간 카운터가 발동할 위험도 있어. 미안하지만 보험을 걸게."

그러면서 하지메는 진지한 표정으로 발밑에 결계의 기점을 설치했다.

팍 식었다. 내가 이상한 착각을 했네? 미안……

"카오리가 은근히 밝힌다는 건 아니까 신경 쓰지 마."

"마음을 읽었어?!"

"승화 마법 『정보 간파』를 사용해. 이 반지가 보조할 테니까 쓸 수 있을 거야."

무뚝뚝한 얼굴로 무시하며 방금 꺼낸 반지를 내 새끼손가락에 끼워줬다.

이때도, 왼손 약지도 상관없는데……라는 생각을 하고, 유에가 돌아오면 자랑할까? 라는 생각까지 한 못난 나를 제발 혼내주세요.

우우, 정말로 피곤한 건지도 모르겠다. 몸이 아니라 마음이.

이 지연 공간은 시간 감각이 이상해지는 폐해가 있다고 생각한다.

밖에 있는 사람들에게는 몇십 분이라도 안에서는 몇 시간. 이렇게 오래 있으면 세계에서 떨어져 나온 것 같은 기분마저 들었다.

……없는 사람이 자꾸만 머리에 떠올랐다. 결의와 긴장으로 포화됐던 마음에 틈이 생기면서 불필요한 생각이나 감정이 비집고 들어왔다.

그래도 그렇게 따지면 하지메가 더 힘들 것이다.

정말로 필요한 시간을 제외하면 하지메는 쭉 공방에만 있으니까. 가장 만나고 싶은 사람과 가장 오래 만나지 못한 사람은 하지메다. 내 속내나 토로할 때가 아니다.

정신 차리자고 양손으로 볼을 짝짝 때렸다. 그러던 그때, 공방 문이 벌컥 열렸다. 나 대신 소재를 모으거나 잡일을 맡은 시아가 돌아왔다.

"추가 소재 가져왔어…… 앗, 프러포즈?! 유에 씨가 있으면서 카오리 씨를 어떻게 하려고요?! 그대로 소파에 눕혀서—."

"변태 토끼도 여기로 와."

"변태 토끼?! 오랜만에 ○○ 토끼 시리즈가 나왔네요?!"

창피하다. 시아와 생각하는 수준이 똑같다니! 나는 저런 남사스러운 옷은 안 입는데!

"지금 제 옷에 불만을 가진 얼굴이었죠?"

"너무 쉽게 들키는 거 아니야?! 얼마나 얼굴에 드러나면 그래?!"

""기본적으로 전부.""

왜 사도의 경험 공유는 『무표정』을 공유해주지 않을까…….

내가 살짝 충격을 받은 사이에 하지메가 시아에게 기억 조사에 관해 설명했다.

기억을 뒤지다가 내가 폭주하지 않는지도 검증해야 하니까 만일의 경우에는 구속해 달라는 이야기였다.

마왕성에서 당한 『기능 정지』처럼 치명적인 문제가 없는지 확인하고 싶은가 보다. 『정보 간파』를 쓰는 건 그런 이유기도 하겠지.

나는 지상에 남아서 사람들을 지키는 역할이니까 무슨 일이 있어도 하지메는 대처하지 못한다. 지금 생각할 수 있는 모든 점을 확인해 두고 싶을 것이다.

정말로 철두철미해, 하지메는……

그 이상으로 나를 생각해서 그런다는 것도 알지만…….

"알겠어요. 자, 카오리 씨. 헤벌쭉거리지 말고 시작하세요!"

"헤, 헤벌쭉 안 거렸거든?!"

말은 그렇게 하면서도 볼을 꾹꾹 눌러서 표정을 고치고……『정보 간파』를 발동했다.

잠수한다. 깊이, 더 깊이. 경험 공유 때도 느낀, 내 몸을 움직이려는 보조력 같은 것에 기대어 신경을 곤두세운다.

뭔가 조금이라도 정보를…….

내게는 내 역할이 있으니까 직접 유에를 구하러 갈 수는 없다. 그러니까 조금이라도 동료와 친구들에게 도움이 될 정보를…….

"으, 뭐지? 굉장히 단편적으로…… TV의 노이즈 화면을 보는 듯한……"

뭔가가 눈꺼풀 뒤를 스친 기분이었다. 아니, 머릿속에 떠오른 이미지인가?

"……! 역시 프로텍트가 있어?"

"……아니라고 생각해. ……부서진 파편만 남은, 느낌이야."

"역시 죽었을 때 삭제했나……"

"분해 마법과 경험 공유는 육체에 남아 있으니까 기억도 파편 정도는 육체에 남아 있는 걸까요?"

"그렇다면 특별히 인상이 강한 기억일지도 몰라. 카오리, 어때?"

나는 바로 대답하지 못했다.

마치 닳아빠진 사진을 슬라이드 쇼로 보는 기분이었다.

거기 비친 것은 처참하고 잔혹한 비극의 파편. 죽고 또 죽어 간다. 많은 사람이 비탄에 빠져 생명을 잃어 간다.

해저 유적에서 본 선상 파티와 같았다. 평화를 위해서, 서로의 인연을 지키기 위해서 싸운 사람들이 광기에 빠지거나 광기에 빠진 사람에게 죽어 간다.

그 광경을, 무대를 준비해 세계를 광기로 몰아넣은 사도가 하늘에서 내려다본다.

이 무자비한 세계에 구역질이 나서 나는 무심코 입을 손으로 막았다.

그래도 하지메와 시아의 걱정스러운 목소리와 등을 문지르는 따뜻한 손길이 내 마음을 받쳐주니까…… 나는 괜찮아.

한쪽 손을 잡아주는 하지메의 손을 강하게 마주 잡으며 그렇게 말했다.

"무리는 하지 마."

그 말에 고개를 끄덕이고 나는 다시 기억의 단편에 의식을 집중했다.

그렇게 과거의 단편을 보던 도중 왜 이것들이 삭제되고도 남아 있는지 알 것 같았다.

나라를 빼앗기고 세계의 미움을 받고도 끝까지 싸운 용인이 있었다.

설령 신을 적으로 돌리더라도 사랑하는 사람을 위해서 발버둥 친 흡혈귀가 있었다.

교회 기사면서 마인과 손을 잡고 이단자를 지키려고 한 인간이 있었다.

내가 모르는 종족의 사람들이 멸종 위기에 빠져서도 아인을 지키고 있었다.

그렇게 필사적으로 몸부림친 사람들 중에는 눈앞에 있는 동료와 같은 최약체 종족인 아이도 있었다.

"……토인…… 미래? ……반드시?"

"카오리 씨?"

"시아랑 비슷한 나이의 토인 여자애가…… 맞서 싸우고 있었어. 혼자서, 사도에게."

"—!"

동포를 지키기 위해 결사의 싸움을 벌인 토인 소녀. 죽음의 문턱에 서서도 처절하게 웃으며 내뱉은 말은, 정확히 들리지는 않아도 제삼자인 나조차 위축될 정도였다.

뭔가를 곱씹는 것처럼 시아의 표정이 변했다.

"후후. 먼 옛날에도 영웅 토끼가 있었나 보네요. 뭐 그야! 숲속 토끼는 강하니까요! 당연하죠!"

토끼 귀가 붕붕. 토끼 꼬리도 고속으로 살랑살랑. 시아는 자랑스럽게 웃었다.

그래, 틀림없이 그게 이유겠지.

긍지가 있다. 의지가 있다. 목숨을 걸 만한 소망이 있다.

기억의 단편에 나오는 건 모두 그런 사람들이었다. 최후의 한순간까지 저항했던 사람들이었다.

현실은 냉혹하기 그지없고 비탄으로 가득한데도 그들의 삶은 너무나도 눈부셨다.

그래서 사도는 잊지 못한 것이다.

감정은 없다고 말하지만, 정말로 그런지 의심할 수밖에 없었다.

특히 이 사람에게는 남다른 감정이 있지 않았을까?

"밀레디 라이센 씨…… 세계에서 처음 사도를 쓰러뜨린 사람."

【라이센 대미궁】의 창설자이자 해방자의 리더.

그녀와 정면으로 싸우고 대책도 뭣도 없이 순수하게 힘으로 패배한 사실은 틀림없이 사도에게 과거와 현재를 통틀어 가장 큰 충격일 것이다.

"방법은? 구체적으로 어떻게 해치웠어?"

"으, 으음. 노이즈가 심해서 거기까지는 잘……. 밀레디 씨가 손바닥을 내민 순간 시야가 새까맣게 변하고, 거기서 끝이야."

"중력 마법으로 압살했어? 쳇, 참고가 안 되는군."

"지금도 사도를 찍어 누를 수 있는 사람이니까요. 현역일 때는 상상도 못 하겠어요."

그래도 그런 강한 사람이 참전해 준다고 생각하면 마음이 든든했다.

오랜 세월을 살기 위해서 골렘이 되었다고 들었는데…….

"그런데 인간일 때 밀레디 씨는 엄청 미소녀—."

""절대 아냐.""

"뭐가?!"

동시에 말이 나올 정도로 엄청난 거부 반응! 대체 뭐야?!

"카오리 씨가 몰라서 그래요. 그야 실력은 인정하지만, 그만큼 성격이 뒤틀렸다구요. 아주 꾸불꾸불하게!"

"즉, 미소녀일 리 없다. QED."

증명 완료

"완료하지 마! 정말이라니까? 사도를 해치웠을 때도 당당했고, 머리랑 눈동자도—."

"싫어엇! 듣기 싫어요! 미소녀에다 멋있기까지 한 밀레디라니, 절대로 인정 못 해!"

"밀레디는 열받는 스마일 가면! 그거면 됐어! 우리 뇌를 파괴하려고 하지 마!"

"그 정도야?!"

대, 대체 【라이센 대미궁】에서 얼마나 끔찍한 일이 있었던 걸까.

이야기 나눌 수 있을 줄 알고 살짝 기대했는데 무서워졌다…….

"그보다 다른 건 없어?"

하지메가 화제를 돌리며 물었다.

"……더 깊이 들어가 볼게."

더 깊이 집중했다. 구체적인 과거 전투와 사도의 정보는 역

시 완전히 지워진 모양이지만, 방금 밀레디 씨처럼 단편으로
도 뭔가 알 수 있을지 모른다. 그렇게 생각해서 『정보 간파』의
출력도 더 높이고, 기억을 뒤지기보다 옛날에 사도가 받은 상
처가 없는지 육체 정보만 조사해 봤다.

그러자 점점 오감이 둔해지고 하지메가 쥔 손의 감촉도, 시
아가 등에 올린 손의 온기도, 두 사람의 숨결과 목소리조차
의식 저 멀리 사라져 갔다.

마치 TV 화면에 비친 노이즈 속으로 빨려드는 감각에 덜컥
겁이 났지만…… 힘내라, 나! 라며 자신을 격려했다.

그리하여 조금씩 그것이 보였다.

과거 싸움의 단편. 오랜 역사 속에서 정말 한 줌의 사람만
찌를 수 있었던 의지의 칼날.

상대가 누구인지는 불분명하지만, 몸에 입은 손상만은 알
수 있었다.

불타고, 으깨지고, 깎였다. 베이고, 부서지고, 봉인됐다.

그리고 중력의 소용돌이 중심으로 사라져 가는 많은— 사도?

아, 안 된다. 탈출할 수 없다. 파괴할 수도 없다. 이 검은 소
용돌이는 **나를** 확실하게 파괴하고 암흑 속으로—.

"……카오리."

조용히 속삭이는, 무척 아름다운 목소리가 들리고 내 시야
가 갑자기 전환됐다.

아, 위험했다. 완전히 동조했었다! 과거 사도가 받은 상처와 죽음을 내 것으로 받아들일 뻔했다!

식은땀이 확 올라오고 기억에 삼켜질 뻔한 공포로 호흡이 거칠어……지지 않네? 근데 몸도 안 움직여?! 심지어…….

"유에, 이런 시간에 무슨 일이야?"

마음대로 입까지 움직였다! 영문 모를 상황에 혼란에 빠질 뻔했다.

그래도 그것도 한순간이었다. 시야에서 반짝이는 금색을 발견한 순간, 마음이 차분해졌다. 차분해지고, 겨우 깨달았다.

귀를 때리는 파도 소리, 어두운 바다와 수평선까지 닿는 하늘의 별들.

그리고 그 밤하늘의 빛을 받아 약하게 반짝이는 금색 머리칼을 휘날리는 미모의 여자아이.

이건…… 이건 내 기억이다.

해저 유적을 공략한 뒤, 모두 잠든 심야에 혼자서 빠져나가는 유에를 쫓은 기억. 부두에 앉아서 하늘과 바다를 바라보는 유에에게 말을 걸었을 때다.

아마 기억 조사에 위기를 느끼고 본능적으로 자신의 기억으로 의식을 돌린 것 같지만…… 왜 이 장면이지?

이유도 모르겠고, 과거의 자신에게 들어온 상황도 당황스러웠다. 그래도 현실로 돌아올 방법을 모르고 왠지 돌아갈 생각도 들지 않았다. 조금만 더 이 뒤에 이어질 일을, 이 선명한 기억 속에서 한 번 더 체험하고 싶다는 감정이 밀려와서…….

"……응~? 카오리가 나랑 이야기하고 싶은 것 같아서?"

어깨 너머로 돌아본 장난스러운 웃음은 동성인 나도 두근 거릴 만큼 고혹적이었다.

사실 나는 유에와 둘이 이야기하고 싶어서 기회를 엿봤는데, 그걸 눈치채고 이런 식으로 말없이 자리를 마련한 것이다. 정말로 치사하다.

겉보기에는 나보다 어리면서 이럴 때만 어른 같다. 이럴 때면 약간 분하면서도 강한 동경심을 느꼈다.

본인에게는 절대로 말하지 않을 거지만!

"……그냥, 그게…… 나 유에를 잘 모르니까, 조금 더 알고 싶어서."

과거의 자신이 빨개진 모습을 보고 지금 내 얼굴이 빨개졌다. 대체 왜 고백하는 사람처럼 굴어?! 내가 나에게 따지고 싶었다.

"……흐응? 하지메가 아니라?"

"하지메는 잘 알아!"

"……건방져."

유에는 픽 웃으며 자기 옆자리를 톡톡 쳤다.

"응."

나는 짧게 유에처럼 대답하고 옆에 앉았다. 묘하게 쑥스러워 어린애 같이 대꾸해서 괜히 더 부끄러웠던 기억이 난다.

그래도 유에는 그런 나를 불쾌하게 여기지 않았다. 오히려 귀여운 것을 바라보는 눈길을 보내며 또 픽 웃었다.

지금 다시 객관적으로 보니까 아마 유에는 내 속내는 훤히 꿰뚫고 있는 듯했다.

해저 유적에서 유에와 차이를 느끼고 열등감에 시달려 비굴해졌다.

그래도 그 기분을 떨쳐내고 연적을 더 알고 싶다고, 이때 처음으로 진짜 유에와 마주하겠다고 결의했기에 나를 받아준 것이다.

그때부터 유에는 많은 이야기를 해줬다.

전에는 여왕님이었다는 이야기부터 나락으로 간 경위.

하지메가 봉인의 문을 열었을 때 어떻게 느꼈는지. 이름을 받았을 때 어떤 기분이었는지. 유에 마음의 소중한 부분. 감정의 부드러운 부분을 많이……

유에도 내 **마음을** 물어보았다. 전에 말한 적 있는 추억 속에서 내가 느낀 점, 생각한 점을 하나하나 자기 일처럼 들어줬다.

유에에게 『공감』하게 된 것은 이때라고 생각한다.

좋아하는 사람을 이야기하는 것이, 자기 안에 잠든 보물을 서로 보여주는 시간이 너무 즐거워서 우리는 하늘이 밝아 오는 줄도 모르고 수다에 빠졌었다.

수평선으로 보이는 여명이 자연스럽게 우리 입을 다물게 했다. 슬슬 돌아가자는 분위기가 되어 내가 먼저 일어났다. 이때 나는 나도 놀랄 만큼 마음이 가벼워서 굉장히 솔직해져 있었다.

"하지메랑 유에 같은 관계를 비익연리라고 하겠지."

"……비익? 연?"

"비익연리. 눈과 날개가 하나뿐인 암컷과 수컷 새가 짝지어 날듯이, 두 나무가 가지로 이어져 하나가 되듯이, 절대로 떨어지지 않으려고 하는 남녀를 가리키는 말이야."

유에는 먼저 일어난 나를 잔잔한 눈동자로 쳐다봤다.

"……그럼 포기할래?"

그렇게 물었을 때, 나는 아침 햇살에 떠밀린 것처럼 마지막에 이렇게 말했다.

"아니! 다시 선전포고할게! 절대로 안 떨어져! 하지메 안에 내 자리를 만들고 말 거야! 유에 혼자 독점하게 두진 않아!"

유에는 굉장히 눈이 부신 듯 눈을 가늘게 떴다. 아마 아침 햇살 때문이겠지만, 이때 나는 이런 다정한 표정도 지을 줄 아는구나, 라고 생각했다.

햇빛에 시야가 물들었다.

어느샌가 나는 또 다른 곳에 있었다. 또 밤이다. 달과 별이 무척 가깝게 보였다.

나는 누워서 눈을 감는 나를 내려다보는 위치에 있었고, 잠든 나에게 유에가 손을 뻗는 모습이 보였다. 그 옆에는 노인트의 몸도 있다.

이곳은…… 【신산】이다. 한 번 죽어서 사도의 몸으로 혼을 옮길 때의 기억이다.

"……카오리 이 바보~, 멍청이~, 똥개~."

맞아맞아. 이때는 참 끈질기게 싫은 소리를 했었다.

교대로 혼백 마법을 계속 거느라 티오는 쉬고 있었고, 마력을 양도하려고 하지메와 시아도 쉬던 때. 그러니까 둘만 있을 때 유에는 계~속 종알종알 나를 욕했다.

『아이참! 그만 좀 하라니까!』

"……시끄러워~. 허망하게 죽어 버린 주제에~. 바보~, 멍청이~."

처음에는 정말로 울컥했지만, 지금은 반대로 조금 쑥스럽다. 왜냐면…….

『나도 열심히 했어! 심장 찔리고도 애들을 치료했단 말이야! 죽어도 마지막까지 포기하지 않고—.』

"운이 좋았던 거지!"

유에가 처음으로, 진심으로 내게 화냈을 때니까.

난데없는 격분에 시간이 멈춘 것처럼 느꼈다. 유에가 이렇게 살을 찌르는 듯한 노성을 지르다니, 나는 상상도 하지 못한 일에 혼만 남아 유령처럼 떠다니는 상황에서도 흠칫 떨고 말았다.

"신산 공략 조건이 조금이라도 틀렸으면, 정규 공략 루트가 더 복잡했으면, 조금이라도 뭔가가 잘못됐으면, 넌 분명히 죽었어!"

『그, 그건…….』

"왜 더 주의 안 했어?! 왜 더 철저하게 방어해 두지 않았어?! 왜 남부터 치유했어?! 티오가 공략했다고 인정받지 못했으면…… 돌이키지도 못했어……."

산 정상의 맑은 공기로 녹아 사라질 것처럼 힘없이 마지막 말을 중얼거린 유에게 나는 말을 꺼내지 못했다. 무서워서도 당황해서도 아니었다. 유에가 얼마나 걱정했는지 전해져서였다.

티오가 내 생명을 이어주는 동안에 유에와 시아는 혼백 마법을 습득하려고 애썼고, 먼저 클리어한 사람은 유에였다.

나중에 시아에게 들은 이야기로는 그때 유에는 얼마나 절박한지 시아마저 내버려 두고 많은 시련을 정면 돌파했다고 한다.

공격을 받아도 『자동 재생』에 맡기고 계속해서 대형 마법으로 쓸어버리는, 유에의 본래 싸움법이기는 하지만 굳이 필요하지 않은 방법으로 단 한 시간 만에 공략했다.

산 정상으로 돌아왔을 때도 숨이 거칠고 휘청거릴 만큼 필사적이었다고, 훗날 하지메도 알려줬다.

의식이 없어서 그런 줄도 몰랐던 멍청한 나는 태평하게 새롭고 강한 몸을 얻게 된다고 들떠 있었다.

지금 생각하면 정말로 바보 멍청이 똥개였다. 나 자신에게 그렇게 말해주고 싶을 지경이다.

잠시 우리는 서로에게 아무 말도 하지 않았다. 이때는 시간 감각도 모호했는데, 지금 보면 상당히 오래 침묵했다.

그런데 겨우 유에의 말을 이해한 나는, 결국…….

『……응, 그러네. ……미안.』

그런 식상한 말밖에 하지 못했다. 지금 생각해도 내가 한심하다.

그런데 유에는 거북하게 고개를 젓더니 사과했다.

"……사과하지 마, 바보 카오리. 지금 그건 화풀이야. 사과는 내가 해야 해. 내 감정을 못 이겨서 너를 혼자 두고 싸우러 나갔어. 미안."

『아니야. 릴리랑 반 애들이 같이 있으니까 괜찮다고 생각한 거지? 그보다 적 총대장을 치는 게 안전하고. 정말로 원한도 있었겠지만…… 그건 어쩔 수 없어. 나한테 힘이 있었어도 똑같이 했을 거야.』

"……응."

거북한 듯 아닌 듯, 마음이 간질간질한, 말로 표현하기 힘든 시간이 조용히 흘러갔다.

나는 절대로 나와 눈을 마주치려고 하지 않는 유에 옆에서 그 얼굴을 들여다봤다. 왠지 유에랑 이야기하고 싶어서, 그래도 뭐라고 말해야 할지 몰라서 불쑥 튀어나온 말은…….

『아, 맞아. 신산 대미궁 이야기 해줘. 나도 공략하고 싶어.』

이런 이야기였다. 아니, 생명의 은인이잖아. 감사 인사를 해야지! 그렇게 생각하면서도 어째선지 나는 마음속으로 감사할 뿐 입 밖으로 꺼내지는 않았다.

유에는 그런 말을 바라지 않는다고 느꼈기 때문이다. 자만일지도 모르지만, 유에는 진짜 동료 사이에 은인이니 빚이니 하는 마음의 부채를 만들고 싶지 않다고 생각하지 않았을까.

"······사도의 힘을 쓰면 카오리라도 공략할 수 있어."

『정말?』

"······응. 못 써도 우리가 도우면 돼. 사도의 육체에 혼이 얼마나 잘 정착되는지, 전투를 해도 지장이 없는지, 최종 확인에도 딱 좋아."

『그렇구나. 사도의 힘, 쓸 수 있으면 좋겠다······. 그래서 공략하면 셀프 부활도 가능하고, 유에한테도 걱정 덜 끼치고!』

"······죽는다는 전제로 얘기하지 마! 그리고 아무도 걱정 안 했는데요?!"

『이제는 싸워도 안 져!』

"······말 좀 들어."

실제로 나는 세 시간 만에 공략했다.

【신산】 대미궁은 다른 대미궁과 달리 미로 같은 구조가 아니었고 한 층마다 재현되는 과거의 신전 기사와 싸우기만 하면 됐다. 솔직히 말하면 현대 기사와는 비교가 되지 않게 강했다. 모두 강력한 고유 마법을 가진 데다가 장비까지 성검이나 성개의 복제품이었으니까.

옛날 교회 세력은 무시무시했구나. 역사를 조금 배운 기분이었다.

그래도 가장 성가신 건 그들과 싸우는 동안 혼에도 작용하는 듯한 세뇌— 신에 대한 광신을 주입하는 정신 공격이 시도 때도 없이 온갖 방식으로 날아드는 점이었다.

털끝만큼의 신앙심이라도 있는 사람은 자아를 유지하기 힘들지 않을까.

물론 원래 털끝 같은 신앙심은커녕 에히트에게 적개심을 품은 우리나 강한 목적의식을 가진 사람이라면 뿌리칠 수 있지만—.

이 대미궁은 아마 마음과 의지의 미궁에 가둔다는 콘셉트가 아니었을까?

이 세계 사람이라면 분명히 신앙심과 진실 사이에서 흔들릴 테니까.

……공략 내용을 줄줄이 떠올렸지만, 현실 도피는 이쯤에서 그만해야겠지.

당시 나는 유에와 이야기하느라 눈치채지 못했지만, 시야 한쪽에 떡하니 보였구나.

잔해 뒤에서 토템폴처럼 얼굴을 내밀고 훈훈한 눈으로 바라보는 하지메, 시아, 티오가—.

그래 뭐, 당연하지! 유에가 그렇게 고래고래 소리치는데 어떻게 안 깨겠어!

그래도, 그래도 있지. 그렇게 훈훈한 눈으로 쭉 훔쳐보는 건 좀 그렇지 않나?! 결국 그때 보고 있었다는 거 지금까지 몰랐잖아!

그냥 대화했을 뿐인데 얼굴이 화끈거려!

그렇게 혼자 끙끙거리는데 산 정상으로 얼굴을 내민 아침 햇살에 싸이며 또 시야가 전환됐다.

대충 알 것 같다.

이건 분명 나와 유에 사이의 가장 인상 깊었던 추억들이다.

사도의 약점을 찾는 기억 조사에서 완전히 샛길로 빠지고 말았지만, 하나만, 하나만 더 보고 싶다. 평범하게 떠올리는 것보다 훨씬 선명한 이 기억의 세계에서―.

그 소원이 통했을까. 달빛이 비치는 수해의 나무들이 보였다.

대수 공략을 마친 다음 날 밤의 기억. 페어베르겐 외곽에 있는 광장에서 그루터기 의자에 앉아 달을 보는데 유에가 찾아왔다.

"……카오리가 꼴에 분위기 잡는대요~."

"알면 좀 맞춰줄래?!"

"……내 알 바 아니야. 그보다 하지메의 표정에 관한 이야기나 해."

"너무 자기 할 말만 하는 거 아닐까?! 응?!"

"……그러면서 카오리도 말하고 싶은 눈치면서."

"윽, 그건 뭐, 그야…… 응."

유에가 히죽 웃으면서 옆 그루터기에 앉았다.

『하지메의 표정』이 무엇을 가리키는지 묻지 않아도 알았다. 공략이 끝나고 개념 마법의 존재를 들었을 때, 고향으로 돌아갈 구체적 수단을 마침내 찾았을 때의 표정이었다.

옛날의 온화하고 부드럽던 하지메와 지금의 날카롭고 강한 하지메가 섞인 듯한 미소는 다른 사람과 이야기하고 싶을 만큼 멋졌다.

우리는 그때부터 수다를 즐겼고, 잠깐 말싸움하고, 또 즐기면서 나름대로 좋은 시간을 보냈는데…….

이 다음이다. 유에가 나를 찾아온 진짜 이유를 밝힌 것은······.

이것 봐, 유에가 일어났다. 내 옆으로 다가와서 머리에 손을 얹고 톡톡 두드린다.

그리고 어리둥절한 나에게 이렇게 말했다.

"······고향 생각, 혼자 하는 편이 좋아?"

그렇다. 나는 이날 밤 향수병을 앓고 있었다. 집으로 돌아갈 구체적인 희망이 보이고, 하지메가 옛날 표정과 분위기를 보이니 고향 생각이 간절했다. 부모님이 사무치게 보고 싶었다.

"······알고 있었어?"

당연하다는 양 유에는 어깨를 으쓱했다. 그래도 놀리지는 않았다.

"······하지메를 포함해서 고향 애들과 이야기를 나누면 지금은 더 힘드니까. 그래서 혼자 생각했지? 그래도 혼자 있고 싶은 건 아니야. 내 말 틀려?"

그 말이 맞았다.

오늘 밤은 소원을 이룬 시아에게 하지메를 독점하게 해주고 싶었다.

시즈쿠나 다른 아이들과는 차분하게 이야기를 나누기 힘들다고 생각했다. 스즈는 에리 일로 다른 데 신경 쓸 여유가 없을 테고, 시즈쿠는······ 반드시 화제로 나올 하지메를 향한 감정 때문에 마음이 싱숭생숭할 테니까.

물론 코우키나 류타로랑 둘이서만 이야기하는 건 말이 안되고!

그러니까 혼자 조용히 가족을 생각했는데, 역시 혼자서는 쓸쓸했다.

유에는 그런 마음을 알아준 것이다.

"……부모님, 어떤 사람이야?"

"음…… 아빠는 너무 과보호하고, 엄마는 요리 선생님인데ㅡ."

유에는 마지막으로 한 번 더 머리를 톡톡 두드려주고는 옆 그루터기에 앉았다. 이때 나는 이래도 되나 싶을 만큼 남에게 기대고픈 심정이었다.

더듬더듬 고향과 가족 이야기를 하는 내게 유에는 조용히 고개 끄덕이며 귀를 기울였다.

평소에는 정말로 심술만 부리고 놀리기 바쁜 주제에…….

내가 태어나서 처음으로 치고받고 싸웠고, 분명히 앞으로도 그럴 연적은 하지메가 반한 이유를 알 수 있을 만큼 포근한 포용력을 가진 사람…….

정말로 치사한 사람…….

그런데 지금은 없는ㅡ.

ㅡ카……리. ……리!

그게, 그 사실이 참을 수 없이 가슴을 옥죘다.

되찾을 수 있다고 믿지만, 마음이 조금 가라앉으면 바로 불안과 초조함이 얼굴로 드러나고 이유도 없이 소리 지르고 싶어졌다.

ㅡ카오…… 씨! 눈을!

미소를 지으며 나를 보는 유에의 모습이 또 동이 트면 사라

진다고 생각하니 몸이 떨릴 만큼 두려웠다.

그래서 이대로 조금만 더 기억의 세계에—.

"카오리! 눈 떠!"

"카오리 씨!"

뺨을 때리는 날카로운 통증에 나는 깜짝 놀라서 눈을 떴다.

눈앞에는 걱정스럽게 내 얼굴을 들여다보는 하지메와 시아가 있었다. 수해의 나무도, 달빛에 비친 광장도, 유에도 없었다.

"나, 나는……. 미안, 내 기억에……."

사과하려다가 갑자기 눈앞이 흐릿해져 당황했다. 볼을 타고 흐르는 감촉을 느끼고 만져 보자 손끝이 눈물로 흥건했다.

"아니야, 이건…… 나한테, 왜 더 주의하지 않았냐고…… 했으면서, 유에가…… 사라지니까, 화내고 싶은데…… 없으니까!"

나도 내가 무슨 말을 하는지 알 수 없었다. 그래서 봇물 터진 듯 쏟아지는 감정의 파도는 막을 수가 없었고 지리멸렬한 말만 이어졌다.

그러다가 갑자기 눈앞이 깜깜해졌다. 따뜻한 감촉이 온몸을 감쌌다.

하지메와 시아가 나를 안아주고 있었다.

"미안. 내가 폭주해서 카오리가 감정을 쏟아낼 기회를 빼앗았어."

"사실은 쭉 초조하고 외로운 마음뿐이었죠? ……저도, 똑같아요."

하지메가 다정하게, 유에처럼 머리를 쓰다듬어줬다.

시아는 토끼 귀로 내 볼을 문질렀다.

"반드시 함께 돌아올 거야. 그러면 신나게 싸우고 혼내줘."

"유에 씨도 카오리 씨를 가만히 내버려 두지 못하니까요. 질투 날 정도예요."

"응…… 응."

웃으면서 말하는 두 사람에게 나는 울음을 그치지 못하고 고개만 끄덕일 뿐이었다.

마음을 말로 표현할 수 없었지만, 웃을 수는 있었다. 마음의 틈으로 비집고 들어온 응어리가 부드럽게 풀리며 사라져 갔다. 그 대신, 다시 힘찬 마음이 틈을 메운다.

유에…….

세상에서 가장 아니꼬우면서, 세상에서 가장 하고 싶은 말을 다 할 수 있는 내 소중한 연적.

빨리 돌아와.

실컷 얘기하고, 실컷 싸우자.

걱정 끼친 만큼 일단 그 뺨부터 힘껏 후려쳐줄 테니까!

■작가 후기

「흔해빠진」 12권을 읽어주셔서 정말로 감사합니다.

중2를 좋아하는 원작자, 시라코메 료입니다.

전권 발매로부터 꽤 오래 기다리게 해드렸습니다만, 어떠셨는지요?

언제나 서적판으로 내는 김에 가급적 못다 한 이야기를 추가하려는 마음가짐이지만, 이번 권은 원래 최종 결전 편이며 웹 연재에서도 쓰고 싶은 이야기를 다 채워 넣은 부분이라서 그다지 추가할 이야기가 없었습니다.

그래도 당초 플롯으로는 하지메 일행이 신수와 싸우기 전에 지난 공간의 구체적 공략담이나 프리드와 우라노스의 과거 이야기를 담을 예정이었지만…….

쓰다 보니까 생각이 들더군요. 이건 사족이다, 라고. 스토리 템포나 흐름이 공간 절단 마법으로 뚝 끊기는 느낌이에요(참고로 프리드 이야기는 매장 특전 소설에 넣을 수 있었습니다. 관심 있으신 분은 찾아봐 주세요. 후기에서 할 말은 아니지만요!).

지상전 멤버의 이야기도 다음 권에 들어갈 내용이라서, 결과적으로 웹 연재보다 묘사에 좀 더 힘을 실은 정도로 그쳤군요…….

기다리게 해드린 만큼 과연 즐거움을 드렸을지 모르겠네요.

새해의 좋은 시간 때우기라도 되었으면 하는 바람입니다.

참고로 웹 연재에서 촌스럽다고 악평이 자자했던 흑도들의 명칭은 이틀 정도 바닥을 구르며 새롭게 생각해 냈습니다. 중2병 느낌 팍팍 나고 멋있죠? ……아님 말고.

정말로 멋진 이름을 우후죽순 생각해 내는 다른 작가분들의 머리를 열어 보고 싶네요. 우뇌만 있으면 되니까 빌려주실 수 없을까요? 호O맨처럼.

각설하고, 마지막으로 나온 밀레디에 관해 이야기해 볼까 합니다.

제로 6권에서 마침내 외전 시리즈도 완결이 났습니다. 흔해 빠진 시리즈의 또 다른 주인공이 활약하는 이야기죠. 가능하면 본편 마지막 권을 읽기 전에 그녀의 생애도 알아 두신다면 더 재미있게 이야기를 즐기실 수 있으리라고 생각합니다.

그리고 이번 권이 발매하는 시기에는 아마 애니메이션 2기도 방송 중일 것입니다.

번외편으로 쓴 카오리와 유에의 추억 이야기와 시간 순서가 일부 겹치므로, 뒤에서 이런 대화가 오간다고 상상하며 보는 것도 재미있을지 모르겠네요. 두 사람의 관계에 대한 느낌이 좀 변할지도 모릅니다.

아무튼 애니메이션, 제로 시리즈도 잘 부탁드리겠습니다.

마지막으로 감사 인사를 드리겠습니다.

타카야Ki 선생님, 담당 편집자님, 교정 담당자님, 그리고 이번 권 출판에 힘써 주신 관계자 여러분, 정말로 감사합니다. 만화 쪽 담당 선생님들께도 진심 어린 감사의 말을 전합니다.

그리고 무엇보다 독자 여러분께 가장 큰 감사를 드립니다.

다음 권으로 드디어 완결. 마지막까지 「흔해빠진」을 기대해 주시기 바랍니다!

시라코메 료

흔해빠진 직업으로 세계최강 12

초판 1쇄 발행 2022년 10월 10일

지은이_ Ryo Shirakome
일러스트_ Takaya-ki
옮긴이_ 김장준

발행인_ 신현호
편집장_ 김승신
편집진행_ 권세라 · 최혁수 · 김경민 · 최정민
편집디자인_ 양우연
관리 · 영업_ 김민원

펴낸곳_ (주)디앤씨미디어
등록_ 2002년 4월 25일 제20-260호
주소_ 서울시 구로구 디지털로 26길 111 JnK디지털타워 503호
전화_ 02-333-2513(대표)
팩시밀리_ 02-333-2514
이메일_ lnovellove@naver.com
ㄴ노벨 공식 카페_ http://cafe.naver.com/lnovel11

ARIFURETA SHOKUGYOU DE SEKAISAIKYOU 12
ⓒ 2022 by Ryo Shirakome
First published in Japan in 2022 by OVERLAP, Inc.
Korean translation rights reserved by D&C MEDIA Co., Ltd.
Under the license from OVERLAP, Inc., Tokyo JAPAN

ISBN 979-11-278-6574-0 04830
ISBN 979-11-278-1840-1 (세트)

값 8,200원

©Shinji Cobkubo 2020 Illustration: AkagishiK, mocha
KADOKAWA CORPORATION

녹을 먹는 비스코 1~6권

코부쿠보 신지 지음 | 아카기시K 일러스트 | mocha 세계관 일러스트 | 이경인 옮김

모든 것을 녹슬게 만들며 인류를 죽음의 위협에 빠뜨리는 《녹바람》 속을 달리는
질풍무뢰의 『버섯지기』 아카보시 비스코.
그는 스승을 구하기 위해
영약이라 전해지는 버섯, 《녹식》을 찾아 여행하고 있다.
미모의 소년 의사, 미로를 파트너 삼아 파란만장한 모험에 나서는 비스코.
가는 길에 펼쳐지는 사이타마 철(鐵)사막,
문명을 멸망시킨 방어 병기 유적으로 지은 도시,
대왕문어가 둥지를 튼 지하철 폐선로……
가혹한 여정 속에서 차례차례 덮쳐오는 위협을
미로의 번뜩이는 지혜와 비스코의 필중의 버섯 화살이 꿰뚫는다!
그러나 그 앞에는 사악한 현지사의 간계가 도사리고 있는데……?!

최강의 버섯지기가 자아내는 노도의 모험담!

라이트노벨의 새로운 빛! ㄴ노벨의 신간은 매월 10일에 발매됩니다. http://cafe.naver.com/lnovel11

현자의 손자 1~13권

요시오카 츠요시 지음 | 키쿠치 세이지 일러스트 | 김덕진 옮김

사고로 죽었을 청년이 갓난아기의 모습으로 이세계에서 환생!
구국의 영웅 「현자」 멀린 월포드에게 거둬진 그는 신이라는 이름을 받는다.
손자로서 멀린의 기술을 흡수해가며 놀라운 힘을 얻게 된 신이었지만,
그가 열다섯 살이 되자 할아버지는 이렇게 말했다.
"상식을 가르치는 걸 깜빡했구만!"
이런 이유로 신은 상식과 친구를 얻기 위해
알스하이드 고등 마법학원에 입학하게 되는데—.

『규격 외』 소년의 파격적인 이세계 판타지 라이프, 여기서 개막!

Copyright © 2021 mikawaghost
Illustrations copyright © 2021 tomari
SB Creative Corp.

친구 여동생이 나한테만 짜증나게 군다 1~7권

미카와 고스트 지음 | 토마리 일러스트 | 이승원 옮김

교우 관계 사절, 남녀 교제 거부, 친구라고는 진정으로 가치 있는 단 한 사람 뿐.
청춘의 모든 것을 「비효율」적이라 여기며 거절하는
나, 오오보시 아키테루의 방에 눌러앉아있는 녀석이 있다.
내 여동생도, 친구도 아니다.
짜증나고 성가신 후배이자 내 절친의 여동생인 코히나타 이로하다.
"선배~, 데이트해요! ……라고 말할 줄 알았어요~?"
혈관에 에너지 음료가 흐르고 있는 듯한 이 녀석은
내 침대를 점거하고, 미인계로 나를 놀리는 등, 나한테 엄청 짜증나게 군다.
그런데 왜 다들 나를 부러워하는 거지?
알고 보니 이로하 녀석도 남들 앞에서는 밝고 청초한 우등생인 척하기 때문에
엄청 인기가 좋은 모양이다.
이봐…… 너는 왜 나한테만 짜증나게 구는 거냐고.

끝내주는 짜증귀염 청춘 러브코미디, 스타트!!

라이트노벨의 새로운 빛! L노벨의 신간은 매월 10일에 발매됩니다. http://cafe.naver.com/lnovel11

전생 따위로 도망칠 수 있을 줄 알았나요, 오빠? 1권

카미시로 쿄스케 지음 | 키린 카케루 일러스트 | 송재희 옮김

나를 감금했던 동생이 이 세계 어딘가에 숨어 있다―.
고등학교를 졸업하고 5년간 여동생에게 감금당했던
나는 가까스로 도망쳤다가 트럭에 치여 이세계에 전생.
악마 같은 동생으로부터 겨우 해방되었다…….
자유로운 새 세상에서의 이름은 잭.
귀족의 외동아들로, 사랑 넘치는 부모님과 상냥한 메이드 아넬리의 보살핌 속에서
행복 가득한 새로운 인생이 시작되었을 테지만.
함께 죽은 동생도 이 세계에 전생했다.
이름도 생김새도 달라진 그 녀석이 어디 숨어 있을지 모른다.
하지만 내게는 신에게 받은 세계 최강급의 힘이 있다.

이 능력으로 그 녀석을 물리치고
나는 이번에야말로 주위 사람들을 지켜 내겠다!

라이트노벨의 새로운 빛! L노벨의 신간은 매월 10일에 발매됩니다. http://cafe.naver.com/lnovel11